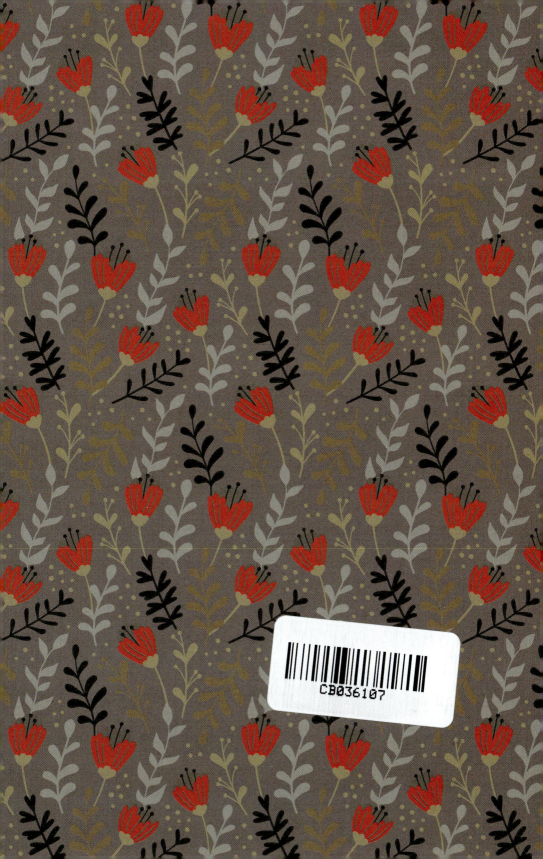

DADOS INTERNACIONAIS DE
CATALOGAÇÃO NA PUBLICAÇÃO (CIP)
Jéssica de Oliveira Molinari CRB-8/9852

Oates, Joyce Carol
Jardim das bonecas / Joyce Carol Oates ;
tradução de Débora Isidoro ;
ilustrações de Jennifer Dahbura ;
– Rio de Janeiro : DarkSide Books, 2023.
272 p. : il.

ISBN: 978-65-5598-220-6
Título original: The Doll-Master and
Other Tales of Horror

1. Ficção norte-americana - Contos
I. Título II. Isidoro, Débora III. Dahbura, Jennifer

22-3829 CDD 813.54

Índices para catálogo sistemático:
1. Ficção norte-americana

Impressão: Leograf.

Esta Colheita Macabra celebra a vida em todas as coisas, e a fagulha criativa que permite a todos ver além do comum. Que possamos contar histórias de terror que sempre vão manter nossas mentes afiadas e nossos sentidos despertos.

Fazenda Macabra
Reverendo Menezes
Pastora Moritz
Coveiro Assis
Caseiro Moraes

Leitura Sagrada
Aline TK Miguel
Amanda Mendes
floresta
Tinhoso e Ventura

Direção de Arte
Macabra

Coord. de Diagramação
Sergio Chaves

Colaboradores
Aline Martins
Jéssica Reinaldo
Máximo Ribera
A toda Família DarkSide

MACABRA™ DARKSIDE

Jardim das Bonecas

JOYCE CAROL OATES

TRADUÇÃO

DÉBORA ISIDORO

MACABRA™

DARKSIDE

Para Danel Olson

Jardim das Bonecas

JOYCE CAROL OATES

Sumário

01

Jardim das Bonecas

JOYCE CAROL OATES

Jardim das Bonecas

para Ellen Datlow

"Pode segurar, mas não derruba."

Minha priminha Amy falou em tom solene. E também com um gesto solene, Amy me entregou sua boneca adorada.

Era uma bonequinha com roupas de bebê, uma camisetinha enfeitada com patinhos cor-de-rosa e, nos pezinhos da boneca, sapatinhos cor-de-rosa. E uma fralda branca com um alfinete de segurança prateado.

Uma boneca macia e gordinha com um rosto sereno de bebê, dedinhos maleáveis e pernas e braços roliços que podiam ser manipulados até certo ponto. O cabelo era fino, loiro e encaracolado, os olhinhos de bebê eram de vidro azul e abriam e fechavam quando você inclinava a boneca para trás ou para a frente. Dá um arrepio de medo quando você vê um bebê fechar os olhos, porque você pensa que pode estar machucado, e foi isso que senti com a Bebê Emily, embora ela fosse *só uma boneca*...

Minha prima Amy tinha três anos, onze meses mais nova que eu. Era o que nos contavam. Um aniversário é um evento importante em nossa família, nossos pais diziam.

Amy era filha da irmã mais nova da minha mãe, a tia Jill. Então, minha mãe explicou, Amy era minha *prima*.

Às vezes eu tinha um pouco de ciúme. Amy falava melhor que eu, e os adultos gostavam de conversar com ela e se encantavam com suas "habilidades verbais", o que me fazia sentir mal, pois ninguém se impressionava com as minhas.

Amy era uma menina pequena, menor que eu. Toda menor que eu.

Era estranho — os amigos de nossas mães achavam que era "uma graça" — ver uma criança tão pequena como a Amy segurando uma boneca. Cuidando e se preocupando com a Bebê Emily como a mãe de Amy cuidava e se preocupava com ela.

Ela até fingia "amamentar" Emily com uma mamadeira pequena cheia de leite. E "trocava" as fraldas da Bebê Emily.

Entre as pernas roliças de bebê, Emily era lisa. Não tinha por onde a Bebê Emily sujar a fralda.

Eu não me lembrava de ter sujado minha fralda. Ainda não lembro. Acho que, quando era bebê, eu não precisava usar fralda, mas isso é impreciso, provavelmente, e é irracional. Eu era um bebê (menino) completamente normal, tenho certeza. Se havia "acidentes" noturnos, especialmente no meu pijaminha, como minha mãe dizia, eu não lembro.

Também não lembro da "amamentação". Acho que me "amamentavam" com uma mamadeira.

Tudo isso foi há muito tempo. É natural não lembrar.

Pode segurar, mas não derruba — essas são as palavras de Amy de que consigo me lembrar. São um eco das palavras que a gente escuta frequentemente de mães adultas.

Foi uma terrível surpresa para a família quando Amy faleceu.

Primeiro disseram que Amy ia "à clínica fazer exames". Depois disseram que Amy ficaria "no hospital por alguns dias". Depois falaram que Amy "não voltaria para casa do hospital".

Durante todo esse tempo, ninguém me levou ao hospital para ver Amy. Diziam que minha prima logo estaria em casa. "Então você vai poder vê-la, benzinho. Não vai demorar."

E: "Sua prima está muito cansada. Sua prima precisa dormir, descansar e ficar forte outra vez".

Mais tarde, eu saberia que minha prima teve uma doença rara no sangue. Foi um tipo de leucemia que tinha ação muito rápida em crianças pequenas.

Quando disseram que Amy não voltaria para casa, eu não falei nada. Não fiz perguntas. Não chorei. Fiquei *petrificado*, ouvi minha tia comentando com minha mãe. Tentei decidir se estar *petrificado* era uma coisa ruim ou boa, porque ao menos as pessoas me deixavam em paz. Se você chorasse, elas tentavam consolar. Se ficasse *petrificado*, elas deixavam você em paz.

Foi mais ou menos nessa época que roubei a Bebê Emily do quarto da Amy. Íamos sempre à casa da minha tia, e enquanto ela e minha mãe choravam juntas, fui ao quarto de Amy e peguei a Bebê Emily da cama da minha prima, onde ela estava com outras bonecas menos interessantes e alguns brinquedos de pelúcia, como se alguém tivesse jogado tudo lá sem nem arrumar a cama direito.

Não pensei que meus pais soubessem que eu tinha escondido a Bebê Emily dentro da minha jaqueta e que a levara comigo para casa. Mais tarde eu perceberia que eles sabiam, provavelmente, e que minha tia sabia também, e que ninguém falou nada. Ninguém me ensinou que aquilo era errado.

Durante um tempo, o assunto foi só Amy. Se você entrasse em uma sala e os adultos estivessem falando em voz baixa, eles paravam imediatamente. Radiantes rostos adultos se voltavam para mim: "Oi, Robbie!".

Eu era muito pequeno para pensar que uma doença tão rara do sangue podia ser "genética", isto é, transmitida de uma geração para outra pelo sangue.

Quando fiquei mais velho, fui pesquisar *leucemia* na internet. Mesmo assim, ainda não sabia.

Quando eu ficava sozinho com a Bebê Emily, nós chorávamos de saudade da Amy. Eu não chorava porque Amy estava *morta*, mas porque tinha *ido embora*.

Mas eu tinha a boneca de Amy. Deitava na minha cama com a Bebê Emily e isso me fazia sentir um pouco melhor.

Quando eu tinha cinco anos e estava na pré-escola, a Bebê Emily desapareceu do meu quarto.

Fiquei muito surpreso! Olhei embaixo da cama e no armário, em cada gaveta da cômoda e depois em todos os lugares de novo, e também embaixo das cobertas ao pé da cama, mas Emily tinha desaparecido.

Corri para minha mãe chorando. Perguntei onde estava a Bebê Emily, porque agora não havia nenhum segredo sobre a boneca da minha prima. Minha mãe disse que meu pai "achou que não era uma boa ideia" eu brincar de boneca na minha idade. Bonecas são para meninas, ela disse. Não para meninos. "O papai achou melhor levar a boneca embora antes de você 'se apegar demais'..." Minha mãe falava de um jeito culpado e havia suavidade em sua voz, mas nada do que eu disse a fez mudar de ideia, por mais que eu chorasse, por mais que ficasse furioso, por mais que batesse nela e a chutasse dizendo que a odiava, minha mãe não mudou de ideia porque meu pai não deixou. "Ele disse que já 'fez sua vontade' por tempo demais. E disse que a culpa é minha."

No lugar da Bebê Emily, que era doce, serena e tinha cheiro de borracha, meu pai instruiu minha mãe a comprar um "brinquedo de ação" para mim — um dos modelos novos e caros —, um robô-soldado da Marinha americana que viesse totalmente armado e que pudesse andar pela sala movido a pilhas.

Eu nunca esqueceria nenhum deles, pensei. Mas, particularmente, nunca me esqueceria *dele*.

A primeira das *bonecas encontradas* foi Mariska.

"Pega. Mas não derruba."

Meu Amigo falava em voz baixa, urgente. Olhando em volta para ver se tinha alguém vendo. Muitas vezes andei até a escola e voltei para casa a pé a fim de evitar o ônibus escolar, onde os meninos mais velhos me perseguiam. A casa da minha família ficava no alto de Prospect Hill, sobre a cidade e com vista para o rio, que estava sempre envolto em névoa. O colégio ficava a menos de um quilômetro encosta abaixo, por um caminho que acabei decorando. Era comum eu seguir por atalhos atravessando vielas e quintais por onde me movia com agilidade, furtivo como uma criatura da natureza. Essa era a Catamount, que corria paralela a uma outra rua mais estreita que passava por trás dela e acompanhava quase dois metros de cercas de madeira começando a apodrecer, latas de lixo e pilhas de entulho.

Meu Amigo dizia *Nunca faça contato visual. Assim eles também não vão ver você.*

Ninguém nunca me via porque eu me mexia depressa e era furtivo. E se me viam de longe, viam só um menino, um garoto com o rosto encoberto.

Meu Amigo era muito alto. Mais alto que meu pai. Nunca olhei diretamente para o meu Amigo (que me proibia de encará-lo), mas tinha a sensação de que seus traços eram finos e astutos como os de uma raposa, e seu jeito natural de se mover era ágil como o de uma raposa, e por isso eu tinha quase que correr para acompanhar meu Amigo, que era propenso à impaciência.

"Pega! Não tem ninguém olhando!"

Mariska era uma linda boneca de cerâmica muito diferente da Bebê Emily. Mariska tinha pele leitosa de cerâmica e duas manchas de rouge nas faces. Sua enorme saia franzida era parte do figurino de uma camponesa do Leste Europeu, composto também por blusa, avental, meias brancas de algodão e botas. O cabelo loiro era dividido em duas tranças, a boca parecia um botão de rosa, e os olhos azuis tinham cílios loiros e grossos. Era estranho tocar a pele de Mariska, que era de cerâmica dura e resistente, exceto nos lugares onde havia rachado e quebrado.

Os braços de Mariska estavam abertos num gesto de surpresa por uma menina loira e tão bem-vestida, com cabelos trançados e olhos azuis, poder se jogar da cerca de uma varanda na lama, e acabar com o cabelo imundo, a saia imunda e as meias brancas imundas. E as pernas formavam um ângulo estranho, como se a esquerda tivesse sido torcida na altura do quadril.

Eu andava com meu Amigo pela rua atrás da Catamount, entre as tábuas apodrecidas de uma cerca, quando vimos Mariska. Meu Amigo apertou minha mão com tanta força que os ossos doeram.

Ela é nosso prêmio. Ela é o que estávamos esperando. Depressa! Pega! Ninguém vai ver.

Era uma tarde escura e chuvosa. Eu tremia de frio, ou de euforia. Meu Amigo tinha aparecido andando ao meu lado sem aviso prévio. Era comum eu passar dias, até semanas sem ver meu Amigo. Então, ele aparecia. Mas me proibia de olhar para o seu rosto.

Não sei ao certo quando meu Amigo entrou na minha vida. Mariska entrou na minha vida quando eu estava no oitavo ano, então foi antes disso.

A casa de Mariska era uma daquelas casas feias de tijolos falsos que ficavam lá embaixo na colina. Não havia só uma família morando lá, mas várias, porque aquilo era um *cortiço*, como minha mãe falou.

Essas pessoas moravam *descendo a colina*, minha mãe dizia. Não moravam *na colina*, como nós.

Ainda assim, crianças brincavam ali. Brincavam, gritavam e riam ali ao pé de Prospect Hill, que era muito diferente do topo de Prospect Hill, onde minha família vivia há décadas.

Devido à encosta inclinada, uma escada de madeira ligava a varanda rústica da parte de trás da casa de Mariska ao chão, uns quatro ou seis metros abaixo. Mas ninguém andava muito por ali. O chão era coberto de entulho, tinha até lixo.

Mariska caíra da cerca da varanda, onde alguém descuidado a havia deixado. Achei que era isso que havia acontecido.

A menos que Mariska tivesse sido jogada da varanda por alguém cansado de faces pintadas de rouge, boca de botão de rosa e roupa colorida de camponesa.

Meu Amigo falou animado *Ela é nosso prêmio. Agora ninguém pode reclamar a boneca de volta.*

Meu Amigo disse *Pega! E tampa a boca com a mão.*

Meu Amigo disse *Dentro da sua jaqueta! Anda depressa. Não corre! Pega a rua de trás.*

Mariska era mais pesada do que parecia. Uma boneca de cerâmica é uma boneca pesada.

Os braços e pernas de Mariska estavam abertos de um jeito estranho. Com força, consegui arrumá-los.

Eu não podia esconder Mariska no meu quarto, onde ela seria encontrada por minha mãe ou pela empregada. Não podia esconder Mariska em nenhum lugar da casa, embora fosse uma casa grande com três andares e muitos quartos fechados. Então a levei para a "cocheira" — que era usada como garagem para os carros dos meus pais e depósito, e onde eu acreditava que a linda boneca de cerâmica estaria segura, embrulhada em várias camadas de lona e guardada em uma das baias de cavalos na penumbra.

Essa história foi contada para mim com orgulho: o avô do meu pai havia sido prefeito de uma cidade dez quilômetros ao sul, um lugar que agora era *uma cidade racialmente problemática com alto índice de criminalidade*. Depois que deixou de ser prefeito, o avô do meu pai se mudou com a família para Prospect Hill, para este bairro de pessoas brancas à margem do rio Delaware. Naqueles dias havia cavalos na cocheira, nas quatro baias do fundo, e ainda era possível sentir o cheiro dos animais, um odor fraco de esterco seco, suor de cavalo, feno. Ali eu sabia que Mariska estaria segura. Iria visitá-la quando quisesse. E Mariska sempre, sempre estaria lá, onde eu a tinha deixado, embrulhada na lona que a protegeria.

Quando meu Amigo não aparecia, eu ficava muito solitário, mas se houvesse cavalos no estábulo, como havia no tempo do meu bisavô, eu não me sentiria tão sozinho.

Meus pais tinham me avisado para não ir "brincar" na cocheira. O telhado tinha muitas goteiras e estava parcialmente estragado. Havia um segundo andar que afundou no meio, como se as tábuas do piso fossem elásticas. Só a parte da frente da cocheira era usada para guardar os carros dos meus pais, e o resto do espaço continha coisas abandonadas, como móveis, pneus e um velho triciclo meu quebrado, um carrinho de bebê, caixas de papelão. Nada ali era útil, mas nada era jogado fora.

Vespas construíram ninhos embaixo das telhas. O zumbido era tranquilo se ninguém incomodava as vespas.

Ninguém me contou, mas eu sabia: a família do meu pai havia sido rica até o começo da década de 1960. Depois, os negócios começaram a ir mal. Meu pai falava com amargura sobre *concorrência internacional.*

Mesmo assim, a casa em Prospect Hill era uma das casas grandes e antigas invejadas por outras pessoas. Os investimentos no setor imobiliário continuavam rendendo, e meu pai era contador de uma empresa próspera da qual ele falava com orgulho. Meu pai não era um homem distinto ou incomum, exceto por morar em uma das grandes casas antigas em Prospect Hill, que ele havia herdado do pai. Eu achava que meu pai poderia me amar mais se tivesse sido mais bem-sucedido.

"Que coisa horrível! Agora está acontecendo *aqui*!"

A coisa horrível não era um assalto, um arrombamento, um incêndio criminoso ou um assassinato, mas o desaparecimento de uma garotinha aqui na nossa cidade, não na capital, dez quilômetros ao sul. A notícia estava em todos os jornais da TV e do rádio. Tanta agitação, era como jogar um fósforo aceso na palha seca — não dá para saber o que pode emergir de um gesto tão pequeno.

No colégio, fomos levados para uma reunião onde a diretora e um policial uniformizado fizeram anúncios. A menina desaparecida estava no quarto ano e morava na Catamount Street, e fomos alertados para não conversar com estranhos e correr muito, o mais depressa possível, se algum desconhecido se aproximasse de nós, e avisar nossos pais, professores, ou a sra. Rickett, que era a nossa diretora.

Ao mesmo tempo, suspeitava-se de que a garota desaparecida tinha sido sequestrada pelo próprio pai, que morava em New Brunswick. O pai foi preso e interrogado, mas alegou não saber do paradeiro da filha.

A menina desaparecida foi notícia por vários dias. Depois, as notícias se tornaram mais escassas. Depois cessaram por completo.

Quando uma criança *desaparece*, ela não vai voltar. Essa era a verdade que aprenderíamos na escola.

Mariska estava segura no esconderijo, na baia mais afastada no velho estábulo no fundo da cocheira, atrás da nossa casa, onde ninguém jamais iria olhar.

Não foi por minha culpa que minha prima Amy *foi embora* e me deixou.

Durante toda a vida, a gente quer voltar ao que já foi. Deseja o retorno daqueles que perdeu. Faz coisas terríveis para voltar, coisas que ninguém mais pode entender.

A segunda *boneca encontrada* só apareceu quando eu estava no nono ano.

Annie era uma boneca-menina de rosto bonito com uma pele que parecia real ao toque, exceto por parte da tinta ter começado a desbotar deixando à mostra a borracha cinza por baixo dela, um material feio e flácido.

Annie era uma boneca pequena, não tão grande e pesada como Mariska. Ela usava uma roupa de caubói com saia de camurça, cinto de fivela brilhante, camisa com coletinho de camurça e gravata preta e botas de caubói nos pés. Estava meio quebrada, um dos braços havia sido deslocado e girava solto na altura do ombro, e o cabelo ruivo-alaranjado e encaracolado havia caído em algumas áreas, deixando ver o escalpo de borracha.

A beleza em Annie eram os olhos serenos cor de violeta e as sardas no rosto que faziam a gente querer sorrir. Os olhos dela, como os da Bebê Emily, fechavam quando ela era deitada e abriam quando era erguida.

Meu Amigo viu Annie primeiro, no parque perto da minha casa. Do outro lado do playground onde crianças gritavam e riam no balanço, havia um pequeno bosque com mesas de piquenique, e embaixo de uma das mesas, onde iniciais haviam sido riscadas, a boneca-caubói estava deitada de costas no chão.

Aqui! Depressa.

Meu Amigo me empurrou para a frente. A mão dura do meu Amigo nas minhas costas.

O que é aquilo embaixo da mesa de piquenique? Fiquei muito animado e parei para ver.

Uma boneca! Uma boneca-caubói! Abandonada.

Restos de piquenique haviam sido deixados no chão. Garrafas de refrigerante, embalagens de comida, pontas de cigarro. Era muito cruel que a boneca-caubói com sardinhas no rosto e cabelo cor de laranja tivesse sido abandonada ali.

Os braços dela estavam estendidos. As pernas formavam ângulos estranhos em relação ao corpo e uma com a outra. Como ela havia sido jogada de costas, seus olhos estavam parcialmente fechados, mas dava para ver o brilho do vidro por trás das pálpebras, surpresa e alarme.

Socorro! Não me deixa.

Ouvimos distintamente aquele pedido de Annie, meu Amigo e eu. A voz dela era fraca e sussurrada, os lábios vermelhos lascados mal se moviam.

Protegi Annie dentro da minha jaqueta de capuz.

Meu Amigo me levou para fora do parque por um caminho obscuro. Meu Amigo andava na minha frente, verificava se o caminho estava vazio.

Eram quatrocentos metros até a cocheira e a baia escura no fundo.

Assim, em um transe de fascínio, Annie Caubói, a segunda *boneca encontrada*, foi levada para casa.

Àquela altura, a menina do quarto ano que morava na Catamount Street raramente era mencionada. Tinha *ido embora* e não voltaria.

E essa nova garota que havia "desaparecido" — do Prospect Heights Park —, quando o irmão e a irmã mais velhos que deviam ficar de olho nela nos balanços se distraíram com os amigos, ela também *foi embora* e não voltaria.

De novo, houve grande alarme na escola. Embora a menina desaparecida fosse do terceiro ano de outra escola. Embora tivéssemos escutado os avisos sobre desconhecidos muitas vezes, agora que estávamos no nono ano. O policial uniformizado que falava conosco de cima do palco do auditório garantiu que "quem levou aquela criança seria encontrado", mas essas também eram palavras muito familiares que fizeram alguns ali sorrirem.

Naquela tarde, no parque, havia homens sozinhos. Sempre tem homens sozinhos em um parque perto do playground, e alguns desses homens têm antecedentes criminais, e aqueles foram levados para a delegacia e interrogados. Mas nós sabíamos que a menininha nunca seria encontrada.

Agora eu não era mais atormentado pelos meninos mais velhos no ônibus escolar porque eu não era mais uma das crianças menores. Havia em meus olhos um ódio tão grande por aqueles garotos que eles aprenderam a me evitar.

Aprendi que, para ser respeitado, você tem que ser calmo e quieto. Ou tem que ser ousado. Você não pode mostrar fraqueza. Não pode ser "legal" — você seria esmagado como um besouro embaixo das botas dos mais fortes.

Mas agora a segunda *boneca encontrada* havia entrado na minha vida, e eu não me importava com o que aqueles meninos pensavam de mim, ou qualquer outra pessoa, exceto meu Amigo.

A segunda *boneca encontrada*. Quando eu tinha catorze anos.

Não foi em seguida porque meu Amigo me preveniu a respeito da falta de cuidado.

Não foi em seguida, mas depois de dois anos que a terceira *boneca encontrada* entrou na minha vida.

Então, depois de onze meses, uma quarta boneca *encontrada*.

Essas não eram bonecas locais. Foram encontradas a quilômetros de Prospect Hill, em outras cidades.

Agora eu tinha carteira de motorista.

E usava o carro da minha mãe.

Era um aluno quieto na escola, mas meus professores pareciam gostar de mim e minhas notas eram incomumente altas. Em casa, eu era quieto de um jeito que enlouquecia meu pai, porque ele me considerava *mal-humorado, rebelde.*

Eu tinha o hábito de grunhir, em vez de falar, ou resmungar baixinho. Tinha o hábito de não olhar para nenhum adulto, inclusive meus pais, porque era mais fácil desse jeito. Meu Amigo não queria que eu olhasse para *ele* — meu Amigo entendia o esforço que um olhar requer. Você pode olhar nos olhos de uma boneca sem medo de ela ver sua alma de um jeito hostil, mas não pode ter essa mesma falta de cuidado ao olhar para qualquer outra pessoa. E isso também enlouquecia meu pai, o fato de eu não o encarar: eu era *desrespeitoso*.

Meu pai disse *Vou mandá-lo para o exército, não para a faculdade. Lá eles vão dar um jeito nele.*

Minha mãe suplicou *Robbie devia ter um terapeuta, eu avisei. Por favor, me deixa levá-lo a um terapeuta.*

E aconteceu: no dia em que completei dezoito anos, tive uma consulta com a dra. G., uma (psico) terapeuta cuja especialidade era tratar *adolescentes problemáticos*. Sentei em uma cadeira diante da dra. G. em um transe de medo e contrariedade, sem encará-la, mas olhando determinado para o chão sob os pés dela.

O escritório da dra. G. tinha poucos móveis. A dra. G. não se sentava atrás de uma mesa, mas em uma cadeira confortável, e eu podia ver suas pernas, que eram as pernas de uma encorpada mulher de meia-idade, e pensei em como era muito melhor na escola, onde as professoras sentavam atrás da mesa e a gente só conseguia ver a metade superior do corpo, não as pernas delas. Desse jeito era fácil pensar nelas como grandes bonecas desajeitadas, cujas articulações da mandíbula estavam sempre se movendo.

A dra. G. me pediu para sentar na cadeira à sua frente, a pouco mais de um metro dela, e essa cadeira também era confortável, embora eu não me sentisse confortável nela e soubesse que devia me manter vigilante.

"Robbie? Fala comigo, por favor. Sua mãe disse que você tem notas boas, não tem problemas de comunicação na escola, evidentemente, mas em casa..." Quanto mais gentil ela era, menos eu confiava nela. Quanto maior a insistência com que ela olhava para o meu rosto, menos inclinado eu me sentia a olhar para ela. Meu Amigo avisou *Não confia! Nem por um instante, vão acabar com você.*

Foi então que notei uma boneca em uma cadeira do outro lado da sala. A cabeça era grande para o corpo e o rosto parecia brilhar, ou encarar com um tipo de beleza arrogante. E os olhos de cílios abundantes estavam cravados em *mim*.

A dra. G. também atendia crianças, me disseram. Adolescentes, crianças. Sempre os *problemáticos*.

Apesar da pouca mobília na sala, havia diversas bonecas de tamanhos e tipos variados, cada uma diferente e incomum, um item de colecionador: nas prateleiras, em um parapeito, e naquela cadeira de balanço de vime branco que tinha um tamanho apropriado para uma criança. Eu mal ouvia a voz da terapeuta, que era calorosa, simpática e bondosa, tal a força do poder que a boneca tinha sobre mim.

"Está admirando minha boneca Dresden? É uma antiguidade. É de 1841 e ainda está em boas condições. É feita de madeira com o rosto pintado, e as cores quase não desbotaram..." A dra. G. esperava que eu reagisse a essa informação, mas me mantive em silêncio, com a testa franzida. Eu não sorria como outros sorririam se estivessem no meu lugar, nem fazia perguntas educadas e bobas. E era um menino, ninguém podia esperar que eu me interessasse por bonecas.

Fiquei olhando para a boneca que olhava para mim com olhos de bolinhas de vidro que me fizeram lembrar os da Bebê Emily. E naqueles olhos, vi um sinal sutil de reconhecimento.

Era excitante, a boneca Dresden parecia me "conhecer". Por causa da presença da terapeuta, porém, a boneca Dresden não tinha nenhum medo de mim.

Era uma linda boneca, embora fosse feita de madeira e diferente de qualquer uma das minhas *bonecas encontradas*. No começo você tinha a impressão de que o cabelo dela era escuro e ondulado, mas depois percebia que o cabelo era só madeira pintada de marrom-escuro.

"Alguns dos meus pacientes mais novos preferem falar com uma boneca a conversar comigo", disse a sra. G. "Mas não suponho que seja o seu caso, hein, Robbie?"

Balancei a cabeça para dizer que *não*. Não era o caso de Robbie.

Em todas as partes do escritório da terapeuta havia bonecas menores. Em uma prateleira tinha uma boneca russa pintada com cores alegres, e eu sabia que dentro dela havia outra boneca menor, e outra menor dentro dessa. (Não gostava de bonecas russas, elas me deixavam meio enjoado. Pensava em como uma mulher carrega um bebê dentro dela e quanto seria aterrorizante se esse bebê carregasse outro dentro dele.) Havia bonecas de pano arranjadas como fantoches em uma prateleira. Tinha caixinhas de música cobertas de conchas do mar e madrepérola, e havia leques japoneses e animais entalhados em madeira.

Embora a dra. G. tivesse poucos móveis no escritório, e as cores da mobília e do carpete fossem neutras, cores sem graça que não provocavam nenhuma emoção, da mesma forma que a dra. G. usava roupas sem graça, de cores neutras e sem forma que não provocavam nenhuma emoção, esses itens de colecionador sugeriam um lado mais complexo e secreto da dra. G.

"Conta por que acha tão difícil falar com seus pais, Robbie. Sua mãe disse...", a dra. G. falou com sua voz baixa e teimosa.

Não há nada a dizer. Minha vida real está em outro lugar, onde ninguém pode ir.

Eu não gostava de muita gente. Principalmente, não gostava de adultos que queriam me "ajudar". Mas acho que gostei da dra. G. Queria ajudá-la a estabelecer um *diagnóstico* do que havia de errado comigo, assim meus pais ficariam satisfeitos e me deixariam em paz. Mas eu não conseguia pensar em como ajudá-la, porque não podia contar a ela os segredos que guardava no fundo do meu coração.

Queria muito examinar a boneca Dresden com o rosto pintado. Queria muito levá-la para o meu jardim particular de bonecas na cocheira de casa.

No geral, eu encontraria a dra. G. aproximadamente doze vezes ao longo de cinco ou seis meses. Não era um bom paciente, acho, nunca me "abria" com a dra. G. como as pessoas "problemáticas" faziam com seus terapeutas no cinema e na televisão.

Nunca durante essas visitas revelei alguma coisa importante para a dra. G., mas ficava fascinado com a boneca Dresden que me encarava com ousadia durante os cinquenta minutos da sessão.

A boneca Dresden não tinha medo de mim porque era protegida pela dra. G., que nunca saía do escritório e nunca me deixava sozinho com a boneca.

Você não pode me tocar — eu não! Pertenço a ela.

Você não me "encontrou". Eu sempre estive aqui. E estarei aqui quando você não estiver.

Minha expressão revelava tanto anseio e tanta raiva que a dra. G. interrompeu o que estava dizendo para exclamar: "Robbie! O que está pensando? Alguma coisa passou pela sua cabeça agora?".

Alguma coisa *passou pela minha cabeça* como uma vespa enlouquecida? Um aviãozinho de papel? Uma cotovelada nas costelas?

Balancei a cabeça em silêncio para dizer *não*.

Baixei o olhar para uma mancha no carpete.

Como meu Amigo havia avisado muitas vezes, *Nunca faça contato visual. Você sabe disso.*

Era verdade. Eu tinha cometido um engano. Mas não era um erro fatal porque ninguém sabia dele, exceto a boneca Dresden.

Ela era só uma boneca, pensei. Uma coisa feita de madeira.

Ela não podia ser uma *boneca encontrada* porque eu jamais poderia tocá-la. Nunca poderia levá-la para a cocheira e guardá-la com suas irmãs bonecas.

"Tem alguma coisa distraindo você, Robbie? Alguma coisa na sala?"

Balancei a cabeça: *não*.

Então, na sessão seguinte (a que seria a última), fiquei chocado ao ver que a boneca Dresden havia sido tirada da cadeira de balanço de vime branco. No lugar dela havia uma almofada bordada.

Não falei nada, é claro. Meu rosto ficou travado naquela expressão congelada e não me traiu.

"Acho que agora está mais confortável, Robbie?"

A dra. G. falava com tom manso, paciente. Agora eu odiava essa mulher sem graça, o fato de ela ter sentido o poder da boneca Dresden sobre mim. Dentre todas as pessoas, só ela podia deduzir meu fascínio por *bonecas encontradas*.

Eu a odiava e temia. Tinha medo de perder o controle e começar a gritar com ela, exigir ver de novo a boneca Dresden. Ou começar a chorar e confessar que havia roubado as *bonecas encontradas*, que elas estavam escondidas na cocheira.

É horrível sentir que você pode desmoronar, que pode acabar confessando algo que não poderia ser esquecido.

Então não falei nada. Minha garganta fechou. A dra. G. fez suas habituais perguntinhas aparentemente amigáveis às quais eu não podia responder, e depois de alguns minutos de silêncio incômodo de minha parte, a dra. G. me deu um caderno e uma caneta e sugeriu que eu escrevesse meus pensamentos, se não conseguia falar com ela. Peguei o caderno com um sorriso de menino tímido, mas determinado. Escrevi TCHAU e devolvi o caderno para ela.

Eu já estava em pé. Eu já tinha ido *embora*.

Depois do colégio, foi decidido que eu "adiaria" a faculdade. Minhas notas eram altas, especialmente em física e cálculo, e na formatura meu nome foi acompanhado por um asterisco no programa para indicar *summa cum laude*, mas eu nem tinha me candidatado a nenhuma universidade. Meus professores e o orientador do colégio ficaram perplexos com a minha decisão, mas minha mãe entendeu, de certa forma. Meu pai havia saído da casa em Prospect Hill, e era de se pensar que um filho preocupado não deixaria a mãe sozinha numa casa tão grande, em um momento como aquele.

Só eu sabia que não podia deixar meu jardim de bonecas.

Não podia correr o risco de estranhos encontrarem as bonecas. A possibilidade de que pudessem ser descobertas era terrível demais para eu considerar.

Frequentemente, quando eu não conseguia dormir, pegava uma lanterna e ia até a cocheira. À luz da lua, a cocheira parecia flutuar como um navio fantasma em um mar escuro, e tudo era quieto, exceto pelos gritos das aves noturnas e, no verão, um som estridente de insetos noturnos zumbindo como pensamentos traiçoeiros.

As *bonecas encontradas* ficavam quietas em seus berços improvisados de compensado e feno. Haviam sido colocadas lado a lado como irmãs, embora cada boneca fosse totalmente distinta das outras e pudesse se declarar a mais bonita.

Mariska. Annie. Valerie. Evangeline. Barbie.

Barbie era daquela marca famosa — *Bonecas Barbie*.

Nesse caso, *Barbie Noiva*. A boneca-menina loira e angelical usava um vestido branco de seda que brilhava e tremulava quando era erguida, e havia um véu de renda sobre sua cabeça perfeita. O corpo não era de criança, mas uma miniatura de mulher madura com seios pronunciados sob o corpete do vestido de casamento, uma cintura muito fina e um quadril torneado.

Meu amigo havia comentado *Uma dessas serve. A gente devia dar uma chance para a Barbie.*

Barbie foi a que me deu mais trabalho. Não dava para imaginar que uma boneca tão pequena e pesando tão pouco gritaria tão alto, e que suas unhas esmaltadas e afiadas causariam tanto estrago nos meus antebraços nus.

Se ela não obedecer, pode cortá-la em pedaços. Avisa que a vida dela está na balança.

Barbie estava imóvel em seu berço improvisado de compensado e feno, como se estivesse em um transe de grande surpresa e ódio. Ela nunca olharia de canto de olho para a boneca-irmã a seu lado, uma boneca de pano e toda mole com um rosto assustadoramente pálido e bonito e uma pequena tiara de pedrinhas brilhantes nos cachos platinados.

Evangeline tinha vindo de Juniper Court, uma área de trailers na periferia da nossa cidade. Quase sem protestar, ela veio comigo seguindo uma sugestão do meu Amigo, porque era uma boneca sem um corpo substancial. A cabeça era feita de um material sintético como plástico, ou uma combinação de plástico e cerâmica, mas o corpo era mole, como o de um fantoche de meia. Ela não tinha como resistir e foi quase como se caísse na minha frente num desmaio de abnegação, como poderia acontecer com um fantoche de meia, alguém cuja única vida possível é gerada pela mão de outra pessoa.

Ninguém havia procurado Evangeline. Acreditava-se que ela era uma *fugitiva*, como outras crianças em sua família e em Juniper Court.

Quando deixava as bonecas, eu as cobria com uma lona cáqui e deixava tudo arrumado. A lona cáqui foi a cobertura mais limpa que consegui encontrar na cocheira.

Muitos móveis e outras coisas abandonadas e esquecidas lá dentro eram cobertas por pedaços de lona suja e desbotada, mas a cobertura das *bonecas encontradas* era razoavelmente limpa.

Eu as teria coberto com colchas para mantê-las aquecidas, mas temia que alguém percebesse e desconfiasse.

Ninguém ia àquela parte da cocheira. Não nos últimos anos. Mas eu tinha um medo irracional de que alguém pudesse ir à cocheira e achar minhas *bonecas encontradas*.

Meu Amigo disse *Elas estão felizes aqui. Estão em paz aqui. Nunca receberam tratamento melhor em suas vidas curtas e trágicas.*

Uma noite, não muito tempo depois de eu ter parado de ir ao consultório da dra. G., ouvi um barulho na entrada do estábulo, como passos, e apontei minha lanterna para lá pensando desanimado *Mãe! Vou ter de matá-la...*

Mas não tinha ninguém lá, e quando voltei para a casa, estava tudo escuro como antes.

Acho que fiquei aliviado. Não teria sido fácil ou agradável imobilizar, silenciar e sufocar minha mãe, que era muito maior que qualquer uma das *bonecas encontradas*.

Na maioria das noites, minha mãe dormia profundamente. Acho que ela tomava remédios fortes. Às vezes eu ficava na porta do quarto dela vendo sua silhueta imóvel de manequim embaixo das cobertas, ao luar, na grande cama de dossel, e ouvia sua respiração cadenciada, que às vezes se transformava em um ronco baixo que era um conforto para mim. Quando estava acordada e em minha presença, minha mãe sempre prestava atenção em mim, olhava para mim. Estava sempre falando comigo, ou me fazendo uma pergunta, esperando que eu desse uma resposta quando eu não tinha nenhuma resposta para ela.

Embora eu só murmurasse ou grunhisse respostas e evitasse encarar minha mãe, ela nunca desanimava e continuava falando, como se estivesse pensando alto e se dirigindo a *mim* ao mesmo tempo.

Meu Amigo tocou meu ombro num gesto de solidariedade. Era a primeira vez que meu Amigo aparecia dentro da minha casa.

Você sabe que seria melhor, Robbie, se a mulher fosse silenciada. Mas essa não é uma tarefa para quem tem estômago fraco.

(Como era estranho: *estômago fraco* não era uma expressão que meu Amigo tivesse falado antes. Mas *estômago fraco* era uma expressão que meu pai às vezes usava com tom de deboche.)

Havia uma sexta *boneca encontrada* — uma decepção, como descobri mais tarde. Mas eu não podia ter imaginado nada disso com antecedência.

Mesmo assim, mantive Trixie com as outras. De vez em quando eu não tirava a lona de seu berço, porque sua cara de pug com aquele ar azedo de leite talhado e os olhos reprovadores de bolinhas de vidro verde me deixavam desconfortável. E o figurino barato e sórdido, um top de lantejoulas com um decote que exibia a divisão entre os seios, uma sainha de bailarina azul-turquesa e sapatos de salto alto e fino, era francamente constrangedor.

Chega de Trixie!

Vou cobrir a Trixie com a lona cáqui — *Voilà!* Como diz meu Amigo.

E a sétima *boneca encontrada* — um boneco.

Seu nome era exótico: Bharata.

Tinha pele caramelo de uma borracha tão fina que lembrava pele humana. Dava um arrepio acariciar seu rosto com a ponta dos dedos e sentir uma espécie de calor, como se houvesse vasos capilares sob a superfície da pele. E os olhos não eram marrons e vidrados, mas da cor quente do chocolate.

E cílios grossos. Lindos como os olhos de uma menina.

Bharata usava short de algodão cru, camiseta azul-celeste e tênis azuis nos pezinhos sem meias. As pernas tinham um bom formato com pequeninos músculos salientes, mais definidas que as pernas de suas bonecas-irmãs.

As palmas das mãos eram mais claras que o resto do corpo. Fiquei fascinado com isso. As "pessoas de cor" tinham as palmas das mãos mais claras que o resto do corpo? Eu nunca nem havia conhecido uma "pessoa de cor" — ninguém na nossa família tinha conhecido.

Meu Amigo disse: *Está vendo, Robbie? Você tinha preconceito com os meninos, mas agora teve uma surpresa.*

Bharata era uma das bonecas maiores, com um lindo e doce rosto de menino e cabelos bem pretos e enrolados. Os cílios negros tocavam as faces, que pareciam ter um toque sutil de rouge. Não dava para saber se a boca de Bharata era de menino ou de menina.

Bharata era a única boneca que tentava falar com palavras, não só com sons esganiçados e baixos. A boca de Bharata se movia quando eu me inclinava em sua direção para ouvi-lo, mas escutava só o que parecia ser *Onde... onde é... quem é você... não quero estar... não quero ficar a-aqui...*

As outras *bonecas encontradas* poderiam ter demonstrado algum ciúme ou inveja do meu *boneco-menino-encontrado* com pele caramelo. Mas elas disfarçavam bem as emoções, porque conheciam seu lugar e não queriam me ofender, eu, que era seu *Mestre das Bonecas*.

Foi meu Amigo que me disse um dia *Robbie, você é o Mestre das Bonecas. Nunca deve abrir mão de sua autoridade.*

Minha mãe disse: "Não temos escolha, na verdade. A casa é muito grande, a maioria dos quartos fica fechada e sem aquecimento. Uma casa deste tamanho é para uma família grande, e agora somos só nós".

Só nós era doloroso de ouvir. Como se *só nós* fosse uma admissão de derrota tão vergonhosa que tinha de ser murmurada num tom quase inaudível.

"Como assim, mãe? Você quer... vender a casa?"

Comecei a ouvir um tinido dentro dos meus ouvidos, como um alarme de incêndio. Mal podia ouvir a voz sensata de minha mãe perguntando se eu telefonaria para um corretor, se supervisionaria a venda da casa.

"É uma decisão importante. Um passo importante em nossa vida. Mas acho que não temos escolha, só os impostos sobre a propriedade são..."

Era isso: os impostos sobre a propriedade estavam aumentando. Impostos de todos os tipos aumentavam em Nova Jersey.

"Agora não tem ninguém na nossa família estudando em escola pública, acho uma vergonha pagar por 'educação pública'. Minha irmã estava me mostrando catálogos de condomínios perto do rio, imóveis de dois e três dormitórios, muito modernos e elegantes..."

Minha mãe falava de um jeito nervoso, agitado. Ela nunca esperou que eu reagisse à sugestão com alguma solidariedade, porque essa não era a natureza de Robbie.

Meu pai não só havia saído da ampla casa em estilo vitoriano em Prospect Hill, como também tinha se desligado completamente dela: no acordo de divórcio, ele deixou a propriedade para minha mãe. Não haveria pagamento de pensão porque minha mãe tinha um pequeno rendimento de investimentos que havia herdado. Às vezes minha mãe chorava, mas era mais comum que expressasse alívio. *Seu pai foi embora.*

Desde a separação, há vários anos, meu pai e eu raramente nos víamos. Ele não gostava de voltar à nossa cidade suburbana — foi um esforço, como ele deixou bem claro, ir à minha formatura do colégio e evitar com determinação minha mãe e os parentes dela — e eu não gostava de sair da nossa cidadezinha, então trocávamos e-mails ocasionais e, com menos frequência, falávamos pelo telefone. *É o jeito mais fácil de romper a ligação* — meu Amigo me consolou —, *uma ligação que já estava bem desgastada.*

Dava para dizer que minha mãe e eu éramos "próximos" — como dois atores de um programa de televisão que estão juntos em cena há várias temporadas, recitando roteiros prontos, sem saber em que direção sua narrativa vai seguir, qual será o destino de seus "personagens" — mas não ansiosos, ainda não completamente.

Eu tinha vinte anos. Rápido demais, parecia, tinha vinte e dois. Não parecia haver necessidade de mais que uma *boneca encontrada* por ano, nem seria prudente. Na época em que minha mãe queria que eu vendesse nossa casa, eu tinha vinte e três anos. Não fui para a faculdade, afinal. Em uma vida alternativa, já teria me formado em matemática e ciências em uma boa universidade, talvez Princeton. Em uma vida alternativa, eu seria agora um aluno de graduação na Cal Tech, talvez, ou no MIT. Podia estar noivo, talvez até casado.

Não, provavelmente não: nem noivo, nem casado.

O tempo passa depressa, se você não acompanha a turma com a qual se formou no colégio. Enquanto o tempo parecia ter praticamente parado para minha mãe, que continuava convivendo com um círculo pequeno de amigas, várias delas viúvas, e parentes mais velhas, para mim, o tempo havia passado rápido ao longo dos anos. Eu não estava infeliz, embora fosse um recluso. Não me considerava um desistente da sociedade, ou um fracasso, daquele jeito como meu pai se considerava um fracasso, o que tinha envenenado a vida dele. Meus relacionamentos com o mundo aconteciam basicamente pela internet, onde criei um site com o nome de *O Mestre das Bonecas*, por meio do qual conheci muita gente. Ali eu postava fotos sombrias, oblíquas e "poéticas" das *bonecas encontradas*, imagens escuras demais e sem definição suficiente para serem identificadas, embora os visitantes do site as considerassem "pungentes" — "sinistras" — "me fazem querer ver mais!". Os visitantes do meu site se tornaram correspondentes fiéis, e os e-mails ocupam grande parte da minha vida, porque é excitante para mim, como acredito que seja para eles, e para algumas daquelas mulheres (eu acho), que passemos ao largo do nosso assunto essencial, buscando metáforas e desvios poéticos do discurso para expressar nossos desejos (proibidos). Me foi revelado como um fato que, quando a natureza chata e essencial de nossa vida é eliminada, coisas como idade, identidade, formação, emprego, endereço residencial, laços de família, rotina diária etc., o essencial-excitante se mostra.

Minha mãe acredita que entrei em contato com uma corretora de imóveis na cidade e que estive com ela. Minha mãe acredita que a casa está à venda de uma maneira elegante, sem placas horrorosas no gramado da frente, e que apenas "compradores sérios que podem pagar o preço da propriedade" são considerados. Mas minha mãe não me atormenta com perguntas sobre a venda da casa porque minha mãe prefere não pensar em onde iríamos morar se a casa fosse realmente vendida e em quais seriam nossas circunstâncias. E estou consolando minha mãe quando digo sorrindo: "Um passo de cada vez, mãe. O mercado imobiliário agora está parado, talvez não apareça nenhum interessado antes da primavera".

Porém, esse conforto doméstico teve um fim repentino.

Meu Amigo me abandonou, acho, porque meu Amigo não tem nenhum conselho para me dar agora.

Havia uma nova *boneca encontrada*. Eu não tinha levado nenhuma *boneca encontrada* para a cocheira nos últimos treze meses, o que acreditava ser um sinal de força e caráter; não podia ser chamado de impulsivo ou imprudente. Em vez disso, era muito escrupuloso, acho. Quando levei minha nova *boneca encontrada* para a cocheira e a deitei em seu berço improvisado ao lado das outras, fiquei ali por tempo demais, em um estado de encantamento. Perdi a noção do tempo, a tarde se tornou noite, e eu olhava para aquela *Pequena Fazendeira* à luz da minha lanterna, encantado com sua singularidade. De todas as minhas bonecas, com a possível exceção de Evangeline, a boneca de pano que não tinha um corpo substancial, essa boneca era a mais macia e sem vontade, pouco mais que tecido com uma cabeça de boneca, mas estranhamente encantadora. Não era bonita, nem mesmo engraçadinha, mas *vencedora*, porque, quando lavei a sujeira do rosto da Pequena Fazendeira, ela se revelou uma espécie de prima, uma garota doce e caseira com tranças duras, uma boca engraçada, grandes olhos de pedrinhas azuis que não piscavam. Seu corpo era de pano e havia perdido parte do estofo. Ela usava uma jardineira de brim e camisa xadrez vermelha por baixo, e as pernas finas eram cobertas por meias vermelhas. Os pés eram calçados por botas. O figurino estava sujo, mas ainda era colorido, e ela não havia sido descartada há muito tempo, aparentemente.

Eu havia tirado a Pequena Fazendeira da lata de lixo atrás da estação de trem, onde tem um antigo pátio ferroviário fora de uso, cercado e abandonado há muito tempo. Ninguém vai lá, embora os passageiros que esperam pelo trem se reúnam na plataforma a quatrocentos metros dali. Só as crianças visitam o pátio de vez em quando, ou "fugitivos". Era razoável pensar que a Pequena Fazendeira era uma "fugitiva" cuja vida difícil a havia levado àquele lugar e à minha descoberta no intervalo tranquilo entre os trens, quando a estação fica praticamente deserta. Foi uma brincadeira de sequestro, decidi, já que a Pequena Fazendeira tinha um corpo tão macio que não precisei fazer nenhum esforço para pegá-la, dobrá-la e carregá-la embaixo da minha jaqueta com capuz. Quando ela resistiu, amarrei seus pulsos e tornozelos e enfiei um pano em sua boca para abafar os gritos e impedir que alguém a mais de dois metros de distância a ouvisse.

Não precisei fazer nenhum esforço para colocar a Pequena Fazendeira no porta-malas da perua e dirigir sem pressa de volta para casa, no alto de Prospect Hill.

Por que a Pequena Fazendeira exerce um poder tão grande sobre mim é um mistério, mas acho que, como meu Amigo diria rindo — *Robbie, você é muito engraçado! Todas as suas bonecas encantaram você no começo.*

Também pensei em começar a tirar fotos da Pequena Fazendeira naquela noite, registrá-la com mais atenção do que havia registrado as outras, antes que as inevitáveis incursões do tempo, da decomposição e do apodrecimento interferissem. Eu sabia por experiência que fotos com flash eram particularmente efetivas nessas circunstâncias, e mais "poéticas" e "artísticas" do que fotos tiradas de dia, mesmo no interior escuro da baia.

"Robbie? É você? Por que está aqui, Robbie? O que está fazendo?"

Eu estava tão distraído ali debruçado sobre a Pequena Fazendeira que não ouvi minha mãe se aproximando do fundo da cocheira. Tarde demais, vi a luz da lanterna se movendo na minha direção e na direção da fileira de *bonecas encontradas*, que agora ocupava a maior parte do chão da baia.

"Robbie! O que é..."

À luz crua da lanterna da minha mãe, as *bonecas encontradas* foram reveladas como pequenos esqueletos vestidos com trapos e crânios maltratados cobertos com tufos finos de cabelo. Os rostos eram de esqueleto, com sorrisos desprovidos de humor e buracos no lugar dos olhos. Os braços de ossos estavam abertos, como se esperassem um abraço.

Essa era a luz crua da minha mãe, não a luz do *Mestre das Bonecas*.

Rápido, tirei a lanterna da mão trêmula de minha mãe. E a confortei rapidamente, dizendo que aquelas eram esculturas que eu havia feito, mas não queria mostrar a ninguém.

"Esc... esculturas? Aqui?"

Eu explicaria tudo, falei. Mas, antes, ia fechar a porta da frente.

02

Soldado

Eles tinham me avisado *Não abra sua correspondência.*

Eles me avisaram *Pode ser um erro fatal abrir sua correspondência.*

Mas não sou covarde. Fico ofendido quando alguém pensa que posso ser covarde, que tenho que ser protegido das correspondências endereçadas a *Brandon Schrank.*

Portanto, a correspondência se acumula. Não foi decidido pela minha "equipe legal" (como eles são chamados) o que fazer com a avalanche de cartas que têm sido enviadas para mim. Acho que gostaria de abrir algumas. Porque estou ansioso por amigos. Não tenho medo dos meus inimigos.

Tio T. me disse: *Você é um herói pra sua raça. Alguns vão querer que você seja um mártir, mas que se fodam.*

A maior parte da correspondência vem para *Brendan Schrank a/c Glassboro County Courthouse*, mas é claro que *Schrank* é escrito de todas as maneiras erradas, e *Brandon* quase sempre vira *Branden* ou *Brennen.*

Tem mais e-mails, é claro (fui informado), mas não chegam para mim porque não tenho mais uma conta de e-mail. Não tenho mais uma conta no Facebook. Quando você está sob custódia da polícia, não tem permissão para usar um computador, nem mesmo seu laptop. Essa censura começou no início de abril, quando fui preso pela primeira vez. Depois, quando fui liberado mediante fiança, minha advogada indicada pelo tribunal me aconselhou a não usar "mídias sociais" por um tempo.

"Não vai ser assim para sempre, Brandon. Mas é mais sensato por enquanto."

E ela disse: "Tem muita gente doente por aí, Brandon. Temos que ficar longe dessas pessoas".

No começo, antes do julgamento, houve um gotejar de correspondências endereçadas a *Brandon Schrank* que a advogada não me mostrou. Depois, durante as semanas do julgamento, começaram a chegar mais cartas todos os dias com a cobertura on-line e da televisão chamando a atenção do país para o processo contra um homem que havia atirado e matado para salvar a própria vida, um homem sem antecedentes criminais, e no fim do julgamento a advogada tinha mais ou menos mil objetos de correspondência em seu poder, levados da corte em caixas de papelão para uma "casa segura", onde seriam separados pelos assistentes da advogada no Gabinete da Defensoria Pública.

Na verdade, o julgamento seria um "julgamento anulado", porque, depois de vinte e dois dias de depoimentos e três de deliberação dos jurados, o porta-voz do júri anunciou que havia um impasse. E assim, Brandon Schrank foi posto em uma liberdade que é um grande alívio e, ao mesmo tempo, uma provação, pois consiste em esperar o promotor anunciar que vai haver um segundo julgamento e, portanto, eu serei novamente detido na Penitenciária Masculina de Glassboro County enquanto durar o julgamento, e terei que suportar a humilhação da acusação de ser um *assassino racista raivoso*.

Era um sinal do ódio racial instigado contra mim que, na Penitenciária Masculina, antes do julgamento, eu tenha sido mantido na unidade separada com homens brancos (como eu). Não tinha um companheiro de cela. Nem guardas negros ou hispânicos eram designados para minha cela, por receio de que me atacassem ou assediassem.

Foi minha advogada indicada pelo tribunal que insistiu nisso, porque havia muitas ameaças de morte contra mim. (E contra ela por me defender.) Eu não estava muito feliz com a insistência da advogada em colocar Brandon Schrank em observação por risco de suicídio, pois isso significa que a luz da minha cela nunca era apagada, apenas reduzida, e que um guarda tinha que me olhar por um visor na porta a cada dez minutos, e uma câmera de segurança me seguia o tempo inteiro quando eu estava na cela.

Tentei protestar, não queria raios radioativos enfraquecendo meu corpo! Não queria células cancerígenas ativadas em meu sangue pelo monitor de TV que não podia ser desligado e do qual eu nunca conseguia me esconder.

Caro Branden Schwank,

Você é desprezível. Foi repugnante como você ficou sentado no tribunal com as mãos unidas como se estivesse "rezano" para o júri ver e pensar que é uma pessoa cristã e não um assassino desprezível de um menino negro desarmado.

Deus tenha misericórdia de sua alma do mal, você não vai viver muito, isso é uma promessa.

Rápido, deixei de lado essa carta escrita como uma criança furiosa poderia escrever com uma caneta esferográfica. Um rubor quente invadiu meu rosto e um apito ecoou em meus ouvidos.

Essa era uma carta que eu havia recebido no começo de maio, antes do julgamento, antes de a "equipe legal" ter decidido impedir que essas cartas chegassem a mim.

Foi legítima defesa contra cinco deles. Eu temia pela minha vida.

Quantas vezes eu havia jurado esse fato simples. Quantas vezes tinha dado esse depoimento. Imediatamente aos policiais que foram chamados à cena, de novo na delegacia, de novo para minha advogada indicada pela corte, e para os oficiais no tribunal, e tantas vezes depois disso que à noite, quando durmo, estou declarando *Foi legítima defesa contra cinco deles. Eu temia pela minha vida.*

Não eram garotos e não eram homens, estavam entre uma coisa e outra, mas eram mais altos que eu e falavam de um jeito agressivo, o rosto contorcido de ódio por mim, pela brancura da minha pele.

Branco esquisitão. Branco esquisito do caralho.

Sabe o que a gente vai fazer com você, seu esquisitão branco da porra? A gente vai fazer você gritar.

É claro que eles correram quando dei o primeiro tiro. Todos correram, menos o que estava em cima de mim, me atacando. E era tarde demais para ele.

Não o que eu fiz acontecer, mas que aconteceu comigo.

Eu estava atravessando o terreno vazio atrás do correio de Glassboro onde antes ficava a velha Sears, agora praticamente só entulho, ferro enferrujado e vidro quebrado, eles chegaram pelas costas, cinco deles... eles começaram a me provocar falando o que podiam fazer comigo se eu não entregasse minha carteira... um deles segurava uma barra de ferro que tinha pegado e balançava que nem um bastão, apontando pra minha cabeça, então eu tentei proteger a cabeça e isso fez eles rirem mais ainda, como se estivessem bêbados ou drogados, e eu pensei... Eles vão me matar, só tenho onze dólares na carteira... *porque já aconteceu, pessoas foram mortas por não ter dinheiro suficiente pra dar pros bandidos. Não pensei na cor da pele deles porque estava tão assustado que não enxergava direito... não pensei que eram "meninos" porque eles pareciam mais velhos e se comportavam como mais velhos, eram mais altos que eu e estavam em cinco, enquanto eu estava sozinho... eu temia pela minha vida... um deles era o mais barulhento e mais furioso e me chamava de* branco da porra... *vinha pra cima de mim com a barra de ferro e balançava cada vez mais perto da minha cabeça, como se planejasse arrancar meu cérebro, e eu rezava pra Deus me ajudar e de algum jeito aconteceu, coloquei a mão no bolso da jaqueta, eles podiam pensar que eu estava pegando a carteira, mas era a arma... a.45 do meu tio Trevor, um revólver de serviço da polícia...*

Não sei quantas vezes atirei nele. Só fui apertando o gatilho até ele derrubar a barra de ferro e... o que aconteceu depois disso foi a vontade de Deus.

Em momentos como esse você se entrega à vontade Dele. Não existe oposição a Deus, só rendição.

O juiz estabeleceu a fiança em cento e dez mil dólares, o que significava um valor muito alto para a minha família, é claro. Não somos ricos.

O promotor recorreu pedindo a suspensão da fiança. Disse que Brandon Schrank atirou em um menor desarmado por racismo, sem nenhuma provocação, e que havia risco de fuga. Disse que Brandon Schrank havia demonstrado "indiferença depravada pela vida humana" e podia ser considerado perigoso na comunidade. Minha advogada rebateu os argumentos, disse ao juiz que Brandon Schrank havia vivido todos os seus vinte e nove anos em Glassboro, Nova Jersey, e tinha laços fortes com a mãe, o tio (Tenente Trevor Schrank, Departamento de Polícia de Glassboro, aposentado), bem como com outros parentes no sul de Jersey. Não trabalhava no momento devido à recessão, mas havia sido funcionário da Toms River Contracting por sete anos, e o empregador declarou sua confiança nesse cidadão "confiável e responsável", como o fez o ministro da Igreja de Cristo em Glassboro, à qual ele e a mãe pertenciam. Em especial, a advogada argumentou que Brandon Schrank não oferecia risco de fuga por ser "devotado" à mãe, que tinha uma propriedade em Glassboro e atualmente era submetida à quimioterapia no Ocean County Memorial Hospital. O filho nunca fugiria de Glassboro County, deixando a mãe para trás.

Não é possível saber o que um juiz está pensando. Mas, depois da argumentação da minha advogada, o juiz estabeleceu a fiança, contrariando o pedido do promotor, em cento e dez mil dólares. E depois disso, comecei a receber doações que ficavam aos cuidados da minha advogada e do Gabinete da Defensoria Pública, meu *fundo de defesa*, o que foi uma completa surpresa para mim.

Notas de valor baixo eram mandadas junto com as cartas. E havia cidadãos em Glassboro que ofereciam dinheiro, entre eles cidadãos proeminentes (que queriam permanecer anônimos). E membros do grupo da nossa igreja recolhiam donativos. Até finalmente onze mil dólares serem doados e eu ser liberado da Detenção, onde me fizeram sentir um criminoso comum.

Estão dizendo que *matei a tiros um menino negro desarmado por nenhum motivo além de ódio racial.* Deus sabe a verdade, que eu não sabia que ele era um menino ou um negro, e havia outros com ele, todos gritando e me ameaçando, e eu temia pela minha vida.

Fui informado de que todos os dias há mais ameaças contra a minha vida. Telefonam para o tribunal de Glassboro, para os meus parentes e para outras pessoas no sul de Jersey, gente que tem o mesmo nome que eu ou um nome parecido. Minha mãe e meu tio T. (que é cunhado da minha mãe) desligaram o telefone fixo e agora só têm celulares.

Alguns advogados no Gabinete da Defensoria Pública que não têm nada a ver com o meu caso recebem telefonemas com ameaças de morte!

Desde que fui liberado da Detenção, morei em vários endereços diferentes escolhidos por minha "equipe legal". Meu paradeiro é segredo para a mídia, mas tem que ser sempre informado ao gabinete do promotor de Glassboro County.

É claro, não moro mais com minha mãe na Eagle Street, Glassboro, nem em nenhuma casa que pertença a algum dos meus parentes. Isso tem sido anunciado repetidamente na mídia para proteger minha família.

Nem sempre me dei tão bem com meus familiares. Do lado paterno, depois que meu pai morreu. Mas os Schranks agora me apoiam. Todos eles me apoiam, e alguns (como o tio T.) declararam publicamente que têm um orgulho "danado" de mim.

É verdade, uma das acusações contra mim é que eu não tinha/tenho permissão para ter uma pistola, porque isso é *porte oculto*, ilegal no estado de Nova Jersey. E é verdade, a arma não estava/está registrada em meu nome, mas no de meu tio T. E é verdade, tio T. não sabia que eu tinha tirado a arma dele de casa até receber um telefonema da polícia de Glassboro naquela noite informando que seu sobrinho estava preso e que ele, em cujo nome a arma estava registrada, devia ir imediatamente à delegacia.

Pobre tio T.! Ter que ir ao local onde havia sido oficial por trinta e sete anos e onde muitos policiais o conheciam!

Quando tio T. se aposentou da polícia por ordens médicas aos cinquenta e nove anos, foi solicitado que ele entregasse seu revólver de serviço, um calibre.45, ao capitão de sua base, o que ele fez. Mas tio T. tinha outras armas de fogo, e entre elas havia um revólver.45 comprado em uma transação particular, para o qual tio T. tinha uma licença doméstica. Na casa dele, tio T. também tinha um rifle de curto alcance para veados e uma pistola de cano duplo da época em que ele costumava caçar e levava meus primos e eu.

A margem do rio Chautauqua deste lado era a área preferida do tio T. para caçar. Meu pai não se interessava muito, como também não se interessava por pesca. E assim, o irmão mais velho do meu pai, que chamávamos de tio T. e que não tinha filhos, nos levava para caçar e pescar, e durante todos aqueles anos da nossa infância nenhum de nós jamais pensou que nosso tio perderia o interesse por essas coisas, como nunca pensamos que ele se aposentaria da polícia.

Durante anos o revólver calibre.45 do tio T. não foi tocado. Tenho certeza disso. Acho que o tio T. nem limpava mais a arma — o que é surpreendente, já que (tio T. costumava dizer) limpar uma arma é dever e responsabilidade do proprietário. Limpar a arma era algo que tio T. fazia sentado à mesa da cozinha na casa dele nas manhãs de sábado. E ele nos deixava ajudar, o que nós, crianças, gostávamos de fazer. E ele me dizia, pode pegar, Brandon, mas nunca aponte a arma para ninguém, mesmo que não esteja carregada, como agora.

O cheiro de óleo lubrificante e o peso do revólver na minha mão eram coisas de que eu me lembraria para sempre com um arrepio. E a sensação da arma, o acabamento liso de níquel em minhas mãos...

Se você estiver suando, fica um cheiro de arma na palma das suas mãos. É um cheiro difícil de descrever, mas inconfundível.

(O cheiro está em minhas mãos agora. Lavei e lavei as mãos, mas o cheiro nunca desaparece. Sinto o cheiro dela em meu sono.)

Meu tio T. guardava o revólver calibre.45 em uma gaveta na cozinha de sua casa, onde ele morava sozinho depois que minha tia Maude morreu. Não era uma gaveta usada com frequência, onde se podia encontrar pregos, tachinhas, velhos rolos de fita adesiva, cupons de supermercado, a última plaquinha de identificação do Caesar (Caesar era o boxer do tio T., um animal que ele amava loucamente e que havia morrido dez anos atrás) e outras tranqueiras. Como tio T. havia simplesmente jogado a arma no fundo da gaveta e esquecido, ele nunca mais abriu a gaveta, e nunca mais viu a arma para se lembrar de quando havia sido policial tantos anos atrás, até ter um problema e tudo aquilo acabar depressa — seu capitão se voltando contra ele, e nenhum amigo dentre os que ele pensava ter no Departamento. Além dos problemas médicos que pioravam todos os anos. O que nos fazia sentir mal pelas vezes que tio T. havia esquecido outras coisas. Uma vez ele deixou o carro na oficina para ser arrumado, mas esqueceu, pensou que alguém o havia roubado na entrada da garagem e chamou a polícia para registrar o roubo do carro, e numa ocasião recente, quando ele começou um incêndio na cozinha de sua casa, com um pano de pratos que pegou fogo na chama do fogão, e tio T. correu para a rua de cueca, na neve, e o mais assustador nisso tudo, me confundiu com meu pai, que tinha morrido havia doze anos.

Tio T. não ficou feliz por eu ter tirado a arma dele da gaveta da cozinha sem seu conhecimento ou permissão. Ele falou uma sequência de palavrões bem cabeludos quando teve oportunidade, mas desde então disse que me apoia "cem por cento".

É verdade sobre a arma, e eu me declarei culpado dessa acusação. Arma de porte oculto, posse ilegal de arma, entrar armado em uma propriedade federal dos Estados Unidos (posto do correio). Segui o conselho da minha advogada e me declarei culpado de todas essas acusações.

Minha advogada está determinada a conseguir minha absolvição da acusação de *assassinato em segundo grau.* Depois disso, ela tem certeza de que o juiz vai suspender a sentença pelas acusações envolvendo a arma.

Minha advogada diz que temos sorte, a promotoria não pode pedir mudança de foro, o que significa que o julgamento poderia acontecer em uma cidade com uma considerável população negra e hispânica, como Trenton ou New Brunswick. Ou Newark. "Em Glassboro, você é um herói. Os jurados vão refletir esse sentimento. E só precisamos de um."

Não pesquise seu nome on-line. Não se envolva em nenhuma comunicação on-line. Isso pode ser muito perigoso, Brandon — tem muita gente que odeia você.

Na Detenção, nenhum preso podia usar computador, telefone celular ou iPad. Mas agora que estou em uma "casa segura" (uma casa de fazenda que pertence a um parente da minha advogada em Pine Barren, que fica dezoito quilômetros ao sul de Glassboro), quando minha advogada não está lá e não tem ninguém olhando, posso usar o computador e digitar *Brandon Schrank* no Google. E tem 17.433 ocorrências!

É como quando você é pequeno, e gira e gira e fica muito tonto. E quando para de girar, você abre os olhos e vê que as coisas continuam girando à sua volta. É assustador, mas dá vontade de rir. *Jesus! Eu sou famoso!*

Mas não é tão bom ver o que foi postado sobre *Brandon Schrank*.

Ver as fotos que eu não tinha visto antes me causa um sentimento de desamparo. Fotos do meu rosto que alguém tirou com uma câmera ou um iPhone sem meu conhecimento ou permissão.

Racista. Assassino.

Condenação esperada e merecida.

Pena não haver pena de morte em N. J. No Texas ou na Flórida o assassino racista tomaria uma injeção letal.

Meu coração bate forte, os ouvidos apitam acompanhando a tontura. Sei que não devia estar vendo essas coisas, minha advogada avisou.

"Não foi assim. Eu não 'assassinei' ninguém. Temia pela minha vida e não tive escolha." Essas palavras de protesto saem de minha boca, palavras que repeti muitas vezes.

No quarto lá em cima, gritei e gritei. Minha garganta doía de tanto gritar, e meus olhos se encheram de lágrimas de dor e indignação.

"O único que sabe é... *ele*. O que me atacou e queria me matar, e em vez disso... a arma disparou e eu o matei."

Às vezes fico tão agitado que me sinto fraco e enjoado e tenho que sentar no chão. Às vezes a fraqueza é tanta que deito de costas no chão, e o quarto gira.

Quando o cunhado da minha advogada (que é assistente social em Pine Barren County) volta para casa, ele me encontra no chão lá em cima, em um canto do quarto para onde fui engatinhando. Consegui sentar com as pernas abertas como uma boneca de pano jogada no chão. Ele olha para a tela do computador, assobia baixinho e entende o que aconteceu.

"Se for pescar no esgoto, vai ficar com as mãos sujas de merda, Brandon. Deixa isso com a gente, está bem? Somos profissionais."

É como um pesadelo. Como uma sala de luzes ofuscantes onde, sempre que você abre a porta, as mesmas palavras estão sendo repetidas muitas e muitas vezes.

Viu a cara daquele menino em quem atirou, Bran-don?

Você diz que ele não era um menino, mas um homem, Bran-don. Sabia que Nelson Herrara tinha dezesseis anos?

Você disse aos policiais na cena do crime que tinha sido atacado por cinco homens, mas por que ninguém nunca viu os outros quatro?

Você diz que não percebeu que Nelson Herrara era negro, Bran-don? Quer que acreditemos nisso?

Diz que não viu "cor de pele nenhuma", Bran-don? Quer que acreditemos nessa bobagem?

Dos seis tiros disparados, quatro foram pra baixo, pro corpo do menino em ângulo agudo, mas você afirma que Nelson Herrara era mais alto e "estava em cima de você" com uma barra de ferro. Como isso é possível, Bran-don?

A barra de ferro... por que não tem digitais nela, Bran-don? Por que ele não bateu em você com ela nem uma vez, se temia por sua vida?

Pessoas que o conheciam em Glassboro High, Bran-don, contaram como alguns alunos negros perseguiam e assediavam você, como assustavam e enchiam você de medo... não lembra, Bran-don? Não?

Bem, talvez tenha sido há muito tempo, tipo doze anos, é isso, Bran-don? Talvez você tenha esquecido.

Tudo que posso dizer é o que já disse. E o que vou dizer até o último dia da minha vida.

Deus guiou minha mão, se não fosse Deus, eu estaria morto agora.

Minha cabeça teria sido quebrada, meu cérebro e meu sangue teriam se espalhado no entulho de concreto lá no terreno da antiga Sears. E eles teriam fugido, e ninguém nunca saberia quem me matou. E ninguém na área que os conhecesse falaria, com medo de morrer também, porque aquela parte de Glassboro, a região leste, é território deles. E depois de um tempo, ninguém se importaria por eu ter morrido, tirando minha mãe e alguns outros.

Mas Deus guiou minha mão, e minha mão encontrou no bolso o revólver do tio T., foi como se tio T. fosse um instrumento de Deus pra me salvar. E assim minha vida foi salva.

Sim, esse é meu depoimento sob juramento. Sim, Deus me ajude.

E a injustiça é a seguinte: você só é "inocente" se morre. Se luta por sua vida, você é "culpado".

Caro Brandon,

Acredite, muitos aqui estão tristes por você ter sido injustamente processado. Você não é um Assassino, só defendeu sua vida. Vi seu rosto na TV, seu rosto não é o rosto de um Assassino. Você é um rapaz, como meu filho, que perdeu a vida no Iraque. Estamos rezando por você, porque você é Inocente e defendeu sua vida. Deus o abençoe e liberte como você merece.

Nesse envelope, que eu não deveria ver, mas que encontrei na perua da advogada, tinha três notas de vinte dólares!

E em outro envelope com selo de Barnegat, Nova Jersey, fico chocado ao ver... uma nota de cem dólares!

É a primeira vez que vejo e toco uma nota de cem dólares com o rosto de *Benjamin Franklin* — acho que foi um dos presidentes dos Estados Unidos há muito tempo.

O fundo de defesa cresce todos os dias. Desde que as notícias do julgamento circularam em território nacional, mais de catorze mil dólares foram acumulados, parte em notas pequenas, parte em notas grandes e parte em cheques.

As maiores doações são feitas em cheques.

À noite, quando não tem ninguém olhando, digito *Brandon Schrank* no site de busca e vejo que agora são 42.676 ocorrências!

Tio T. me disse *Este país está em guerra. Mas não é uma guerra declarada na qual podemos nos defender dos nossos inimigos.*

No domingo de manhã eu acompanho minha mãe à igreja. Nossa Igreja de Cristo de Glassboro fica na Barren Pike Road, na periferia da cidade. Percebo olhares agitados nos seguindo quando ando ao lado de minha mãe e ela se apoia em meu braço, respirando depressa e baixinho, daquele jeito dela, como um animal ofegante. Desde abril, a vida de minha mãe tem sido um pesadelo, como ela diz, mas é excitante para ela ser a mãe de Brandon Schrank, que é um herói aos olhos de muita gente. Mas minha mãe, depois da cirurgia de um câncer de mama, precisa fazer quimioterapia a cada duas semanas no Ocean County Hospital, e eu não posso mais levá-la de carro.

Dentro da igreja, mais olhos nos seguem. São olhos amistosos, eu acho. Essa é nossa congregação, minha mãe é benquista aqui e não há negros. Ninguém para julgar de forma precipitada e injusta.

Minha "equipe legal" não aprovaria minha presença no culto dominical, por isso não lhes contei que viria.

No quinto banco, perto do corredor central da igreja, minha mãe e eu nos sentamos. Faz um tempo que não venho aqui, mas minha mãe vem quase todos os domingos, se tiver alguém para trazê-la. Naquelas semanas que passei na Detenção, muitos membros da congregação a procuraram, ela contou, seguraram sua mão e a confortaram: *Sra. Schrank, isso é muito injusto, prender um homem por defender a própria vida!*

E: *Estamos orando por seu filho. Temos fé em Deus, ele vai libertá-lo.*

No púlpito, o reverendo Baumann lê um trecho da Bíblia para nós, fala sobre o brando que vai herdar a terra, sobre nosso Salvador que não traz paz, mas uma espada. Ele fala das muitas "provações e atribulações" que são o legado da humanidade, que devemos suportar sem reclamar, porque essa é a vontade de Deus. E se existe um "aquecimento global", isso é um sinal de que Deus está descontente com a humanidade, porque há um ateísmo crescente, um ódio pelo Cristo, e nossos líderes políticos nos abandonaram para seguir os caminhos de Satã.

Espero que o reverendo Baumann não chame atenção para minha presença na congregação, como ele faz de vez em quando com os veteranos de guerra que sofreram ferimentos graves, espero que ele não fale em "herói" e "heroísmo", porque isso seria embaraçoso para mim, apesar de saber que minha mãe ficaria encantada.

Estou me sentindo muito estranho. Minha pele está formigando. Eu penso... *Não, por favor. Não.*

Quando está prestes a deixar o púlpito, o reverendo Baumann olha em minha direção, e um lampejo de aprovação ilumina seu rosto, um sorrisinho de boas-vindas e de apoio. É muito rápido, fugaz. E eu esboço um sorriso e aceno com a cabeça em agradecimento a esse reconhecimento sutil, tão sutil que muitos na congregação nem vão notar. Mas minha mãe notou, e outros nos bancos perto de nós também.

Estamos todos muito orgulhosos de você, filho!

Então, uma explosão repentina de som — a música do órgão — me faz encolher no banco e pensar que está acontecendo algum tipo de ataque contra a igreja, um ataque direcionado a Brandon Schrank; mas é só a organista tocando um hino, um daqueles que ouvi durante toda a minha vida sem prestar atenção à letra — *Rocha Eterna, refúgio para mim. Deixe que eu me esconda em Ti.*

A congregação canta. A congregação canta alto e com alegria. É um momento feliz, esse em que os hinos são cantados. Até minha mãe canta, embora sua voz seja muito fraca. E meu coração bate forte e eu penso: *Ele vai me levar e esconder. O refúgio se abrirá para mim.*

Porque foi assim quando Deus guiou minha mão para dentro da jaqueta. *A tua vara e o teu cajado me confortarão por todos os dias da minha vida.*

Depois do culto fica no ar uma sensação de ânimo e alegria. A organista toca alto enquanto a congregação deixa a igreja — "Onward Christian Soldiers".

Minha mãe espera ansiosa por esses momentos quando pode encontrar as amigas da igreja, mulheres como ela, mais velhas e viúvas. Várias comparecem ao culto acompanhadas pelos filhos (solteiros).

Agora não me sinto tão confortável. Gostaria de esperar minha mãe no carro, mas não quero parecer antipático ou rude.

"Você é Brandon Schrank? Uau."

Ele é um filho como eu, porém uns quinze ou vinte anos mais velho. É um professor careca e de rosto gordo, com óculos que dão aos olhos uma expressão de boa vontade, agora voltada para mim. Eu me sinto fraco e doente.

A voz dele é rouca, nasalada: "Mãe? Sabe quem é esse... *Brandon Schrank*?".

Mas a mulher de porte médio e cabelo branco é surda, e apenas sorri e olha para mim com ar desconcertado.

Estou tentando não sentir o cheiro do óleo no cabelo do filho de cara gorda, e estou tentando não olhar em seus olhos cheios de boa vontade. Sinto uma onda de raiva que nem a explosão de uma artéria, e tenho que me virar sufocando um gemido, como se alguma coisa tivesse acertado meu estômago.

Branco esquisito da porra. Você vai gritar, esquisito.

Para B. Schwank

> Você acha que é um herói por ter matado um menino de pele escura, mas é um lixo. É bem apropriado que suas iniciais sejam "B. S." — você é um Bosta Supremo. Não merece viver. Um dia vai acabar no lugar errado, e eu vou estar lá esperando. Vai ouvir seu nome, virar e ver, e essa vai ser a última coisa que vai ouvir, porque vou ter uma arma apontada para você, os dois canos. Não vai viver até o fim do ano em que Nelson morreu como um cachorro, essa é minha promessa.

Essa carta foi datilografada em uma folha de papel comum, que amassei e joguei no lixo. Sou grato por ninguém poder ver minha cara enquanto penso: *Vocês todos vão morrer, é só esperar. Vocês vão ver quem tem as armas.*

Fiquei sabendo que houve um "alerta de bomba" no Gabinete da Defensoria Pública, que fica atrás do Tribunal de Glassboro County, e o prédio inteiro precisou ser evacuado, só voltando a ser aberto na manhã seguinte. Essas ameaças já não me assustam muito, porque essas pessoas são covardes que (provavelmente) não têm coragem para construir uma bomba de verdade, muito menos levá-la a um lugar público.

Quando tomei conhecimento dessa notícia, já tinha visto em um telejornal como um esquadrão antibombas uniformizado havia chegado para pegar o pacote debaixo de um degrau de pedra na entrada do Gabinete da Defensoria Pública, onde havia sido deixado. O pacote, que não tinha endereço de destinatário, foi feito com papel marrom, pesava três quilos e meio e foi tratado com muito cuidado, embora, como foi revelado mais tarde, só contivesse alguns sacos de farinha de trigo que foram cuidadosamente analisados por receio de ser antraz.

Há sempre uma leve nota de humor na TV quando um "alerta de bomba" se revela inofensivo. Como se fosse decepcionante não haver bomba, nenhuma explosão; e os âncoras dos jornais da televisão são forçados a se sentir bobos, como se tivessem desapontado os telespectadores.

Notei como os agentes da lei olham para mim quando estou no tribunal. Porque todos eles me conhecem, é claro. Alguns me encaram de uma forma como se poderia olhar para um parente que fez algo para chamar atenção, alguma coisa que você não aprova exatamente, mas pela qual não o julgaria com rigor. Porém todos os agentes são profissionais e nunca sorriem para mim, muito menos falam comigo.

Já é agosto. E depois é setembro. Desde abril, fui transferido quatro vezes.

Minha vida agora é tão confusa que eu não poderia descrever nenhum dos lugares onde fiquei, exceto a casa dos meus pais, onde morei quando era criança, o que agora parece ter acontecido há muito tempo.

Tem uma espécie de amnésia que se instala quando você é transferido com tanta frequência. É como ser filho de um oficial de carreira do exército, você muda de lugar e de escola o tempo todo. Vê muitos rostos, mas não se lembra de nenhum, e não sente nenhuma emoção por eles.

Uma vez, acordei à noite com uma forte sensação que era uma mistura de náusea e desespero, sem ter a menor ideia de onde estava, ou de que dia era, ou de quem eu era ou deveria ser.

Ali estava o menino Nelson Herrara. À luz da lua eu não podia ver sua pele, só percebia que estava na sombra, como a minha. Eu tentava explicar para ele alguma coisa complicada que tinha a ver com ninguém entender o que havia acontecido, exceto nós, aqueles com quem *tinha acontecido*.

Mas as palavras não vinham, porque não sou muito falante e é comum, quando sou questionado, que minha garganta fique seca e a voz saia rouca e instável.

Quando sou interrogado pelos jovens assistentes da promotoria, é comum eles se olharem como se pensassem: *Ele não é certo da cabeça, é? É retardado, é maluco. Ele é patético.*

É verdade, às vezes fico muito cansado. É como se carregasse um saco de cimento sobre os ombros. Sou obrigado a *marchar* porque sou um Soldado do Senhor.

Eles não debocham de mim, não abertamente. É só um olhar que passa de um para o outro como uma bola de pingue-pongue. Os velhos promotores olham para mim de um jeito diferente, pois sou trabalho para eles, suponho. Preparar tudo para o(s) meu(s) julgamento(s) é o trabalho pelo qual eles são pagos, e no fim do dia eles vão para casa agradecidos e me esquecem.

A equipe da defensoria pública me transfere à noite por questões de segurança. Normalmente, em um veículo no qual viajo encolhido no banco de trás, onde me viro para olhar pela janela e sou surpreendido — *Não tem ninguém lá.*

É claro, as autoridades de Glassboro sabem o tempo todo onde estou, e minha mãe e tio T. não sabem. E que choque foi para mim ouvir dois dos jovens defensores públicos encarregados de me transportar dizendo:

Aquele lixo racista. Jesus! O dinheiro que ele custa.

Metade da porra do nosso orçamento. A gente devia deixar o cara em Trenton.

Até então eu havia pensado que os defensores públicos eram meus amigos! Isto é, com exceção dos advogados negros. Mulheres, na maioria, são educadas na minha frente, mas parece que tem algo podre no ar.

Foi uma espécie de piada no tribunal quando se estabeleceu a fiança. Quando me pediram para "entregar" meu passaporte, houve um momento cômico em que minha advogada disse sorrindo: "Excelência, meu cliente não tem passaporte. Não acredito nem que ele já tenha saído de Glassboro County".

Isso não é verdade, é claro. Viajei várias vezes para Atlantic City, que fica em Ocean County, Nova Jersey.

Agora estou na casa dos Cassells na Bear Tavern Road, Muhlenberg. Eles são um casal de idosos, o homem prende o cabelo grisalho em um rabo de cavalo desarrumado, e a mulher já sorriu tanto e tão intensamente que tem pés de galinha no canto dos olhos.

Não fica claro para mim se os Cassells são advogados como minha advogada, ou se são outro tipo de advogados, mas eles me interrogam como minha advogada e a polícia fizeram, embora eu já tenha dado essas respostas muitas vezes. Eles estão dizendo que vão gravar meu depoimento e minha história de vida, e que eu "não devia esconder nada", porque minha história vai ser vendida para a televisão por um valor alto. Eles ainda não decidiram para qual canal a cabo. E tem programas de entrevistas e jornais dispostos a pagar por minha entrevista.

Nada disso pode ser feito antes de eu ser julgado e absolvido, eles me informaram. Os Cassells estimam que isso pode acontecer em algum momento do outono, e até lá é possível que eu não receba nenhum dinheiro ou cheque por minha história. Mas os Cassells estão me preparando, todas as noites nós conversamos durante o jantar. A sra. Cassells prepara nossas refeições. O sr. Cassells faz as tarefas domésticas, como ele as chama. As janelas da sua "casa de fazenda" de cedro são cobertas com plástico que deixa entrar alguma luz, mas não dá para ver através dele, o que significa que ninguém pode nos espionar. Lá fora, presos no quintal, tem três dobermanns que latem muito e uivam alto se algum estranho aparece na entrada da casa.

Pode assinar esse acordo, por favor, Brandon?

Pergunto o que é, e eles dizem que *É um acordo de restrição. Aqui diz que somos seus agentes exclusivos para direitos de adaptação para a televisão, sejam séries ou exibições únicas, livros, jornais e revistas, da sua história de vida ("Viver livre ou morrer: a verdadeira história de Brandon Schrank") e que você não vai assinar nenhum outro contrato com outros agentes.*

Pergunto quanto vou ganhar por isso, e eles dizem que *Vamos exigir um mínimo de cento e cinquenta mil dólares por direitos exclusivos, mas isso é só o mínimo. Quando duas ou mais partes estiverem disputando os direitos... "O céu é o limite"!*

Ficou acertado que vou acompanhar a esposa do reverendo Baumann à Toms River Haven Home todas as quintas-feiras. É uma casa de repouso para os idosos associados à Igreja de Cristo de Glassboro. Aqui eu circulo entre os residentes (muitos em cadeiras de rodas), que sorriem para mim como se esperassem me reconhecer, mas isso nunca acontece. A sra. Baumann diz que não há nada com que me preocupar, que os residentes da Tom Rivers Haven Home nunca leem os jornais nem assistem aos jornais da TV, não têm interesse em "notícias", só querem saber o que acontece em suas famílias ou na Home.

A sra. Baumann tem uma voz alegre e alta. "Olá! O-*lá*! Este é o Brandon, que veio visitar vocês! E todos me conhecem... Meg!"

Levamos um pacote de tangerinas da Safeway para os residentes idosos. Coisas doces não fazem bem a eles, por isso levamos frutas. Nós os ajudamos a descascar as tangerinas quando encontram dificuldades.

Lemos trechos da Bíblia para os moradores idosos e doentes da Toms River Haven, que no começo ouvem interessados, como se levássemos notícias sobre a vida deles, coisas que precisavam saber. E tem alguns cuja visão é tão ruim que eles não conseguem mais ler a própria Bíblia. A sra. Baumann fala com alegria sobre Jesus para os residentes — "Jesus é um velho amigo de vocês, que já O conhecem há muito mais tempo que eu, tenho certeza!". Ela tem uma risada aguda e o hábito de agarrar meu braço como se sentisse dor, mas uma dor feliz.

Logo os moradores começam a ficar sonolentos. Os que estão em cadeiras de rodas, especialmente, começam a cochilar enquanto a sra. Baumann e eu nos revezamos na leitura das Escrituras, o Livro de Ester, os Salmos...

"Cantai ao Senhor um cântico novo, porque fez maravilhas; a Sua destra e Seu braço santo Lhe alcançaram a salvação. O Senhor fez notória a Sua salvação, manifestou a Sua justiça perante os olhos dos gentios..."

Minha voz oscila, mas é forte. E Meg Baumann segura minha mão com seus dedos secos e mornos para me dar apoio.

Faço visitas frequentes à Toms River Haven Home. Nenhum dos residentes idosos e doentes me reconhece e há um conforto nisso.

Que rapaz agradável. Um rapaz agradável e educado.

Uma senhora segura minha mão e cochicha para mim: "Veio para me levar para casa? Você é o Harvey... é? Por favor?".

A equipe de enfermagem me conhece, é claro. "Oi, Brandon!"

Minha vida poderia ser uma vida feliz, eu acho, se eu integrasse a equipe da casa de repouso. É bom levar felicidade a desconhecidos. Às vezes almoço lá, à mesa com os residentes. Tem uma hora reservada à música, um dos moradores toca o piano com acordes pesados como os de um órgão e nós cantamos juntos, hinos natalinos. Falei com o reverendo Baumann, que me aconselha a voltar para a escola quando o segundo julgamento acabar e meu nome estiver limpo. Vou me matricular no Glassboro Community College, onde vou escolher um curso que me permita trabalhar em uma casa como a Toms River Haven Home, não como atendente ou ajudante de enfermeiro, mas como assistente ou administrador de assistência médica.

Os funcionários são simpáticos comigo. A maior parte da equipe é simpática comigo.

Eu me tornei conhecido de alguns enfermeiros. Uma delas é Irma, que tem a minha idade ou um pouco mais, uma mulher de ossos grandes, cabelos curtos, loiros e encaracolados e um sorriso agradável, e um dia, quando estávamos sozinhos e ninguém podia nos ouvir, Irma me diz: "Só queria dizer, Brandon, que o que você fez foi muito corajoso! Enfrentou aqueles marginais, só você contra cinco, eles aprenderam que é melhor não abusar da gente... Homens negros já me seguiram, já me disseram coisas, e se eu tivesse uma arma, talvez os tivesse enfrentado melhor".

Irma me pede para assinar em um caderninho, meu autógrafo.

Brandon Schrank

Tio T. me falou que *A guerra que vai acabar com este país é a guerra racial. Não é reconhecida pelo governo, que anda de conluio com os imigrantes e negros que votam pelo estado do bem-estar social.*

Uma noite, os Cassells me apresentaram ao sr. Jorgenson, que é vice-presidente da American Ace Firearms Inc., com sede em Wilmington, Delaware. O sr. Jorgenson aperta minha mão e é muito simpático. Ele me surpreende dizendo imediatamente que sua empresa está disposta a ajudar a pagar por meu novo julgamento, ou até arcar totalmente com um novo julgamento, se eu aceitar um advogado particular escolhido por eles, "Alguém especialista na lei de 'legítima defesa'".

Fico animado com a oferta, mas me sinto culpado quando penso em demitir minha advogada indicada pelo tribunal. Depois de algum tempo discutindo a situação com o sr. Jorgenson e os Cassells, e de saber que nenhum defensor público tem tempo ou recursos para apresentar uma defesa como um advogado particular, e que o advogado que seria contratado pela American Ace Firearms é um dos cinco melhores advogados de defesa dos Estados Unidos, concordo com o novo advogado particular. E os Cassells me dizem que foi uma decisão sensata.

O sr. Jorgenson me chama de "filho". Bate no meu ombro, aperta minha mão com força, me chama de herói.

"Nosso ponto de vista sobre essa tragédia, que devia ser apresentada ao júri e ao povo dos Estados Unidos de um jeito mais contundente do que o adotado por sua advogada, é que você está sendo crucificado por ter defendido sua vida. Com exceção da mídia liberal, que está criando caso por motivos políticos, não tem uma viva alma que culparia você ou se comportaria diferente se estivesse em seu lugar."

Naquela semana, mais tarde, um fotógrafo contratado pela American Ace Firearms chega à casa dos Cassells para me fotografar, embora eu tenha explicado que odeio tirar fotografias... (Isso vem do tempo do colégio, quando minha foto do álbum de formatura ficou tão horrorosa que eu queria arrancá-la de todas as cópias do álbum que caíam em minhas mãos.)

A American Ace quer um retrato "juvenil", "sensível", não com uma arma de fogo, é claro, para apagar as imagens feias de Brandon Schrank que circulam desde abril. É importante (eles dizem) que minha postura seja "perfeita", que eu esteja de cabeça erguida e que haja em meu rosto uma expressão de "orgulho".

Fico surpreso com quantas fotos o fotógrafo tira durante boa parte da tarde, e com quanto ele se preocupa com iluminação. Porque, quando vemos uma foto de alguém, pensamos: "É assim que ele *é*".

Foi criado um website para BRANDON SCHRANK, onde as fotos são postadas. No começo eu mal me reconheço — as fotos foram "photoshopadas" para remover imperfeições em minha testa, olheiras —, mas aos poucos deixo de me sentir constrangido e percebo que tenho uma boa aparência quando estou sorrindo, e não fazendo aquela cara azeda.

Tem uma camiseta que as pessoas ganham em troca de uma doação, qualquer valor acima de vinte e cinco dólares. Nos tamanhos GG, G, M, P e PP, branca, estampada na frente e nas costas com a minha foto e VIVER LIVRE OU MORRER BRANDON SCHRANK.

A resposta ao site é impressionante. Cartas e doações chegam aos montes todos os dias. Muitos pedidos da camiseta. Os Cassells não me impedem de ver essas coisas, que são passadas para mim pelos assistentes deles...

Você é nosso herói, Brandon Schrank. Estamos rezando por você.

Estamos enviando a nossa doação para ajudar a lhe garantir a justiça, Brandon. Estamos rezando por você.

Logo o fundo de defesa recebeu mais de cinquenta mil dólares. E a cada dia, mais doações chegam.

Tem uma guerra racial. Tem uma guerra do ateísmo contra o povo cristão. O país está em guerra, o Governo é o inimigo. O presidente é culpado de traição. Brandon Schrank, você é um soldado nessa guerra, você não pode perder a esperança. O segundo julgamento vai terminar com ABSOLVIÇÃO *— isso é uma previsão!!!*

Meu novo advogado, sr. Perrine, telefona para dar boas notícias: o segundo julgamento foi adiado!

Agora está marcado para segunda-feira, 6 de outubro.

Um julgamento adiado é sempre uma vantagem para o defensor, diz o sr. Perrine. Testemunhas podem mudar de ideia com o tempo e, em alguns casos, até desaparecer. O advogado do segundo julgamento tira proveito dos erros do primeiro advogado e não se surpreende com o caso montado pela promotoria.

"Vamos jogar uma bomba neles, filho. Vamos colocar você para testemunhar a seu favor."

Isso é uma surpresa! O defensor público disse que não não não nunca poremos você no banco das testemunhas, Brandon, para ser esquartejado pela promotoria. E eu tive que pensar nisso, porque, se sou inocente, se *não sou culpado*, os jurados vão achar estranho caso eu me negue a testemunhar.

"Não se preocupe, vamos ensaiar cada palavra. Você vai ser uma avezinha com cada tremor de asa ensaiado. A verdade vai brilhar em seu rosto, filho. Todos que olharem para você serão ofuscados por esse brilho."

O sr. Perrine falava assim. Como o reverendo Baumann quando se entusiasmava. Ficar muito perto do sr. Perrine provocava uma sensação flamejante, um medo que também era entusiasmo diante da ideia de pegar fogo. Sua boca larga cintilava com a saliva prateada.

A America Unite! juntou-se à American Ace Firearms para cobrir as despesas do julgamento. Os Cassells me explicam que a America Unite! é uma organização de vários milhões de membros dedicada à preservação e proteção da língua inglesa, da Segunda Emenda e do direito dos estados de administrarem a pena capital, entre outras campanhas. Fotografias de Brandon Schrank foram postadas no site da America Unite! e replicadas muitas vezes on-line.

É muito excitante. É excitante demais, não consigo dormir, exceto com comprimidos que os Cassells arrumam para mim. E quando durmo, não sonho. É como desligar a televisão — só o vazio, a escuridão.

Em nossas negociações com eles, temos sempre que estabelecer os limites. Não devemos nunca mudar os limites, nem um metro, nem um centímetro! Não devemos mostrar nossas fraquezas, nem nunca ceder.

Estou segurando o revólver com as duas mãos. Meu dedo está sobre o gatilho. De uma estrela distante, vem o pensamento que confunde minha cabeça — *Este é o começo da nova vida.*

Irma pergunta como é isso. Quando você *soube*...?

(Acho que Irma está perguntando quando eu soube que ia atirar para matar.)

Mas, mesmo nesses momentos, quando estamos sozinhos na escuridão do quarto de Irma, e não tem ninguém para ver meu rosto ou gravar minhas palavras, eu nunca falo sobre os tiros.

Não é só por ter sido prevenido para nunca falar sobre os tiros. Não é só por ter sido avisado para não falar sobre aquele dia da minha vida, a decisão que tomei, ou presumivelmente tomei, quando entrei na cozinha do meu tio e peguei o revólver.45 sem contar a ele, e o escondi na minha jaqueta de poliéster à prova d'água; quando carreguei a arma junto do peito por muitas horas, muitos minutos de excitação crescente, a mesma sensação que deve experimentar alguém que carrega uma bomba presa à cintura, programada para explodir em um horário específico. Não só por ter sido prevenido para não falar sobre esses minutos dos quais muitos se perderam para mim, como água que cai na água em uma cascata ensurdecedora, muitos afluentes que correm para um único rio, mas é que não sei como falar sobre o que aconteceu — o que aconteceu *comigo* — não *o que eu fiz*.

E quando Irma pergunta em que estou pensando quando fico tão quieto, o que estou sentindo, daquele jeito que as mulheres perguntam, que é como tirar uma casquinha para ver se ela sai, ver o sangue brotar embaixo dela e ficar aborrecida e enojada com o que vê — fico bem quieto tentando não demonstrar a raiva, raiva por essa pessoa querer invadir minha vida, entrar em mim, embaixo da minha pele, quando a pele é tudo que tenho para me proteger.

Fico seguro na Toms River Haven Home, fico seguro na igreja e fico seguro aqui (na casa dos Cassells, onde tenho um quarto na parte de trás, um quarto que foi do filho dos Cassells, que foi enviado ao

Afeganistão e de onde não voltou, ou voltou dentro de um saco para ser enterrado no cemitério Muhlenberg), mas não fico seguro em muitos lugares, inclusive na casa da minha mãe, na casa do tio T. e nas casas dos meus parentes. Não fico seguro *em público*. Minha vida tem sido ameaçada muitas vezes (centenas? milhares?), mas não tomo conhecimento da maioria das ameaças feitas on-line, na internet, no Twitter, o nome *Brandon Schrank* está em todos os lugares.

No antigo quarto do filho dos Cassells tem uma mancha de água no teto, e você pode pensar, se ficar olhando para ela por tempo suficiente, deitado na cama com os olhos abertos e sem piscar, que é um olho arregalado e sem pálpebras olhando para você.

Eu estava armado não por querer fazer mal aos outros, mas por querer proteger os outros.

Em um ônibus, por exemplo, se tem uma gangue de "jovens" — se eles ameaçam mulheres ou outras pessoas... (que podem ser pessoas de cor e também gente branca) — eu ia achar que podia intervir. Não pra dar uma de herói, mas pra fazer uma diferença na vida.

Não sei qual foi a coisa errada que fiz naquele dia. Pegar a arma do meu tio sem pedir permissão — isso foi o começo. Mas, se eu não estivesse armado, poderia não estar vivo agora. Então, foi uma decisão que, mesmo que fosse "errada" na hora, parece "certa" agora.

Sim. Discuti o assunto muitas vezes com meu pastor.

Sim. Discuti o assunto muitas vezes com meu terapeuta.

Pensei muito nesse assunto, porque ele é como um daqueles jogos de plástico, tipo um controle remoto, onde você tem que apertar os quadradinhos coloridos pra criar um padrão. Você tenta, tenta e tenta criar um padrão, que é "ganhar" o jogo, mas não consegue, embora saiba que é possível e que por acidente, pelo menos, você já conseguiu.

Sim. Acredito que Deus me perdoou. Sei que muita gente está ultrajada comigo por fazer esta declaração simples, mas nunca acreditei que Deus estivesse bravo comigo e que Ele precisasse me "perdoar". Nunca acreditei que Deus quisesse me negar a vida, já que Ele me deu a vida há trinta anos, completos no próximo 2 de novembro.

Estava saindo do velho prédio de tijolos vermelhos na Main Street, que tinha muitos degraus de pedra, onde eu fui para falar com meu primo que trabalha lá, não no balcão, mas na triagem, por isso foi difícil ter acesso a ele, e eu estava ficando irritado, e Andy não estava de muito bom humor, e não é da conta de ninguém o assunto entre nós (eu tinha que pedir dinheiro emprestado a Andy para consertar meu carro). E atrás do correio, descendo a encosta, fica o lugar onde era a velha Sears e agora é só lixo e entulho, mas tem uma área livre para as pessoas estacionarem o carro e não ter que pôr dinheiro no parquímetro. E tem aquela garotada que se reúne ali, não o tempo todo, mas às vezes, e eles ficam assediando as pessoas, ou só olhando para elas de um jeito que é ameaçador, se você é uma mulher (branca), por exemplo; ou um homem (branco). Esses garotos reunidos no terreno nem sempre têm a pele negra, na verdade. Às vezes também tem garotos brancos, ou homens mais velhos com pele de qualquer cor, que podem ser traficantes de drogas, bandidos — "gangstas" —, e você passa por eles depressa, sem encarar. E eles riem e falam *Esquisito! Verme!* Não sempre, mas de vez em quando, isso aconteceu algumas vezes, e eu penso que agora estou preparado, como não estava preparado no colégio, eu estaria preparado e tiraria a arma de dentro da jaqueta, e a levantaria e apontaria e apertaria o gatilho como tio T. me ensinou quando eu era criança — você não esfrega o gatilho, você não puxa o gatilho — você *aperta o gatilho*. E as caretas de deboche se transformam em espanto e horror quando os bandidos da porra protestam *Não! Ei, não, cara... não atira...*

Quando rezo de joelhos, a congregação da Igreja de Cristo está rezando comigo. O reverendo Baumann disse *O que é feito a cada um de vocês, é feito comigo. Lembrem sempre — Jesus disse ao bom ladrão: hoje você estará comigo no paraíso.*

Nunca entendo muito bem o que a Bíblia quer dizer; ou o que os pastores extraem da Bíblia para nos transmitir. É quase sempre como uma língua estrangeira que você ouve alguém falar e de vez em quando (talvez erroneamente) escuta alguma coisa que faz sentido.

Jesus está no seu coração. Seu amor vai levar você pelo Vale da Sombra da Morte não uma, mas muitas vezes, amém.

O último dia de abril não é um grande dia. Não trabalhei de novo essa semana e a merda do meu carro precisa de uma revisão geral. Passei na casa do tio T. para pedir um pequeno empréstimo, mas não consigo pronunciar as palavras, tio T. me daria o dinheiro (provavelmente), mas já devo a ele — não lembro quanto — e isso é muito constrangedor na minha idade, com as minhas habilidades. E tio T. atravessa o corredor para ir ao banheiro (e eu vejo o velho andar com passos incertos, tendo que apoiar a mão na parede para não perder o equilíbrio, o que é doloroso de ver) — e lá estou eu abrindo a gaveta e pegando a arma, guardando no bolso interno da jaqueta e pensando que esse revólver de serviço calibre.45 fica ali *guardado* na bendita gaveta com coisas de cozinha. Lá está a arma do tio T. como um brinquedo esquecido. E não estou pensando em nada — ninguém vai acreditar em mim, mas *não estou pensando em nada, não estou premeditando ou planejando* só que... de repente a arma está na minha mão, e tudo parece certo.

É como resolver o quebra-cabeça de plástico, encaixar o quadrado colorido certo no lugar certo. E você sabe — *é um encaixe.*

E eu saio de lá, e tio T. olha para mim surpreso — só tomei uma cerveja com ele, e ele esperava uma bebedeira das boas.

Dirijo sem rumo pela cidade, e na passarela de pedestres sobre os trilhos da ferrovia tem um garoto negro, magro e alto apoiado na grade, e eu estaciono a meio quarteirão dali e volto, e tem um volume no bolso do garoto (faca? revólver?) mas tem outros garotos, alunos da escola saindo e gritando e jogando pedras no rio lá embaixo, e o menino negro muda de ideia sobre ficar ali parado e vai embora andando depressa. E mais tarde, perto do colégio, no estacionamento drive-thru no fundo do prédio, tem meninos negros que parecem muito mais velhos e mais perigosos do que pareciam quando eu era aluno lá. E mais tarde estou a pé atrás do Market Basket, e lá vejo aquele garoto negro mais velho, uns dezenove anos, talvez, do tipo que costuma ficar ali, e ele olha para mim de um jeito engraçado (eu acho) e mexe a boca como se falasse comigo... e meu coração começa a bater acelerado antes mesmo de eu pensar — *Estamos sozinhos e não tem ninguém pra ver. Se eu virar de costas, ele pode pular em cima de mim.* Mas duas coisas acontecem e interferem: um homem (branco) abre a porta dos fundos, chama o garoto negro, e o menino vira e desaparece no interior do prédio, depois volta com uma caixa pesada que leva para uma picape, e ele sai para entregar compras, ou alguma coisa assim, e eu penso, debochando de mim mesmo — *Foda-se isso tudo, babaca. Vai pra casa, você tá fodido.*

Mas depois do correio e conversando com Andy, e não estou de muito bom humor, estou me sentindo bem mal, e tem alguns garotos em uma viela, barulhentos como rappers, a calça caída até a metade da bunda como gangstas, e estou pensando como no inverno é complicado estacionar ali com os garotos jogando bolas de neve, atormentando os clientes do correio, e meu carro é atingido por uma maldita bola de neve, como no inverno passado. São garotos negros, principalmente, um certo tipo de garoto negro, nem todos negros, mas a maioria, é como se fossem intercambiáveis, como uma coisa de raça o jeito como se juntam e olham para você, e dá para ver como são parecidos com hienas ou alguma coisa capaz de rasgar sua garganta com os malditos dentes, que devem ser afiados como navalhas, como alguns selvagens na África afiam os dentes.

Para começar, havia alguns garotos negros no limite do estacionamento, cinco ou seis deles saindo da escola e indo para casa, gritando e rindo como hienas, e aquele outro garoto, que não estava com eles e devia ser mais velho, ele está atravessando o estacionamento como se tivesse um destino, e eu estou ali no caminho, por isso ele tem que levantar a cabeça e olhar para mim meio surpreso, e decide que vai passar por mim sem me encarar, e abaixa a cabeça, como se não percebesse minha presença nem como estou olhando para ele; e estou na frente dele de novo, e ele pensa que porra, vejo um lampejo em seus olhos e é então que percebo que agora não há testemunhas, e essa é a minha chance.

Deus mandou um sinal durante sua vida inteira. Você seria um covarde vergonhoso se fugisse disso.

Então pergunto na cara de merda daquele garoto negro o que ele quer comigo. Por que está me seguindo? E ele responde imediatamente que não está me seguindo, que é o que qualquer um deles diria, qualquer um que quisesse assaltar você ou bater na sua cabeça com uma pedra. E não estou agitado, minha voz não fica mais alta, como na televisão, estou dizendo a esse garoto para sair do meu caminho, melhor sair da porra do meu caminho, e ele está com muito medo, posso ver, e olha em volta para ver se tem alguém olhando, e se prepara para correr, então falo para ele ficar onde está, seguro a arma, mas a mantenho abaixada, junto da minha perna, de um jeito que, se alguém nos viu de longe (por exemplo), da viela ao lado do correio, não viram o que tenho na mão. E digo para ele se ajoelhar. Ainda estou falando com uma calma aparente para esse traste ficar de joelhos e rezar, e se ele rezar pela própria vida do jeito certo, de um jeito que Deus escute, talvez ele não se machuque.

É uma surpresa, uma surpresa boa, ver como o garoto está assustado, embora seja mais alto que eu, e ver que é (talvez) mais novo do que pensei que fosse. Um menino magricelo como aquele outro em cima da passarela de pedestres, fico quase com vergonha de ter pego esse, como se pegasse um peixe muito pequeno, ou como se estivesse caçando e atirasse em um cervo muito pequeno, numa corça ou num filhote de corça. Porém, Deus me mandou esse. Digo que ele não está rezando com força suficiente — "Deus tá tendo problemas pra te ouvir, cara".

(É engraçado, no dialeto cadenciado negro. Mas o garoto está com medo demais para apreciar o humor.)

Não tenho medo, mas estou agitado, e minha mão que segura a arma está tremendo, e eu a sustento com a outra mão para diminuir o tremor. E engulo com esforço porque minha garganta está muito seca. É uma piada tudo isso (não é?) porque não pretendo atirar no garoto, ou em qualquer outro garoto com qualquer cor de pele, só quero assustá-lo um pouco, ensinar respeito para o filho da mãe.

Ele está de joelhos no meio do lixo. Não está rezando, mas está implorando para *mim*.

Ele está dizendo *Não atira em mim, por favor, não atira em mim* — está implorando para *mim*.

Mas, de alguma forma, a arma dispara. Não apertei o gatilho, mas o gatilho é apertado de algum jeito, e a arma dispara. A explosão é ensurdecedora, mas não é muito real para mim. *Isto não está acontecendo* — esse pensamento chega como que de uma estrela distante, quando aperto o gatilho outra vez, e outra, como se a arma disparasse sozinha, depois de ter começado.

O menino cai de cara no chão, no meio do entulho. Como em um filme, o sangue aparece depressa, mas não é como em um filme que fico ali com a arma na mão, sem saber o que fazer agora, em seguida; e a arma está em silêncio, as balas acabaram. E estou pensando em como sou solitário, estou completamente sozinho aqui. Não tem ninguém aqui além de mim.

O fundo de defesa tem cento e vinte mil dólares, e é só 1º de setembro!

Porém, apesar de todas as pessoas que mandaram dinheiro e rezaram por mim, ainda estou sozinho. E estou pensando que a única pessoa com quem eu poderia falar, que entenderia alguma coisa disso tudo, é "Nelson Herrara" — que eu não conheci vivo.

Estou saindo para ir visitar Irma, que mora em um sobrado do outro lado da cidade com as duas filhas pequenas. Irma está fazendo jantar para nós, e somos como uma família, nós quatro à mesa da cozinha, e com as duas meninas sempre tem assunto e conversa, e a conversa não depende de *mim*.

Irma está muito animada por estar comigo. Às vezes vejo os olhos dela postos em mim como os olhos de um gato refletindo a luz. E é excitante para ela, que contou só para alguns amigos e parentes. Quando dirijo até sua casa, estaciono nos fundos, de forma que, da rua, não dá para ver meu carro. E embora não tenha acontecido nenhum incidente, e nenhuma ameaça específica associada a ela, Irma colocou persianas em todas as janelas da casa que ainda não tinham persianas, em cima e embaixo.

Quando estou saindo da casa dos Cassells, vejo que tem um pacote na varanda da frente. Como ele foi parar lá sem os cães terem latido que nem loucos é algo que não fica claro.

O pacote não parece ter sido enviado pelo correio dos Estados Unidos. Correspondência endereçada a BRANDON SCHRANK não vem para este endereço, mas para uma caixa postal onde há lugar para muita correspondência que fica armazenada em latas.

Estou pensando — Seria um presente? Seria uma bomba?

Nessas ocasiões, você não pode prever em que ocasiões, posso ficar muito agitado. Isto é, meu coração acelera, as mãos ficam frias, e é assim que eu sei que estou agitado, embora, nos meus pensamentos, eu esteja calmo. Estou pensando agora, se alguém tirasse uma radiografia do meu cérebro, daria para ver como minhas "ondas cerebrais" são lentas e comedidas, como uma maré calma. De certa forma, estou calmo, como se o que vai acontecer, seja o que for, já tivesse acontecido há muito tempo e acabado. E *Nelson Herrara* e *Brandon Schrank* são lápides de granito lado a lado em algum lugar pacato e desconhecido do público.

E por um minuto me pergunto se é isso — se o segundo julgamento começou e acabou como o primeiro, como um "julgamento anulado". E se for assim, vai haver um terceiro julgamento? O sr. Perrine disse que *Sempre vai haver um jurado resistindo ao nosso lado. Isso é um fato incontestável.*

E assim, o julgamento ainda vai acontecer. E culpado/inocente ainda está por vir.

Em abril já haviam me avisado que eu nunca deveria tocar nesses pacotes. Muito menos pegá-los, ou sacudi-los, ou tentar abri-los. É claro, eu sei disso! Tenho vontade de rir quando penso nos Cassells, no sr. Jorgenson e no sr. Perrine, em todos que estão do meu lado, que contam com minha vitória, me olhando agora com a testa franzida. Como se pudessem *me* censurar.

E Irma está me esperando. E Irma perguntou: estamos noivos? Sou sua noiva, Brandon?

Estou tentando avaliar o sentimento de Deus nisso. Às vezes é muito claro o que Deus sente, às vezes não. Uma coisa é clara: em meu coração, não sou um assassino. E Deus entende, pois Ele vê todos os corações. E assim, é provável que o pacote, cuidadosamente embrulhado em papel pardo, seja algum "presente" para mim, que podem ser biscoitos caseiros ou minha foto extraída do site e transferida para um pedaço de plástico colorido.

É estranho como me vejo. Às vezes penso que estou em um desenho animado como os *Simpsons*, no qual coisas engraçadas acontecem o tempo todo e as pessoas se machucam de vez em quando, mas se recuperam depressa, como Homer Simpson se recupera de todas as indignidades. Eu me vejo agindo de um jeito estranho. Eu me vejo parar para pegar o pacote — e levar o pacote para dentro da casa... e para a cozinha dos Cassells. É bom que não tenha ninguém ali para ver, porque eles não aprovariam. O sr. Cassell saiu, e a sra. Cassell está com uma voluntária na sala, onde elas separam minha correspondência, abrem os envelopes e pegam as doações. Estou na cozinha, e deixei o pacote em cima da mesa. Tenho um flashback, eu entrando na cozinha da casa do tio T. e abrindo a gaveta para pegar o revólver (que eu sabia que estava lá), quando abro esta gaveta para pegar uma tesoura. E estou pensando, daquele jeito lento que passei a pensar, como se estivesse deitado de costas na cama que foi de Vernon Cassells, olhando para o olho no teto que olha para mim — *Se este é o lugar pra onde fui mandado, é certo estar aqui. Não tem outro lugar pra mim por enquanto.* O pacote é uma caixa de papelão que mede mais ou menos quarenta e cinco por trinta centímetros e contém alguma coisa pesada — talvez uns quatro quilos e meio. Abaixo a cabeça para ouvir, descobrir se faz tique-taque. (Isso é uma piada, claro. *Não faz tique-taque.*) Depois de vasculhar a gaveta, encontrei a tesoura. Vou cortar o barbante e usar a ponta afiada da tesoura como uma faca para abrir o pacote endereçado em grandes letras pretas

SR. BRANTON SCHWANK

03

Jardim das Bonecas

JOYCE CAROL OATES

Acidente com Arma

Uma Investigação

1.

Você se lembra da sequência de eventos? Eles me perguntaram.

Mas eu não conseguia responder de maneira coerente. Porque não conseguia me lembrar de maneira coerente. *A arma disparou perto da minha cabeça. A explosão foi tão alta que eu não conseguia ouvir nada, não conseguia ver nada, e quando percebi onde estava, o lado direito da minha cabeça havia batido no chão de madeira fora do tapete, e foi lá que fiquei caída, mas não conseguia me mexer. No chão entendi que havia levado um tiro e que (talvez) estava morta, porque não sentia nada e não ouvia nada.*

Passei muito tempo sem conseguir me mexer porque (talvez) eu estava morta. Foi um pensamento que uma criança esperta teria — se eu não tentasse me mexer, e não fracassasse na tentativa, então eu (talvez) não saberia se estava morta ou se ainda estava viva.

2.

Estou implorando *Não! Vai embora.*

Ainda é o tempo em que ele está vivo. Antes de a bala entrar em seu peito, de seu coração explodir.

Travis está vivo e em pé, mas não me ouve. Está vivo, mas rindo de mim, e por isso não me ouve. E percebo que minha garganta está fechada e as palavras estão presas dentro da minha cabeça. *Vai embora, vai embora! Por favor, vai embora!* — estou implorando a ele.

É aquele momento em que ele não consegue perceber — ainda está vivo. Está rindo, e seu rosto se ilumina de felicidade, porque ele está vivo e não pode imaginar o momento em que estará *não-vivo*, porque (dizem) nenhum animal consegue compreender a própria morte.

Lá está Travis, e tem outro que é mais velho que Travis. Instintivamente, sei que não devo encará-lo. Não devo erguer os olhos para ele. Não devo dar nenhum motivo para ele pensar que posso identificá-lo.

É inata essa astúcia. É tão natural quanto tentar proteger o rosto com os braços, dobrar-se para proteger a barriga e a região entre as pernas. É puro instinto esse desespero de escapar da dor.

E assim, não olho para o outro. *O outro* é aquele para quem não olho. É do meu primo Travis que não consigo desviar o olhar, porque foi meu primo Travis que me agarrou, e é meu primo Travis que está armado.

3.

Às vezes nos sonhos é assim. Estou deitada muito quieta, com os braços e as pernas entorpecidos ou paralisados. Tem uma expressão médica — *neuropatia periférica.* Uma sensação de formigamento nos dedos das mãos e dos pés que se espalha e leva junto uma perda de sensibilidade, um entorpecimento abrangente, uma espécie de amnésia do corpo.

Não, eu não "acredito" em sonhos e não incomodaria nem irritaria ninguém com a idiotice da maioria deles, mas isto não é exatamente um sonho — porque não estou dormindo, embora me encontre paralisada como se estivesse.

Tem uma explicação para eu estar "paralisada" no sono: uma parte do cérebro desliga, de forma que, quando sonhamos que estamos correndo, por exemplo, não corremos de verdade — somos impedidos de mover os músculos e acordar.

Exceto, é claro, os sonâmbulos, que "andam" e continuam dormindo.

Nessas ocasiões fico muito assustada, mas pareço calma, porque é crucial nunca demonstrar medo. Se há testemunhas que podem rir de você ou causar dano. Como eu sabia que meu primo, Travis Reidl, e o rapaz que estava com ele (cujo rosto nunca vi, mas cuja voz ouvi, e não era uma voz que eu reconhecesse) ririam de mim e me machucariam. E eu estava pensando *Se não me mexer, não vou ter que saber se estou viva ou não-viva. É melhor não me mexer.*

É uma paralisia deliciosa, como flutuar em água tão gelada que não há nenhuma sensação.

Até uma das crianças me acordar, sacudindo meu ombro.

"Ma-mãe! *Ma-mãe!*", porque crianças não gostam de ver a mãe deitada embaixo das cobertas, tensa e rígida como um punho fechado.

"Mãe, *acorda*", minha filha Ellen grita com sua voz furiosa de criança que penetra até o sono mais profundo.

E assim, em segundos, estou acordada, e estou sentada, e sou Mamãe de novo. E dou risada das crianças que parecem amedrontadas, garantindo que sim, é claro, a Mamãe está bem.

É a manhã em que fazemos nossa viagem anual para visitar os avós das crianças em Sparta, a quinhentos e sessenta quilômetros de distância no norte de Nova York, ao pé das Montanhas Adirondack.

4.

Perguntaram se eu me lembrava da arma.

E a resposta foi *Não, não da arma, mas do som ensurdecedor do tiro, isso eu lembro.*

Não da arma (que nunca vi claramente, meus olhos estavam cegos pelas lágrimas), mas das consequências do tiro.

No *Sparta Journal* a arma seria identificada como um revólver Colt calibre.38 dupla ação. Pertencia a Gordon McClelland, morador do número 46 da Drumlin Avenue, Sparta, que tinha licença de porte doméstico emitida muitos anos antes, em 1958.

A licença doméstica significa que o dono da arma deve mantê-la dentro de casa. Não é legal tirá-la de casa, carregá-la no bolso ou em um veículo, como um "porte oculto".

O sr. McClelland também tinha armas de caça — dois rifles, uma espingarda. Elas ficavam trancadas em um armário no escritório de sua casa, um gabinete que meu primo e o amigo-cúmplice não podiam abrir.

Quando a arma disparou perto da minha cabeça, eu não consegui pensar.

Não sabia o que tinha acontecido — não sabia se tinha sido atingida. Não sabia se meu primo tinha me derrubado no chão, se tinha sido empurrada ou baleada.

Não sabia se alguém tinha levado um tiro. Não sabia se o tiro tinha sido proposital ou acidental.

Vinte e seis anos depois! Ninguém mais me pergunta, mas a verdade é que eu ainda não sei.

5.

A surpresa: a casa dos McClelland ainda fica no número 46 da Drumlin Avenue, como se fosse uma casa comum onde ninguém havia morrido.

Não é uma surpresa agradável. É uma surpresa que me domina cada vez que volto a Sparta, como uma garra.

Se estou com outras pessoas, meus filhos, por exemplo, neste carro, nunca demonstro que estou perturbada, ou mesmo distraída — normalmente, sigo em frente pela Drumlin e passo pelo 46 sem olhar duas vezes para lá.

Por que vim aqui, se não é necessário? *Por quê?* Meu eu de catorze anos poderia me perguntar aos berros.

"Aquela casa, uma velha professora minha morava lá..."

Ouço minha voz hesitante falar mais para mim do que para minha filha no banco do passageiro, ao meu lado, e para meu filho no banco de trás.

Que coisa estranha e enganosa. Referir-se à sra. McClelland como *uma velha professora*. Na verdade, eu me lembro de Gladys McClelland como muitas coisas, menos *velha*.

Mas *antiga* pareceria muito deliberado, muito formal. Quando falo com meus filhos, uso uma linguagem simples, que é a linguagem do afeto materno. Não quero impressionar meus filhos, ou mesmo lhes ensinar termos de vocabulário, quero que eles confiem em mim.

Quero que pensem que sua mãe é alguém como eles, uma adulta, mas essencialmente uma amiga, alguém em quem podem confiar como não podem confiar em outros adultos.

Porque eu me lembro nitidamente de entender, quando pequena, que a lealdade dos adultos serve para outros adultos, e não para crianças. Você não se atreveria a contar seus pensamentos mais íntimos para seus pais. Você não ousaria trair *segredos*.

Minha filha Ellen pergunta que tipo de professora era a sra. McClelland.

Por um momento fico chocada com o *era*. Sei que os McClelland se mudaram de Sparta há muito tempo, mas nem imagino se ainda estão vivos — provavelmente sim, porque eram só pessoas de meia-idade em 1961.

"Que tipo de professora? Muito boa. Uma excelente professora. Todo mundo adorava a sra. McClelland..."

"O que ela *ensinava*, mãe?"

"A sra. McClelland dava aula de estudos sociais. E ela também era a titular da minha turma no nono ano."

Era. Impossível evitar o *era*.

Você pode esperar que Ellen pergunte mais alguma coisa, por que eu adorava minha professora do nono ano, o que havia de tão especial na sra. McClelland, e o que aconteceu com ela, mas Ellen perdeu o interesse; é um esforço até para a mais educada menina de onze anos se importar com uma lembrança da mãe envolvendo uma velha professora. No banco de trás, Lanny, oito anos, está olhando pela janela como se algo o intrigasse, tão indiferente à conversa da mãe quanto se fosse o ruído de uma voz no rádio.

"Ela foi... a sra. McClelland... alguém especial. Na minha vida..."

Estou segurando o volante com as duas mãos. Olho para a velha e altiva casa colonial com seus tijolos vermelhos envelhecidos, ligeiramente gastos pelo tempo, para as venezianas verdes que precisam de pintura, para o telhado inclinado com um cata-vento antiquado em um dos cumes, a silhueta de um veado saltando. Alguma coisa mudou? Essa é realmente a casa? Cada vez que visito Sparta, cada vez que passo de carro por essa casa, meus sentidos se aguçam como se eu levasse uma chicotada nas costas nuas.

Só você, Hanna. Ninguém mais.

Acho que não preciso falar — não traga mais ninguém para esta casa. Não deixa mais ninguém entrar.

É claro que agora a casa 46 da Drumlin Avenue é habitada por estranhos. Se eu fosse perguntar à minha mãe quem mora lá, o que nunca vou fazer, ela provavelmente olharia para mim e diria com uma risada defensiva, magoada: "Quem mora lá? Não faço a menor ideia".

Alguns meses depois dos tiros, os McClelland se mudaram. Na escola, ficamos sabendo que Gladys McClelland não suportou morar em uma casa onde uma "pessoa jovem" havia morrido.

Você promete, Hanna?

Sim, prometo.

Na casa dos meus pais na Quarry Street, em um bairro muito diferente de casas menores e terrenos menores, dirijo o carro para a entrada da garagem de uma casa conhecida e sou invadida por uma enxurrada de alívio. Mas a enxurrada continua, uma pressão crescente dentro da minha cabeça.

As crianças descem do carro correndo, ansiosas para entrar na casa dos avós depois do tédio de uma longa viagem. Mas eu me sinto fraca demais para me mover — fico apoiada no volante com o braço enfraquecido, atordoada. Espero a pressão no cérebro diminuir. Espero a sensação aterrorizante de preenchimento desaparecer.

O que aconteceu tinha que ser. Não havia escolha.

"Hanna? Querida, algum problema?"

Alguém abriu a porta do carro e está me sacudindo. Minha mãe, debruçada sobre mim. Seu rosto aflito está muito próximo, como um sol flutuando no espaço. E atrás dela, meu pai, mais grisalho do que eu lembrava.

Meus pais estão preocupados por eu ter entrado na propriedade, puxado o freio de mão — as crianças correram para dentro da casa —, mas ter continuado no carro.

Eles saíram depressa para ver onde eu estava e me acharam caída em cima do volante — "Como se estivesse dormindo, mas com os olhos abertos".

Mas agora estou bem, digo a eles. Saio do carro, abraço meus pais, e é verdade, estou completamente recuperada do ataque breve, mas assustador.

"Hanna, é muito bom ver você! Seja bem-vinda!"

6.

Ajudar. Minha mãe e eu ficamos orgulhosas porque, durante a hospitalização de seu marido em Syracuse, minha professora, a sra. McClelland, pediu minha *ajuda*.

Minhas responsabilidades eram passar na casa dos McClelland uma vez por dia, depois da aula, para levar a correspondência e o jornal para dentro, alimentar o gato da sra. McClelland e molhar as plantas quando fosse necessário. "É claro que vou pagar, Hanna."

Quando a sra. McClelland falou quanto me pagaria por cada hora que eu passasse na casa, fiquei perplexa. Era quase o dobro do valor da hora de uma babá.

Era uma situação de emergência. Os McClelland não sabiam que o sr. McClelland teria que fazer uma cirurgia tão de repente, e a sra. McClelland ficaria longe de Sparta por vários dias, hospedada em um hotel em Syracuse, perto do University Medical Center, a oitenta quilômetros de distância. Uma professora substituta ficaria no lugar dela. E a sra. McClelland esperava que eu pudesse *ajudar*.

Era abril de 1961. Eu tinha catorze anos, estava no novo ano e adorava minha professora de estudos sociais e titular da turma, a sra. McClelland, que parecia me favorecer frequentemente — pelo menos, eu era uma de vários alunos de quem ela parecia gostar de maneira especial.

Gladys McClelland era uma mulher de beleza impressionante e idade indeterminada, podia ter quarenta e poucos anos, mas parecia ser muito mais jovem, de uma geração diferente daquela de nossa mãe, e suas roupas, o cabelo, a inteligência e a personalidade vibrante a diferenciavam dos outros professores na nossa escola. Ela usava o cabelo loiro na altura do ombro, em estilo "pajem" — ondulado, brilhante, com as pontas viradas para dentro. A maquiagem era glamourosa, como a de uma foto de capa de revista, os sapatos eram de salto e as meias eram finas, frequentemente escuras. As alunas decoravam a maioria de suas roupas — suéteres de caxemira, saias pregueadas, cintos que afinavam a cintura. Conhecíamos seus anéis, as joias. Conhecíamos vários casacos, entre eles o mais elegante, de lã escura e comprido, quase na altura dos tornozelos, com uma gola que podia ser de vison. A silhueta não era o que se podia chamar de esguia, era mais "torneada" — quadril, seios. Alguns alunos a achavam parecida com Jeanne Crain, atriz de Hollywood, uma mulher bonita que também era *legal*.

Sabia-se que a sra. McClelland morava com o marido em uma casa grande e bonita no bairro residencial de maior prestígio em Sparta. Sabia-se que seu marido era alguém importante — herói da Segunda Guerra, oficial aposentado do exército. Ele era empresário, ou profissional especializado, advogado, banqueiro. Como Gladys McClelland era parecida com Jeanne Crain, o sr. McClelland parecia o sombriamente bonitão Robert Taylor.

Por que amávamos a sra. McClelland? Ela não era de dar notas altas, fazia todo mundo se esforçar, mas era solidária e paciente. E era muito engraçada. Seu jeito de ensinar era uma combinação de sagacidade, humor e seriedade. Ríamos muito nas aulas da sra. McClelland, embora fosse difícil explicar e repetir para outras pessoas o motivo de tantas risadas. A sra. McClelland tinha um jeito — quase um flerte, certamente carinhoso — de incentivar os alunos que relutavam em participar das aulas, e engajava até os mais tímidos e desajeitados em uma espécie de diálogo. Um dia, eu aprenderia que aquele era o método Socrático — questões que seguiam questões em uma sucessão rápida.

A filosofia da sra. McClelland era: todo mundo sabe muito mais do que sabe que sabe. O trabalho do professor era extrair de nós esse conhecimento — "Como enfiar uma grande forquilha em uma grade, ver o que tem além dela e trazer para fora". (Esse era um dos comentários sagazes da sra. McClelland? Nós ríamos ao ouvi-lo.)

Os garotos ficavam encantados com a sra. McClelland, sabíamos disso. Alguns garotos.

Outros, os mais velhos e carrancudos que odiavam a escola, não se incomodavam com notas baixas e estavam só esperando completar dezesseis anos para poder abandonar os estudos para sempre, diziam coisas sobre ela que não eram muito gentis, nós sabíamos disso.

Mas uma menina do nono ano aprende que ela é, aos olhos (da maioria) dos garotos, seu corpo. *Peitos, bunda*. E palavras mais feias que a maioria de nós tentava não ouvir.

(Havia um boato de que, às vezes, essas palavras eram rabiscadas no carro da sra. McClelland com cal ou tinta spray. E que, por isso, a sra. McClelland tinha autorização para estacionar seu Buick amarelo novinho na área das vagas dos administradores, que era visível das janelas do escritório.)

Na voz musical da sra. McClelland, o nome dos alunos adquiria uma distinção especial. Lembro a manhã em que a sra. McClelland tocou meu ombro de leve na sala de aula e disse: "Hanna, posso falar com você?", indicando que eu deveria acompanhá-la até o corredor.

Senti meu rosto esquentar ao ouvir o pedido inesperado. Senti o interesse com que os colegas me olhavam quando corri atrás da sra. McClelland com os sapatos de salto alto de couro preto e pesponto vermelho.

Não havia nada mais assustador do que ser chamada por um professor para ir ao corredor, onde os colegas não poderiam ouvir a conversa. Era como ouvir seu nome pelo alto-falante acompanhado do temido comando *Compareça imediatamente à diretoria.*

Assim os alunos eram informados sobre emergências familiares, mortes súbitas. Raramente essas interrupções da rotina traziam boas notícias.

A sra. McClelland não costumava demonstrar nervosismo ou desconforto. Mesmo agora, apesar de estar claramente ansiosa, ela sorria para mim e falava num tom calmo. Sabia que eu me sentia desconfortável com a atenção. Ela me falou sobre a repentina "emergência de família": o marido dela teria que ser operado em Syracuse na manhã seguinte.

"Não é uma cirurgia muito séria", a sra. McClelland falou com cautela. "Gordon vai ficar bem. Mas é que... não estávamos preparados para algo tão... repentino... amanhã cedo, às sete horas."

Eu poderia *ajudá-la*? Era o que a sra. McClelland perguntava.

É claro que eu disse *sim*. Fiquei emocionada por Gladys McClelland ter me escolhido para uma tarefa de tamanha responsabilidade. Era comum que em nossa sala de aula eu a ajudasse de várias maneiras, distribuindo os trabalhos para os colegas, molhando e aparando suas plantas caseiras, que cresciam fortes no parapeito das janelas — trepadeiras, cactos, essas coisas. Quando a sra. McClelland torceu o tornozelo esquiando e chegou à escola apoiada em muletas, fui uma das alunas que a ajudaram a se movimentar, que carregaram as coisas que ela não conseguia carregar. *Meninas! Muito obrigada. Não sei o que faria sem vocês...*

A sra. McClelland havia limpado as lágrimas dos olhos, tal a emoção. Alguns alunos levaram flores para ela: rosas, cravos e um cartão de *melhoras* na forma de um gato branco e peludo.

Eu sabia que minha mãe não desaprovaria minha decisão de ajudar a professora em uma emergência. Minha mãe sempre se doía por mim quando as filhas de outras pessoas pareciam estar me superando, e sempre ouvia com alegria os relatos do interesse dos professores por mim, como se esse interesse refletisse nela, que havia nascido na área rural de Beechum County, em uma casa de fazenda caindo aos pedaços, e abandonado a escola no nono ano.

Os McClelland moravam a poucos quarteirões da nossa casa, que ficava em uma rua estreita literalmente abaixo da Drumlin Avenue, ao longo de uma antiga colina glacial. Eu costumava trabalhar de babá para os vizinhos, mas acho que os McClelland não tinham filhos.

Eu era uma menina pequena e quieta para a minha idade, com cabelo claro cobrindo parcialmente o lado esquerdo do rosto para esconder uma marca de nascença na bochecha. A mancha tinha o tamanho e a cor de um morango pequeno, e uma textura parecida com a da fruta — era meio saliente, diferente ao toque. Para mim, nada era mais feio ou deformador que aquela marca de nascença. Quando pequena, eu era atormentada sem trégua por causa da marca. Até meus amigos faziam questão de me lembrar dela. E aos catorze anos eu ainda era alvo do deboche de garotos grosseiros. Diante do espelho, meu olhar se movia involuntariamente para *lá*, para ver se a mancha de morango ainda existia, ou se tinha desaparecido por milagre.

É um sinal de Deus? Mas... por quê?

Nos meus sonhos, mesmo agora, décadas mais tarde, quando o desaparecimento da velha marca de nascença não teria feito a menor diferença em minha vida, ainda me sinto ansiosa quando olho para o meu reflexo no espelho, encarando o vidro embaçado como se minha vida estivesse em jogo. Nesses sonhos, é comum que eu seja alvo de assédio. Alguém grita em tom debochado, dá risada. Mas não consigo ver nem meu rosto no espelho do sonho, muito menos a pequena marca. Impotente, penso: *Como é boba a vaidade. Como é fútil.*

Lembro ter sido uma garota comum, sem nenhuma distinção em particular, exceto por essa marca. Mas fotos tiradas na época mostram uma garota até atraente. Quando sorria, eu ficava bonita. Eu me sentia impopular, sem amigos, embora, na verdade, tivesse muitos amigos na escola, entre eles várias garotas populares da minha turma. Fui eleita vice-presidente da turma do oitavo ano e de novo no primeiro ano do ensino médio. Estive envolvida em inúmeras "atividades" e era sempre uma das melhores alunas — mas notas altas me pareciam sempre uma espécie de constrangimento, pois eram resultado de trabalho duro, e o trabalho duro era consequência do desespero.

Nada do que eu conquistava parecia ter significado especial, já que era conquistado por *mim*.

E por isso foi maravilhoso a sra. McClelland gostar de mim o suficiente para me confiar a tarefa de visitar sua casa enquanto ela estivesse fora. Aquilo foi tão excitante que eu poderia ter chorado de gratidão.

Quando voltei ao meu lugar na sala, várias meninas perguntaram o que a sra. McClelland queria comigo, mas eu não podia falar nada, ainda não. Meu coração parecia quase explodir com aquele segredo delicioso, e dividi-lo tão depressa seria correr o risco de diluir o encantamento.

Naquele dia, depois da aula, a sra. McClelland me levou para conhecer os aposentos da grande casa em estilo colonial na Drumlin Avenue, uma casa que antes eu só tinha visto da rua.

A casa dos McClelland era uma entre muitas casas antigas e bonitas na Drumlin Avenue, todas bem conhecidas pelos residentes de Sparta. A gente passava de bicicleta por aquelas casas nas quais moravam cidadãos importantes. Em outros bairros da pequena cidade (de doze mil habitantes), as pessoas sempre eram vistas no jardim de casa, nas calçadas e na entrada da garagem. Era comum vê-las trabalhando em seus gramados. Mas nunca os moradores da Drumlin Avenue, que contratavam alguém para fazer esse trabalho. E se apareciam do lado de fora, era nos fundos de suas enormes casas, escondidos.

Até os adultos desviavam do caminho para passar por aquelas casas antigas e distintas, especulando sobre a vida secreta dentro delas como se, com o passar do tempo, descobrissem que a felicidade não requer casas como aquelas, e que morar nessas casas não garante nada.

Como era estranho que eu, aos catorze anos, estivesse tão de repente e tão *facilmente* dentro dessa casa na Drumlin Avenue! E como era estranho estar sozinha com minha professora, sra. McClelland, nesse lugar privado.

Era raro eu ficar sozinha com um adulto que não fosse um dos meus pais ou um parente próximo.

E a sra. McClelland não era a mesma pessoa que eu via na escola. Na véspera da cirurgia do marido, ela estava visivelmente agitada. A professora sagaz, composta e confiante tinha desaparecido, e no lugar dela havia uma mulher distraída da idade da minha mãe, não muito mais alta que eu. Embora usasse as roupas com que tinha ido dar aula naquele dia — jaqueta de lã vermelha com botões de metal, saia vermelha pregueada, meias escuras e sapatos de couro preto —, ela não exalava um ar de glamour. O cabelo tinha sido escovado para trás das orelhas, o batom desbotara. Os olhos normalmente brilhantes, alertas e cheios de humor, estavam vermelhos e úmidos de preocupação. Com um tom corajoso, a sra. McClelland me disse que o marido havia sido levado por um carro particular a Syracuse naquela tarde para ser internado no hospital da faculdade de medicina. Ela viajaria na manhã seguinte, e esperava chegar ao hospital na hora marcada para o início da cirurgia. Explicou que era uma "pequena cirurgia" — "nada com que se preocupar" — acrescentando a seguir, com uma risadinha ofegante, "porém, é claro, qualquer tipo de cirurgia que exige uma anestesia não é tão *pequena*".

E várias vezes ela insistiu: "É importante, Hanna — não deixe mais ninguém entrar na casa quando estiver aqui. Só sua mãe, se ela quiser vir com você, mas ninguém mais. Promete?".

Respondi um *sim* solene.

Pouco depois da nossa conversa naquela manhã, na escola, a sra. McClelland telefonou para minha mãe. Eu não havia pensado que ela telefonaria. Nunca teria pensado que minha professora precisava da permissão da minha mãe para me contratar para essa tarefa de "ajudá-la" — mas é claro que a sra. McClelland agiu corretamente e com elegância.

A sra. McClelland estava me dizendo que todos os cômodos do andar de cima ficariam fechados: "Não precisa subir. E o escritório do meu marido, ali no fim do corredor, vai ficar trancado. Quando trouxer para dentro a correspondência para Gordon McClelland, pode deixá-la com o restante das cartas, em cima da mesa de jantar".

A sra. McClelland falava depressa, com um ar distraído, me conduzindo pelos cômodos do andar inferior da casa lindamente mobiliada. Eu nunca tinha visto móveis tão interessantes — uma mesinha de centro comprida e de forma curvilínea que parecia ter sido feita com uma peça única de madeira marrom-avermelhada, lisa e polida, como o interior de uma árvore; uma miniatura de piano feita de madeira branca — aquilo era um cravo? Não me atrevi a perguntar, pois era muito tímida e sentia que a sra. McClelland ficaria impaciente com perguntas desnecessárias. Suas instruções para a ajuda de que precisava eram mais elaboradas do que eu teria esperado: eu tinha que cuidar do gato e das plantas, recolher a correspondência e o jornal e tudo que fosse deixado na escada da frente, acender as luzes em vários cômodos, abrir ou fechar as persianas todas as noites de um jeito diferente, ligar a TV — para dar a impressão de que havia alguém em casa. "Tente passar pelo menos uma hora aqui, se puder. Para Sasha não se sentir totalmente abandonada. Pode fazer sua lição de casa ali no sofá. Pode assistir à televisão. Pode comer o que quiser da geladeira ou do freezer, mas só *você*, é claro. Mais ninguém."

A sra. McClelland falava depressa, sem pronunciar meu nome, como se na emergência do momento, com os olhos vagando de um lado para o outro e os dedos de uma das mãos tocando com aflição a pulseira do relógio de ouro, ela tivesse se esquecido de quem eu era.

Um lado da elegante sala de jantar havia sido ampliado e transformado em um jardim de inverno, com janelas de vidro que iam do teto ao chão e uma claraboia, e nesse espaço havia vasos de plantas de vários tamanhos e formas. Algumas eram de uma beleza espetacular, como a grande samambaia-de-boston em um cesto pendurado, a fileira de violetas africanas em vasos de cerâmica, uma sempre-verde chinesa de um metro e meio de altura. Essas plantas precisavam de cuidados mais complicados que as outras, relativamente simples, mantidas pela sra. McClelland na nossa sala de aula, basicamente cactos e suculentas que passavam longos períodos sem água. Felizmente eu havia levado meu caderno e, como a boa aluna que era, podia fazer anotações.

A sra. McClelland me instruiu a pôr pouca água nas samambaias — "O suficiente para molhar a terra. Dá para saber o quanto está seca tocando-a. *Não dê muita água*". Nenhuma água para a "espada-de-são-jorge" — uma planta feia, de aparência embrutecida e com folhas que lembravam lanças; nenhuma água para a enorme suculenta, que parecia uma criatura viva com vários braços retorcidos; nenhuma água para as orquídeas, de aparência exótica e frágil. Havia trepadeiras inglesas e parreiras, filodendros com folhas abundantes, "clorofitos" e "peperômias" — e todas precisavam de regas/borrifadas a cada dois ou três dias. Várias violetas africanas com pétalas pequenas e delicadas precisavam dos cuidados mais complexos.

"Se uma folha amarelar, corte. E não mude nenhuma planta de lugar, é claro, porque todas estão na posição ideal em relação ao sol. Lembre-se de testar com o dedo se a terra está seca. E não esqueça — *não dê muita água*. Nenhuma planta quer se afogar."

Era o tipo de comentário inesperado e sagaz que a sra. McClelland poderia fazer na escola, com um sorriso para indicar que queria ser engraçada e que podíamos rir. Mas ali, na casa dela, a sra. McClelland não sorria, e eu sabia que ela não tentava ser engraçada, por isso eu não devia rir.

Ela deixaria o borrifador e o regador verde esmaltado no chão ao lado das plantas, disse. Haveria água nos dois, em temperatura ambiente. Quando eu voltasse a enchê-los, devia tomar cuidado para não usar água muito fria nem muito quente.

Tudo isso enquanto uma gata siamesa azul-prateada de beleza elegante nos observava de longe, nos seguindo de cômodo em cômodo sem nunca passar pela porta. Os olhos da gata eram incrivelmente azuis. As orelhas eram muito maiores e mais pontudas que as de um gato comum, e a cauda com a ponta cor de chocolate se movia com desconforto e irritação óbvios. Nunca tinha visto um animal tão impressionante de perto. A sra. McClelland disse que esperava que eu "fizesse amizade" com Sasha, mas eu não achava muito provável. A gata continuava mantendo distância de nós, inclusive quando a sra. McClelland tentou atraí-la com uma guloseima para gatos que parecia um punhado de cereal.

"Sasha! Sasha, vem cá. Gati-*nha*."

Todos os dias eu deveria abrir uma lata de comida de gato para Sasha, disse a sra. McClelland, e também devia servir alimento seco e água fresca. Sasha ficaria aborrecida por ficar sozinha, e por isso talvez não comesse no início, mas, mesmo que ela não comesse toda a comida servida no dia anterior, eu deveria lavar a vasilha, secá-la com papel toalha e abrir uma nova lata. Tinha que "variar" as latas — atum, salmão, frango, carne — nessa ordem, e tinha que trocar a água da vasilha todos os dias. A sra. McClelland me mostrou a caixa de areia de Sasha, que ficava em um canto de uma grande área de serviço do lado de fora da cozinha e cuja areia deveria ser trocada dia sim, dia não — "Antes de ficar muito suja, ou de Sasha se recusar a usá-la".

Recusar! Tive que sorrir ao pensar nos gatos da nossa família, que eram colocados para fora no frio congelante quando se recusavam a usar a caixa e não tinham o privilégio de recusar coisa nenhuma.

"Sasha, vem conhecer sua nova amiga! Ninguém vai machucar você."

A siamesa azul-prateada mantinha uma distância desconfiada. Seus olhos gelados não revelavam maior apreço pela dona dedicada que a chamava com tom sedutor do que pela "nova amiga".

"Não deixa a Sasha sair. Ela pode tentar quando você abrir a porta. E pode ser terrível! Mas o siamês é um gato doméstico, não sobrevive muito tempo fora de casa."

Não sobrevive muito tempo fora de casa. Fiquei pensando se essa afirmação estranha poderia ser verdadeira. Se a siamesa pura não se adaptaria logo a um novo ambiente, como qualquer gato, e se tornaria uma criatura feroz.

Garanti à sra. McClelland que não deixaria Sasha fugir.

Nesse momento o telefone tocou. A sra. McClelland deixou escapar um gritinho assustado e, por um momento, pareceu apavorada. Fiquei constrangida por ver minha professora correndo para atender o telefone e desviei o olhar quando ela murmurou: "Sim, obrigada! Estou bem. Vou ao hospital amanhã. Pedi a uma das minhas alunas do nono ano, uma menina muito responsável, para olhar a casa enquanto eu estiver fora... sim, é claro que confio nela!". A sra. McClelland sorriu para mim como se quisesse me tranquilizar.

Enquanto a sra. McClelland falava ao telefone com aquela pessoa com quem ela claramente não queria falar naquele momento, eu me afastei para não ouvir. Ajoelhei no chão e sussurrei: "Sasha! Gati-nha!", tentando sem sucesso convencer a linda siamesa a se aproximar de mim.

Era desconcertante — era chocante — ver nossa admirada professora nesse estado e perceber que essa era a verdadeira Gladys McClelland, emocionalmente dependente de um homem, um marido. Não muito diferente da minha mãe e das mulheres da família. A outra, nossa glamourosa professora na Sparta Middle School, era uma espécie de personagem, alguém que nos cativava, mas não era *real*.

Só anos mais tarde, então uma jovem mulher casada, eu entenderia do que a sra. McClelland tinha tanto medo. Entenderia a verdade crua, terrível — *Uma carreira não é uma vida. Só uma família é uma vida.*

Antes de sairmos da casa, a sra. McClelland me fez abrir a porta com a chave dela para treinar — não a porta da frente, mas a da cozinha, que era a porta que ela queria que eu usasse. Ela me deu uma lista datilografada com as instruções e números de telefone, e várias notas de vinte dólares — "Caso você precise para alguma emergência".

Sessenta dólares? Eu mal conseguia falar. Aquilo era mais do que eu imaginava ganhar ajudando a sra. McClelland por semanas.

Mesmo depois de dizer à sra. McClelland que era perfeitamente capaz de percorrer a pé a curta distância até minha casa, ela insistiu em me levar. Eu entendi (isso também era evidente na personalidade de sala de aula da sra. McClelland) que, quando tomava uma decisão, ela não mudava de ideia. Sabia o que tinha que ser feito e faria.

"Está escuro. E frio. É claro que não vou deixar você ir a pé para casa, Hanna."

Hanna. O som do meu nome na voz da sra. McClelland fez brotar em mim um calor que me invadiu.

No crepúsculo de novembro, que chega cedo e traz a noite às seis da tarde, eu me senti grata pela pequena casa de tijolos falsos onde eu morava com meus pais na estreita Quarry Street não estar claramente definida, e me senti grata por minha mãe nem imaginar que Gladys McClelland havia parado seu Buick amarelo na frente da casa, como se, em um pesadelo adolescente, minha mãe pudesse sair correndo e convidá-la a entrar.

Naquela noite minha mãe me interrogou sobre a visita. Em que tipo de casa os McClelland moravam, quais seriam minhas obrigações. Minha mãe estava satisfeita e animada por mim (já havia começado a se gabar para os parentes porque eu iria *ajudar* minha professora), mas também estava apreensiva; se acontecesse alguma coisa na casa dos McClelland, sua filha seria culpada?

A sra. McClelland tinha dito à minha mãe quanto pretendia me pagar, mas minha mãe não sabia que ela já tinha me dado dinheiro, muito mais que o valor prometido. Pensei se devia contar a ela sobre os sessenta dólares, e quando — mas ainda não.

Sentia uma onda de revolta, ressentimento. Minha mãe tiraria de mim a maior parte do dinheiro se soubesse. Mas ela não precisava saber quanto dinheiro eu tinha.

É meu dinheiro. Estou trabalhando por ele.

Como a maior parte dos adultos que eu conhecia, minha mãe não era propensa a elogios extravagantes. O espírito generoso não era uma característica de nenhum dos dois lados da família, materna ou paterna, e meus pais haviam crescido em pequenas fazendas de pouco ou nenhum sucesso na área, vivendo na vida adulta o período que se tornaria conhecido como a Grande Depressão. Se minha mãe e as mulheres da família dela falavam bem de alguém, por mais que fosse merecido, sempre havia uma pausa na conversa, e um comentário qualificativo — *É claro, olha de onde ela saiu. Aquela família.*

E assim, quando minha mãe disse coisas positivas sobre a sra. McClelland — "elegante", "bondosa", "uma verdadeira dama" —, eu esperei para ouvir o que ela acrescentaria, mas tudo o que conseguiu pensar para falar com um ar pensativo foi: "Eles não têm filhos, ela e o marido. Queria saber de quem é a culpa".

7.

"Oi? Oi..."

Estava tão nervosa e agitada na tarde seguinte, quando entrei pela primeira vez na casa dos McClelland, que não consegui evitar me anunciar como se esperasse alguma resposta.

Mas a casa estava vazia, é claro. Com exceção de um som murmurado, um grito abafado, um ruído rápido de unhas de gato no chão de madeira — a siamesa azul-prateada desapareceu tão logo percebeu que uma estranha havia chegado.

"Sasha. Gati-*nha*."

Vi que algumas coisas não estavam como eu esperava. A sra. McClelland não tinha deixado o borrifador e o regador no chão da sala de jantar; estavam na cozinha. A louça do café da manhã havia ficado de molho na pia, como se ela tivesse saído apressada. Em cima de um balcão na cozinha, páginas espalhadas do *Sparta Journal* do dia anterior. Um armário no corredor com a porta encostada, e uma lâmpada acesa lá dentro.

Lembrei como a sra. McClelland estava distraída no dia anterior. Como tinha se assustado com o telefone — como se temesse o pior.

Lamentamos informar — más notícias... Seu marido morreu.

Mais tarde eu descobriria que vários aposentos no andar de cima não haviam sido fechados como a sra. McClelland planejara — quer dizer, as portas não haviam sido encostadas. Depois de alguma deliberação angustiada eu fecharia aquelas portas, pensando que, se a sra. McClelland acreditava ter fechado as portas, encontrá-las abertas seria um choque, e ela naturalmente pensaria que eu bisbilhotei aquela parte da casa proibida para mim.

Pensei *Pode ser um teste para ver quanto sou honesta.*

Mas isso não era provável: a sra. McClelland já confiava em mim. A sra. McClelland gostava de mim. *A sra. McClelland é minha amiga.*

Eu havia levado a correspondência e o jornal para dentro e deixado tudo em cima da mesa de jantar, como a sra. McClelland havia indicado. Havia várias cartas para o *sr. Gordon C. McClelland* que pareciam ser cartas comerciais ou contas, e só uma carta para a *sra. Gordon C. McClelland* que não parecia ser especialmente interessante.

Durante todo o tempo, chamei Sasha com uma voz leve, suave. Para a minha decepção, Sasha me ignorou.

Tirei o resto da comida do dia anterior da vasilha da gata e abri uma lata nova — atum. O cheiro forte de peixe invadiu a cozinha. Comida seca nova e água fresca. Aparentemente, a gata solitária havia comido alguma coisa, e quando fui olhar a caixa de areia na área de serviço, descobri que também tinha sido usada, embora pouco.

Mas onde estava Sasha? Mantendo distância.

Na cozinha, lavei e enxuguei a louça da pia. Também fiquei preocupada com a possibilidade de a sra. McClelland voltar e pensar que a aluna havia deixado os pratos na pia, e não ela.

Pensei: *A sra. McClelland vai ver que a casa está limpa! A sra. McClelland vai ficar impressionada.*

Com o mesmo cuidado meticuloso, cuidei das plantas da casa. Estava decidida a não fazer nenhuma bobagem, não desapontar minha professora, que confiava tanto em mim.

Examinei as orquídeas de perto, tão frágeis e tão lindas! Elas eram nativas do México e da América do Sul, a sra. McClelland dissera. As flores tinham cores tão sutis que eu não conseguiria descrevê-las: rosa-prateado, lilás-perolado. E as pétalas tinham desenhos delicados, como a caligrafia japonesa ou chinesa que eu tinha visto reproduzida em livros.

Pensei: *Um dia vou ter orquídeas como essas. Uma casa como esta.*

Eu pretendia dar uma olhada em alguns dos muitos livros nas estantes dos McClelland, construídas do teto ao chão em uma sala com jeito de biblioteca e vizinha à sala de estar, mas não me senti confortável naquela sala. Também não me senti à vontade ligando a televisão dos McClelland, que era muito maior e mais bonita que a pequena TV em preto e branco dos meus pais. E se acontecesse alguma coisa com a televisão quando eu a ligasse? Eu tinha medo de ser culpada.

Ao lado da sala de TV ficava o "escritório" do sr. McClelland, que a sra. McClelland havia trancado, ela dissera. Não tentei abrir a porta porque podia imaginar a sra. McClelland me olhando com a testa franzida.

Em algum lugar atrás de mim, ou lá em cima, ouvi um ruído como uma respiração forçada. Meu coração pulou no peito que nem um sapinho.

"Oi? Oi..."

Não havia ninguém, é claro. (Havia? Ninguém?)

Essa casa era tão maior que a casa dos meus pais! Eu nem imaginava quantos quartos possuía!

De repente, eu tinha que ir embora. Tinha que sair daquela casa.

Embora estivesse lá há menos de vinte minutos e não tivesse executado todas as tarefas que a sra. McClelland esperava que eu cumprisse. Embora a solitária Sasha devesse estar esperando que eu me aproximasse dela, implorando para que ela comesse.

Apressada, apaguei todas as luzes e corri para a minha própria casa na Quarry Street. Não havia acontecido nada, mas eu me sentia abalada e exausta.

Minha mãe percebeu que eu parecia perturbada e perguntou sobre a visita. Eu tive algum problema?

Não! Não aconteceu nada de errado.

"Mas a casa está em ordem? A casa está como a sra. McClelland a deixou?"

Essa era uma pergunta estranha. Tudo que consegui gaguejar foi: "Acho que sim. Está tudo bem".

"Ela telefonou para mim hoje. De Syracuse."

"Telefonou? A sra. McClelland?" Isso me confundia, eu não sabia se tinha ouvido corretamente. "O que... o que ela disse?"

"Gladys telefonou para perguntar da casa e de você. Acho que ela não queria falar sobre o marido, qualquer que seja o problema com ele. É uma mulher muito reservada, e eu entendo, sou exatamente igual. 'Pequena cirurgia' pode ser qualquer coisa." Minha mãe falava de um jeito casual, mas com um ar de orgulho. "É como se fôssemos velhas amigas, Gladys McClelland e eu, em relação a essa emergência. Quero dizer, o jeito como ela pediu sua ajuda. Ela disse que você é uma menina 'muito atenciosa', 'muito confiável'. Acho que ela não lembra, mas nos encontramos uma ou duas vezes na cidade. Não tentei fazê-la recordar, porque ela poderia ficar constrangida por não se lembrar de mim."

Esse relato da minha mãe era surpreendente. A sra. McClelland e minha mãe conversando pelo telefone! Conversando, pelo menos em parte, sobre *mim*.

Era desconcertante imaginar a sra. McClelland fazendo amizade com minha mãe, porque a "amizade" seria muito unilateral. Eu tinha receio de minha mãe falando acidentalmente sobre sua amizade com uma mulher que morava na Drumlin Avenue, e os parentes ouvindo a história de um jeito ressentido, debochando dela pelas costas.

Quem ela pensa que é? Está se expondo ao ridículo.

Minha mãe se ofereceu para ir comigo à casa dos McClelland na próxima vez que eu fosse. Recusei a oferta rapidamente e disse que a sra. McClelland tinha me dado ordens expressas para não levar ninguém lá.

"Não creio que ela se importaria se você me levasse", minha mãe falou magoada. Eu respondi: "Mas eu prometi. Não posso quebrar a promessa".

Na segunda tarde na casa eu estava determinada a fazer tudo o que a sra. McClelland tinha pedido. Correspondência, jornal. Comida da gata, água e caixa de areia. As plantas.

Dessa vez a solitária gata siamesa apareceu na porta da cozinha e ficou olhando para mim com os olhos azuis e gelados.

Falei com Sasha numa voz branda, convincente, como a sra. McClelland tinha falado com ela, mas Sasha não reagiu, era como se eu fosse invisível. A menos que eu estivesse imaginando, a gata já parecia ter emagrecido. Eu nunca tinha visto um animal tão magro, com olhos tão penetrantes.

Quando tentei me aproximar dela, Sasha se encolheu no chão como se preparasse o salto, a cauda de ponta cor de chocolate se movendo violentamente. Um rosnado baixo e estrangulado brotou de sua garganta. Ela sibilou, depois miou como se reclamasse. Não conseguia se aproximar para ser afagada, nem conseguia fugir e se esconder.

Era inútil suplicar para uma gata, mas eu me ouvi suplicando.

"Sasha! Eu sou sua amiga. Pode confiar em *mim.*"

Mas Sasha não confiava em mim. Com a astúcia do animal selvagem que havia sido só parcialmente domesticado, ela se mantinha distante.

Estava escurecendo. E depois escureceu. De novo, senti uma vontade enorme de fugir para o conforto da minha casa.

Eu me sentia boba abaixando as persianas de algumas janelas, e depois, um pouco mais tarde, levantando as mesmas persianas. (Ou eu devia deixar as persianas fechadas a noite toda e abri-las na noite seguinte? Não conseguia lembrar.) Tinha acendido as luzes em todas as salas, luzes demais? Deixei tudo aceso enquanto tentava fazer a lição de matemática no sofá de couro da sra. McClelland, que não era muito confortável, e o abajur atrás da minha cabeça projetava sombras que dificultavam a leitura.

Mas como a sra. McClelland havia indicado o sofá de couro para eu me sentar e fazer a lição de casa, eu me senti obrigada a ficar lá. Podia ter sentado em outra cadeira da sala, ou à mesa da cozinha, embaixo da lâmpada forte, mas, por algum motivo, não conseguia me forçar a isso.

E também não conseguia me concentrar na leitura. Estava distraída com o ambiente. A casa de móveis bonitos parecia hostil e fria para mim, como o interior de uma loja cara; a sala de estar era tão grande que eu tinha a impressão de que as paredes mais distantes se dissolviam em sombra. Os carros que passavam pela Drumlin Avenue projetavam a luz dos faróis nas paredes e no teto, embora a casa tivesse um recuo considerável da rua. De vez em quando, em algum lugar da casa, a gata siamesa solitária aparecia com um miado agudo, um grito de tristeza e infelicidade que gelava meu sangue, como se eu a estivesse torturando, como se fosse a culpada por seu sofrimento.

Finalmente, para demonstrar a mim mesma que não tinha medo e que podia me comportar como uma adolescente normal nessas circunstâncias, liguei a televisão. A tela se iluminou com cores brilhantes. Vozes gritaram comigo em um anúncio de detergente. De perto, a tela era muito grande para eu conseguir focar o olhar, e quando tentava mudar de canal, o mesmo anúncio ou um quase idêntico aparecia.

Eram 19h15 quando o telefone tocou. Por um momento, fiquei tão apavorada que mal conseguia respirar. Depois fui atender, e uma voz de mulher dizia *Alô? Alô? Alô?* Era a sra. McClelland, e sua voz parecia muito diferente do habitual.

"Alô? Aqui é..."

"Hanna! Como vai? E a casa?"

"A casa está... bem. Fiz tudo que você falou..."

"E a pobre Sasha, como está?"

"Sasha tem comido. Ainda tem um pouco de medo de mim, mas... acho que ela vai ficar minha amiga logo..."

A sra. McClelland perguntou de novo sobre a casa. Parecia ansiosa para saber sobre a correspondência, e se alguém havia ligado quando eu estava lá. (Essa era uma época anterior ao serviço de mensagem de voz. O telefone simplesmente tocava e tocava em uma casa vazia, e não havia como registrar uma chamada perdida.) Ela perguntou sobre "minha substituta" na escola e pareceu satisfeita por ouvir que a substituta não era tão sagaz ou tão divertida e que não parecia muito à vontade com a turma — "Todos nós sentimos sua falta, sra. McClelland. Todo mundo está perguntando quando vai voltar".

"Logo! Tenho certeza de que estarei de volta na próxima semana."

Perguntei sobre o sr. McClelland e a sra. McClelland disse com uma voz animada e corajosa que ele estava indo bem, apesar de haver "complicações" pós-cirurgia, "febre", "infecção".

Eu não sabia o que dizer. Sem jeito, repeti que os alunos da sra. McClelland sentiam sua falta e esperavam que ela voltasse logo.

"Obrigada!" A sra. McClelland podia ter a intenção de acrescentar alguma coisa espirituosa e tranquilizadora, mas a voz dela simplesmente sumiu, como se um interruptor fosse desligado.

Logo depois desse doloroso telefonema, apaguei todas as luzes e corri para casa.

8.

"Hanna. Han-*na*!"

A voz era cantada, ligeiramente debochada. A uma pequena distância, dava para pensar que era brincalhona.

Foi o que eu pensei, uma voz brincalhona. Um amigo que, de algum jeito, sabia que eu estava na casa dos McClelland e foi me visitar.

Eram 18h20. O entardecer da minha terceira — e última — visita.

Dessa vez, eu estava decidida a passar pelo menos uma hora na casa, como a sra. McClelland havia pedido. Dessa vez, a gata solitária parecia estar me esperando na cozinha e só fugiu quando viu que eu não era a sra. McClelland.

Enquanto limpava as vasilhas e servia comida fresca, vi que Sasha tinha voltado, embora hesitante.

Sasha ainda desconfiava de mim, e teria fugido se eu fizesse qualquer movimento para me aproximar dela, mas começou a esfregar o corpo magro, sinuoso e azul-prateado no batente da porta. Ela miava, não como mia um gato comum, mas daquele jeito rouco, gutural e interrogativo dos siameses, aquele som quase humano. Era emocionante ver o belo gato se comportando daquele jeito, desesperado para demonstrar afeto, mas sem se atrever a chegar perto ou permitir que eu me aproximasse.

Isso era muito animador! Eu teria alguma coisa para contar à sra. McClelland.

Infelizmente, alguém tocou a campainha. Na casa silenciosa, o som soou estridente e alto.

Tinha alguém na porta da frente? De início fiquei assustada demais para compreender o que o som significava.

Imediatamente, Sasha entrou em pânico e fugiu.

Meu instinto foi me esconder, fingir que não estava na casa, porque só meus pais sabiam que eu estava lá naquela hora.

Pensei *Deve ser alguém que conhece os McClelland. Não é ninguém que me conhece.*

Não era entrega, não àquela hora da noite. Ninguém que a sra. McClelland estivesse esperando.

Se amigos dos McClelland planejavam fazer uma visita, teriam telefonado antes. As casas na Drumlin Avenue não eram do tipo que você visita casualmente, só porque estava passando pelo bairro.

Quem quer que estivesse tocando a campainha ia perceber que não havia ninguém em casa depois de alguns minutos, pensei.

Mas... vários cômodos do andar de baixo estavam com as luzes acesas, como a sra. McClelland havia determinado.

E agora eu percebia que havia sido uma ideia ruim acender as luzes da casa! Porque, quem visse tantos cômodos iluminados, naturalmente deduziria que havia alguém em casa.

Na sala de estar, que era uma sala comprida com janelas voltadas para a rua, as persianas estavam abaixadas, ninguém podia olhar para dentro. Pelo menos isso era bom.

Mas a pessoa na porta tocou a campainha de novo. E de novo. E eu soube que aquilo não era natural. Aquilo era outra coisa.

A essa altura eu me encontrava no corredor, olhando para a porta da frente. O corredor estava escuro, mas a sala de estar ao lado estava iluminada — eu tinha acendido a luz quando entrei na casa.

Pelo jeito como a campainha era tocada várias vezes numa sequência rápida e rude, percebi que a pessoa lá fora não era nenhum amigo dos McClelland.

"Hanna. Han-*na*!" Era uma voz masculina e melodiosa.

De início, quis pensar que a voz era brincalhona. Uma voz da minha infância — *Hanna! Vem brincar aqui fora.*

Calculei rapidamente quem poderia ser. Deveria ser.

Meu primo Travis Reidl. Não podia ser outra pessoa.

Mas como Travis sabia que eu estava aqui? Não contei para ninguém além dos meus pais.

E então me dei conta... minha mãe devia ter contado para os parentes, gabando-se de como eu estava *ajudando* minha professora essa semana, e essa pessoa contou para minha tia Louise Reidl, uma meia-irmã mais velha com quem minha mãe não tinha contato, que morava uns quinze quilômetros ao norte de Sparta, na área rural de Beechum County. E Louise Reidl era mãe do meu primo Travis.

Foi um choque para mim. Foi excitante, e foi um choque. Meu primo Travis Reidl, que eu não via há um ano. Na casa dos McClelland, entre todos os lugares impróprios.

Era típico de Travis aparecer onde sua presença não era desejada. Onde ele não se encaixava. Apertando a campainha com insolência, espiando pela vidraça o hall de entrada que devia parecer absurdamente elegante, como o saguão de um hotel caro, chamando com um tom debochado: "Han-na! Sabemos que está aí, bebê. Vai logo! Está frio aqui fora".

Comecei a rir como se Travis me fizesse cócegas. Depois comecei a tremer. Que coisa horrível! Senti um tremendo desânimo — vergonha — por pensar que a sra. McClelland poderia ficar sabendo disso...

"Han-*na*! Travessuras ou gostosuras!"

Travis começou a esmurrar a porta como se quisesse derrubá-la.

"Abre a porra da porta, Hanna, ou vamos arrombar."

Vamos. Dava para ver mais claramente, havia uma segunda pessoa com Travis na escada da frente. Os dois usavam capuz para esconder o rosto.

Meu primo Travis era o primo "canalha". Era assim que eu pensava nele, mas nunca havia falado para ele, é claro. Travis poderia ter gostado de início, depois teria ficado ofendido. Todos os Reidl se ofendiam com facilidade se suspeitavam que eram tratados com condescendência ou criticados.

Recuperei o controle ao pensar que Travis devia ter agora dezessete anos. Quando éramos crianças, isso teria parecido muito *velho*. Quando menino ele era um artista, ou cartunista, fazia desenhos grosseiros, engraçados e coloridos copiando tiras cômicas e histórias em quadrinhos; queria ser músico e comprou um violão de segunda mão quando tinha doze anos, que aprendeu a tocar sozinho e surpreendentemente bem. (O violão quebrou ou foi roubado. Travis ficou arrasado.) Agora ele era um desistente do ensino médio, tinha sido preso (como minha mãe me contou) por suspeita de vandalismo, arrombamento e roubo na companhia de outro garoto chamado Weitzel, que também morava na área rural de Beechum County. Eles tiveram as sentenças suspensas e ganharam liberdade condicional, em vez de ficarem presos (como minha mãe acreditava que mereciam).

Meus pais falavam em tom desaprovador sobre os Reidl, uma família grande e espalhada cujo parentesco com minha mãe era sua meia-irmã Louise. Esses parentes moravam na área rural, em velhas casas de fazenda, ou em trailers, no que restava de propriedades agrícolas que haviam sido vendidas ao longo de décadas. Essa parte de Beechum County era excepcionalmente bonita na área das glaciais e íngremes montanhas Adirondack, mas eu não gostaria de morar lá — todo mundo parecia ser pobre, e ser pobre havia endurecido o coração daquela gente.

Minha tia Louise tinha casado e se divorciado pelo menos duas — três vezes? — e dado à luz ao menos cinco filhos que tinham "dado problema", dos quais Travis era o caçula e já havia sido o mais promissor.

No entanto, eu era a prima "especial" do Travis. Sei que ele pensava em mim desse jeito, como eu pensava nele.

Quando eu era pequena e minha mãe ainda mantinha um relacionamento de amizade com a meia-irmã Louise, ela sempre me levava para visitar minha tia, que morava em uma casa caindo aos pedaços perto do rio Black Snake. Eu era três anos mais nova que Travis, mas minha mãe me deixava brincar com ele. Meus momentos favoritos eram quando desenhávamos juntos com giz de cera em pedaços de papel. Meus desenhos eram de galinhas e gatos, enquanto Travis desenhava guerreiros vikings montados em cavalos, brandindo espadas e decapitando os inimigos. Aos onze anos, Travis criou a própria história em quadrinhos — uma saga de vampiros de pele pálida, criaturas com a boca cheia de sangue cujos olhos de cílios grossos tinham uma semelhança sombria com os dele. Quando ficou mais velho, Travis criou uma série impressionante de revistas em quadrinhos que narravam as sangrentas aventuras apocalípticas do "Vingador Black Snake" — um guerreiro samurai de pele branca com uma espada mágica, que morava em uma cidade americana de conto de fadas.

Em épocas imprevisíveis, Travis perdia repentinamente o interesse no que estava fazendo e se voltava para mim, me atormentava e me intimidava como os irmãos dele o atormentavam e intimidavam. Ele se agitava com facilidade, era instável e de pavio curto. Ele só parava quando eu começava a chorar — "Hanna, ei! Não chora! É brincadeira".

E de repente, meu primo Travis implorava para eu não chorar e falava comigo em um tom terno. Uma vez estávamos correndo, eu tropecei e caí (na verdade, Travis pode ter colocado o pé na minha frente), e quando meu joelho começou a sangrar, ele lavou o machucado e achou um Band-Aid para cobri-lo. Ele falou para eu não contar para a minha mãe — "Ela não vai deixar a gente brincar junto se você contar". É claro que não contei para a minha mãe.

Quando ficamos mais velhos, Travis se tornou mais instável. Os irmãos mais velhos eram brutais com ele, e os homens com quem a mãe fazia amizade o tratavam mal. Não sei exatamente quando minha mãe parou de visitar minha tia. Tive a impressão de que tudo aconteceu de repente, mas pode ter sido gradual. Como à mudança em Travis deve ter sido gradual.

De qualquer maneira, quando pensava em Travis, eu sentia uma emoção complexa, dolorosa, uma espécie de amor temperado com apreensão.

Não acreditava que meu primo ia *me machucar*. Mas eu não sabia muito bem se ele poderia fazer mal a outras pessoas, ou à propriedade alheia, ou se poderia se meter em encrenca com a lei.

Nos últimos anos, só nos vimos algumas vezes e por acaso, na cidade ou no centro comercial. Travis acenava para mim de longe e até jogava um beijo, tentava ser engraçadinho. "E aí, Hanna! Como vai a minha gatinha?" Mas ele estava com os amigos e não tinha tempo para a prima mais nova. Teve problemas por beber antes da idade legal e por usar drogas. Apesar de ter notas boas no Sparta High, ele abandonou o colégio aos dezesseis anos, depois de ser suspenso por ter brigado no estacionamento. (Todo mundo sabia que Travis tinha se defendido de alunos mais velhos, mas todos os envolvidos na briga receberam a mesma punição.)

Eu achava que meu primo tinha sido tratado de maneira injusta pelas autoridades escolares. Os adultos pareciam ter medo dele desde que Travis ficou muito alto e não confiavam nele. Ele interrompia as aulas e era uma presença "perturbadora" em algumas delas — professores do sexo masculino eram ameaçados por ele.

Lembro como ele me assustou uma vez com uma fantasia elaborada sobre "cometer um massacre" — contra os colegas de turma e os professores, estranhos no shopping, a própria família.

Ele usaria uma máscara, disse — "Ninguém saberia que fui *eu*".

O crime perfeito era assassinar a família enquanto todos dormiam, disse Travis. Ele os mataria um a um com uma faca; lavaria bem a faca; devolveria a faca ao lugar dela. Pegaria todo o dinheiro que encontrasse e o esconderia em seu esconderijo especial no velho celeiro de feno. Depois quebraria uma janela do primeiro andar da casa, deixando os cacos de vidro do lado de dentro. Os policiais sempre verificavam se havia acontecido uma invasão. Diria à polícia que tinha fugido para o bosque no começo da matança e que não tinha visto quem eram os assassinos. Ele falava com um ar de alegria infantil, satisfeito pela maneira como sua fantasia me deixava incomodada.

"Por que ia querer matar sua família? Sua *mãe*?"

Travis riu e deu de ombros. Por que não?

Aos dezessete anos, Travis tinha quase um metro e oitenta de altura. Era muito magro. As sobrancelhas eram pesadas, grossas. Os olhos eram claros e alertas. Ele piscava com frequência, como se tivesse um tique ou uma coceira — fazia a gente pensar em um peixe se movendo sem rumo na água escura. Era comum deixar a barba por fazer. O cabelo escuro e ondulado era dividido ao meio, na altura dos ombros, e desgrenhado. Ele usava bandanas, bonés, capuz. Usava uma jaqueta de couro preto, jeans e botas. Os antebraços eram tatuados com águias e crânios. Cada dedo tinha uma tatuagem de uma pequena adaga. Ele trabalhava em empregos que pagavam salário mínimo — restaurantes fast-food, carregando mercadoria no Wal-Mart. Manutenção de vias e remoção de neve, equipe de poda de árvores. E se demitia desses empregos, ou era demitido. Fumava maconha. Vendia drogas. Era suspeito de arrombar e invadir casas. Não vivia mais com a família, e nenhum parente parecia saber onde ele morava, ou com quem. A última vez que minha mãe falou com tia Louise, que havia lhe telefonado para perguntar diretamente por que minha mãe a estava evitando, ela reclamou, dizendo que Travis estava "descontrolado", e falou que às vezes "tinha muito medo dele" e estava pensando em obter uma ordem judicial para que ele não pudesse mais pisar na propriedade — "Mas se eu fizer isso, vou ficar com medo da reação dele. Travis pode ficar muito violento".

Louise riu, e sua risada se tornou um ataque de tosse. Minha mãe ficou chocada, sem saber como reagir.

Eu sabia que havia garotas no colégio, e garotas que já haviam se formado, que se sentiam atraídas por meu primo Travis, apesar da reputação dele, e sentia um pouco de ciúme. Pensava: *Travis vai ser cruel com elas. Elas vão se arrepender.*

"Hanna? Oi, Hanna? Vai, seja boazinha, deixa a gente entrar."

Travis batia na porta com alguma coisa de ferro, suplicava e gritava. Tive a impressão de que ele estava bêbado ou drogado — esperava que não fosse anfetamina, sabia que isso era perigoso. Não me dei o trabalho de ir até a porta gritar para ele ir embora, pois isso só o provocaria.

Pensei que Travis não podia saber que eu estava na casa. Não podia ter certeza de que havia alguém lá dentro. Disse a mim mesma: *Ele vai embora em alguns minutos. Não vai causar mal nenhum. Se eu não provocar.*

9.

Depois do que pareceu muito tempo, mas pode ter sido só cinco ou seis minutos, as batidas na porta da frente cessaram. A campainha também silenciou. E a voz debochada do meu primo repetindo *Han-na!* se calou.

Eles desistiram e foram embora, pensei.

Com cuidado, me aproximei da porta da frente. Aparentemente, não tinha ninguém na escada nem na calçada. Olhei por uma janela da sala de estar e não vi nada, ninguém — o gramado na frente da casa dos McClelland, a cerca de ferro de um metro e meio de altura à luz da Drumlin Avenue.

O alívio me deixou até mole. Não acreditava realmente que Travis quisesse me fazer mal. Nem podia querer roubar os McClelland, ele seria pego prontamente. Ele gostava de mim, não ia querer me meter em confusão — a menos que estivesse ressentido comigo, como os Reidl se ressentiam da minha família.

Sim, eu amava meu primo Travis. Não queria vê-lo, principalmente esta noite e na casa dos McClelland, mas eu o amava de longe.

Pensei em como, depois de uma tempestade, os cabos elétricos ficam no chão, mortais para quem os tocar ou pisar neles. Às vezes os cabos literalmente estalam com a eletricidade, espalham faíscas.

Cabo vivo. Travis Reidl era um desses: letal, se você chegar perto demais.

Ao ver que Travis e o companheiro tinham ido embora, fiquei aflita para sair da casa dos McClelland.

Não havia romance em passar mais tempo ali. O glamour da casa tinha desaparecido, agora eu me sentia muito vulnerável. Apagaria as luzes, levantaria as persianas. Rapidamente, reguei as plantas e borrifei água — fiquei preocupada ao ver várias folhas amarelas nas violetas africanas. Lamentava profundamente que a pobre Sasha tivesse se assustado com a campainha, indo se esconder às pressas em algum lugar, e era bem provável que, em seu cérebro de gato, ela me culpasse.

Voltei à cozinha, que estava bem iluminada. Estava me preparando para ir embora quando ouvi vozes e uma risada abafada perto da porta da cozinha.

"Han-na! Peguei você, garota."

Horrorizada, vi a maçaneta girando — mas a porta havia travado automaticamente quando a fechei. O rosto de Travis apareceu na janela lívido de raiva, a boca se movendo e formando palavras feias: "*Deixa eu entrar! Deixa... eu...* ENTRAR*... porra!*". Antes que eu pudesse gritar exigindo que ele parasse, Travis deu um soco na janela, e a vidraça se soltou e caiu no chão da cozinha, estilhaçando como granizo.

Travis enfiou a mão no buraco para girar a maçaneta e abrir a porta. Devia ter se cortado nos cacos de vidro que sobraram, porque vi manchas de sangue na porta e no chão de linóleo, mas ele nem parecia notar.

Lá fora, o amigo de Travis hesitava, em vez de segui-lo para dentro da cozinha. Era como se ele não esperasse que Travis se comportasse com tanta ousadia. "Que porra? O que está fazendo?" Ouvi o amigo xingando Travis, e Travis também o xingava. Se aquele era Weitzel, ele era grande, tinha um queixo largo, mais ou menos vinte anos e um rosto gorducho, parcialmente escondido pelo capuz cinza que cobria sua cabeça.

Ele e Travis discutiram. Depois, ele foi embora. Travis gritou furioso: "Vai para o inferno, babaca! Vai se foder".

Enquanto os dois discutiam na porta da cozinha, eu podia ter corrido, atravessado a casa e saído pela porta da frente, gritando por socorro. Podia ter corrido para a rua, parado um carro, ou atravessado e ido à casa de um vizinho. Mas não foi o que eu fiz (tentaria explicar mais tarde, gaguejando e envergonhada), fiquei ali parada e confusa, enquanto minhas pernas se transformavam em chumbo. Fiquei parada no meio dos cacos de vidro, pensando que meu primo Travis estava só brincando, que não queria realmente quebrar uma vidraça e invadir a casa dos McClelland. *Travis não me faria mal nenhum! Travis é meu amigo.*

Mesmo com a vidraça quebrada, Travis fechou a porta ao entrar. Bateu-a com força.

Travis me agarrou e sacudiu como se eu fosse uma boneca de pano. "Por que não deixou a gente entrar? Droga, Hanna, a culpa é toda sua."

Tentei empurrá-lo, mas Travis segurava meu braço com força, e estava doendo. Senti em seu hálito um cheiro forte, alguma coisa que parecia gasolina. E vi seus olhos dilatados, escuros. Travis estava "chapado" — doido. Estava alterado como eu nunca tinha visto antes, e devia ser perigoso. Mas eu ainda queria acreditar que meu primo não ia me fazer mal.

Implorei para Travis ir embora. Tentei explicar que minha professora morava naquela casa e que eu a estava *ajudando* enquanto o marido dela se encontrava no hospital, mas não falei que ele estava em Syracuse e torci para Travis não ter essa informação; talvez eu conseguisse fazê-lo pensar que o sr. McClelland estava no pequeno hospital de Sparta, e não a cinquenta quilômetros dali.

"Não se preocupe, Han-na, ninguém vai estragar esta porra de casa de milionário. E ninguém vai machucar você. Desde que não tente chamar a polícia, nem fugir. Se tentar alguma coisa assim, garota, você vai se arrepender."

Travis estava brincando? Quando a gente era criança, às vezes ele falava assim nas brincadeiras, ameaçava, fingia que era mau. Se eu cedesse imediatamente, ele parava; não me empurrava, não me batia. Se eu chorasse, ele parava imediatamente e dizia que estava brincando. Mas agora, apesar das lágrimas nos meus olhos e de Travis poder ver que eu estava assustada e abalada, ele não parava.

E ria, embora estivesse furioso. Estava furioso, embora risse. Não esperava que o amigo o abandonasse, e várias vezes olhou para a janela quebrada como se esperasse vê-lo lá fora — "Babaca. *Covarde*".

Quando criei coragem para puxar seu braço e pedir para ele ir embora, Travis me empurrou com a mão aberta em meu peito — "Não se mete comigo, Hanna. Eu vou embora quando terminar aqui".

"Os vizinhos podem ter ouvido o barulho do vidro quebrando, Travis. Alguém pode ter chamado a polícia..."

"Foda-se, ninguém ouviu nada! Essas casas de milionários ficam longe umas das outras, ninguém ouve nada e ninguém liga, de qualquer jeito."

Travis explorava a cozinha, que era, com certeza, a maior que ele já tinha visto. Com gritos de admiração debochada, ele abria as portas dos armários, as gavetas, pegou uma concha prateada para bater nas panelas de cobre penduradas em uma viga, como se fosse um baterista surtado batendo em tambores. "Isso é tipo... o quê? 'Bateria de panela'?" Eu estava apavorada, tinha medo de que Travis quebrasse copos de cristal e porcelana cara por pura crueldade. Tinha medo de que ele pegasse coisas na geladeira — leite, suco de frutas, geleias, comida pronta em recipientes de plástico — e jogasse tudo por ali aleatoriamente. Mas a atenção dele tinha sido atraída por um armário de porta de vidro, onde havia várias garrafas de vinho e bebida. De lá ele tirou uma garrafa de uísque escocês com um uivo triunfante. Travis estava quente, febril. Ria, falava sozinho, xingava em voz baixa. Sentindo uma onda repentina de calor, ele levantou o capuz do moletom barato e depois tirou o moletom, que jogou no chão. Por baixo, ele usava uma camiseta preta com as mangas cortadas e calça suja sem cinto. Era chocante ver o cabelo de Travis, que um dia foi ondulado e lindo, todo sujo e duro, como se ele não o lavasse há semanas. Era chocante ver sua pele amarelada, cheia de manchas. Tinha alguma coisa de ave de rapina nele, no rosto estreito, no tronco magro e meio côncavo, nos movimentos bruscos. Mais tarde compreendi que meu primo era um dependente químico, um "junkie", e que essa era a aparência dos junkies.

"Hora de tomar uma! Vamos comemorar... nosso encontro. Não sentiu saudades de mim, Han-na? Não sou seu primo 'favorito'?"

Travis serviu uísque em dois copos e insistiu para que eu bebesse com ele. Eu disse que não, não podia, mas Travis empurrou o copo contra a minha boca e afastou meus dentes à força, de forma que um pouco do líquido escorreu por meu queixo, mas uma parte ficou na boca, e eu tive que engolir. A bebida ardia e queimava com uma pungência medicinal e me fez tossir. Travis riu de mim e me arrastou atrás dele pelo corredor, até a primeira sala, que era a sala de televisão. Lá ele assobiou por entre os dentes ao ver a TV de console, que era a maior e mais cara que ele já tinha visto. Travis ligou a TV e foi mudando de canal com tanta força que tive medo de ver o botão se soltar na mão dele.

A tela da televisão brilhava em cores. Travis estava agitado demais para assistir a alguma coisa por mais que alguns segundos. O volume estava alto, e eu pensei (mas não podia ser um pensamento sério) que os vizinhos poderiam ouvir o barulho incomum na casa dos McClelland e ir investigar. Melhor ainda, pedir ajuda. Mas isso era meu desespero, e não meu senso lógico.

Travis resmungou que voltaria para pegar aquela TV, porque ia precisar de um caminhão para levá-la. Uma música brotava alta do aparelho, uma melodia animada e estúpida de um comercial, e Travis me agarrou e fingiu dançar, desajeitado, ofegante, rindo da minha cara, que devia ser uma mistura de horror, medo, constrangimento, vergonha — "Que foi, Han-na, acha que é boa demais para mim? É boa demais para seu primo de Black Snake River?". Ele era hostil, sarcástico.

Travis insistiu para eu beber mais uísque. De novo a bebida escorreu e molhou minha roupa, mas uma parte desceu pela minha garganta. Travis segurava meu pulso com força. Brincando, comentou que poderia quebrar meu "braço de pardal" quando quisesse.

Eu começava a me sentir enjoada, tonta.

"Sua família inteira acha que é boa demais para os Reidl. Mas tenho uma novidade pra você."

Travis bebeu mais uísque. Para me forçar a beber, passou um braço por trás da minha nuca, me segurou com força e apertou o copo contra a minha boca. Eu resisti, mas ele era muito forte.

Pensei, desesperada: *Ele vai parar logo. Ele vai embora. Ele não quer me fazer mal...*

Era desconfortável o jeito como Travis me segurava. Ele quase nem havia olhado para mim antes, seus olhos se moviam depressa, piscavam, mas agora ele olhava para mim. Olhava de perto. Eu via sua pele manchada, os vasos finos estourados nos olhos. Sentia seu hálito, o odor de seu corpo.

"Está com medo de quê, menina? Parece que não me conhece."

Tentei relaxar, rir. Consegui escapar do braço de Travis, mas não me atrevi a fugir, porque sabia que ele ficaria ofendido.

Ele falou pensativo, lembrando alguma coisa divertida: "Sabe, você é um 'acidente', como eu".

"Não sou."

"É! Minha mãe disse que sim. Sua mãe contou pra minha, ela disse: 'Hanna é nosso acidente'. E minha mãe respondeu: 'Travis é o *meu* acidente. Acho que você se deu bem, Esther'."

Fiquei perplexa com isso. Com a casualidade do comentário. Mas sabia que não podia ser verdade, porque minha mãe nunca diria nada assim. Especialmente para a meia-irmã Louise.

Eu pensei: *É brincadeira. Travis gosta de provocar.*

De repente eu odiava Travis. Queria que ele estivesse longe, em outro lugar — no reformatório em Carthage, ou mais longe ainda —, como um dos irmãos mais velhos dele, que havia se alistado no exército dos Estados Unidos.

Mas não queria que Travis estivesse morto. Nunca desejaria a morte de Travis, sentiria muita falta dele.

Embora eu insistisse em pedir para ele ir embora, Travis me arrastou para a sala de jantar. Lá ele elogiou debochado o "lustre elegante de vidro" e a "floresta de plantas". Só sentia escárnio pelas plantas penduradas e nos vasos. "O que são aquelas coisas? Umas *orquídeas* de merda?" Era como se estivesse ofendido e rindo das lindas flores. Ele parou para cheirar as inodoras orquídeas e violetas africanas. Diante do meu olhar horrorizado, ele arrancou uma orquídea de listras roxas, que tentou prender atrás da orelha, mas derrubou no chão.

"Travis! Por favor, para. Por favor, vai embora."

"Ir embora *pra onde*? Estou bem aqui."

Travis ameaçou urinar em um dos vasos. E depois, para o meu horror, foi isso que ele fez, abriu o zíper da calça e urinou na suculenta.

Ao ver o que ele estava fazendo, recuei cobrindo os olhos.

Eu me ouvi rindo. Uma gargalhada estridente, como alguém em quem estivessem fazendo cócegas. Como alguém que estivesse sendo morto.

"É assim que fazemos em Black River. Nada que surpreenda *você*."

Travis estava se divertindo, estava gostando de atormentar a prima, a boa menina. Queria que eu risse com ele. Quase senti vontade de me juntar a ele no mau comportamento, no comportamento infantil dentro daquela casa linda, tão linda quanto uma casa de revista — mas essa era a casa da sra. McClelland, e eu nunca faria nada para magoar ou aborrecer minha professora.

O uísque estava me deixando tonta, com a cabeça girando. Eu havia engolido só um pouco, mas foi direto para a cabeça.

Vi o regador. Peguei e despejei água na suculenta, pensando em diluir a urina tóxica. Tarde demais, lembrei que a sra. McClelland dissera para *não regar a suculenta*.

Por alguma razão, isso era muito engraçado. Comecei a rir, e depois engasguei, e vomitei — cuspi líquido quente, enquanto Travis ria de mim.

Queria ir à cozinha ou ao banheiro para lavar a boca. Não tem nada mais nojento que gosto de bile. Mas Travis me proibiu de sair de perto dele — ele achava que eu poderia fugir.

Travis pegava punhados de talheres de prata de um armário. Quando viu minha cara, ele mostrou os dentes. "Toda essa merda chique que eles têm aqui, ninguém vai sentir falta. Tem gente que tem muito, e tem gente que tem pouco."

Travis era muito descuidado, e alguns talheres caíram no chão. Ele os chutou.

"Travis, por favor, vai pra casa. Não vou contar pra ninguém se... se você for pra casa agora..."

"Tem razão, não vai contar pra ninguém, gatinha. Se contar, sua cara inteira vai ficar como essa 'marca de nascença', bem vermelha e bem feia."

Isso doeu. Foi maldoso. Eu não conseguia acreditar que Travis teve a intenção de me dizer algo tão cruel, sabendo como eu me sentia em relação à marca de nascença.

Gaguejei falando que os McClelland iam voltar, que sentiriam falta das coisas, e eu teria que dizer a eles quem as levou. Travis respondeu num tom frio, sem o sorriso forçado: "Duvido, Hanna. Se fizer isso, você vai se arrepender".

Eu sabia disso. Não contaria a ninguém o que tinha acontecido aqui — o que estava acontecendo e eu não conseguia evitar —, o que Travis fez ou disse. Teria que inventar uma história, como uma criança amedrontada e culpada inventa uma história gaguejada para adultos que querem acreditar nela, por mais absurdas que sejam suas palavras.

Porque eu me lembro nitidamente, vários anos depois de eu ter saído da cidade onde cresci para ir morar a centenas de quilômetros de distância, de como raramente fazia confidências à minha mãe, mais raramente ainda ao meu pai, quando era menina. Eram muitos segredos que naquela época me pareciam vergonhosos, mas certamente eram triviais, comuns — os segredos do começo da adolescência. O que passava pela minha cabeça como sinuosas cobras d'água ondulando no lago Wolf's Head, nas corredeiras onde às vezes as víamos, gritando com horror exagerado.

Embora consiga me lembrar de ter chorado e sido confortada por meus pais, o que me lembro mais nitidamente é de ter escondido deles, ou guardado para mim, aquelas coisas que não devem ser contadas a ninguém.

10.

Não vi o rosto da outra pessoa. Ele usava um capuz como Travis, mas não o tirou da cabeça. Dava para ver que era mais velho que Travis — não era alguém que eu conhecia. Não reconheci a voz dele.

Não houve tempo. Do momento em que ele entrou na casa e começou a pegar coisas, até eles entrarem no escritório do sr. McClelland e encontrarem a arma e ela disparar — tudo aconteceu muito depressa.

Porque ele era mais velho que Travis, acho. Porque os dois estavam "chapados". Porque Travis queria impressioná-lo. Porque Travis sempre teve essa fraqueza — atormentar gente mais nova, pois ele havia sido atormentado pelos garotos mais velhos. E ele queria impressionar os garotos mais velhos.

E Travis usou a arma para me machucar. Para fazer o amigo dele rir. Mas o amigo dele parou de rir. O amigo falou para Travis parar. E Travis não parou. O amigo empurrou Travis, tentou tirar a arma dele, e a arma disparou, do lado da minha cabeça. E Travis caiu. E eu estava no chão, e não conseguia me mover por medo de ter morrido. E não conseguia pensar, porque meus ouvidos apitavam. E um poço escuro se abriu, e eu caí dentro dele.

11.

Implorei para o meu primo Travis sair da casa dos McClelland, mas ele não ia embora. Seu rosto brilhava como uma lâmpada. Como um sol/cometa transtornado. Como o rosto branco de um samurai quando o guerreiro levanta sua espada para atacar e decapitar com um só movimento terrível.

Ele me arrastava pelos cômodos. Ria do meu desespero. Abriu a porta do "escritório" do sr. McClelland, que não estava trancada, como a sra. McClelland disse que estaria.

E isso também é uma traição — *a sra. McClelland disse que trancaria essa porta.*

Atrevido, Travis Reidl entra no escritório. Porque não tem nada e ninguém para impedi-lo.

Travis assobia por entre os dentes, impressionado com as estantes de livros que vão do teto ao chão. Lareira, mesa enorme e antiga. "Que porrada de livros! Ninguém nunca leu tantos livros." É o ressentimento de alguém que um dia pode ter desejado ler tantos livros, mas sabe que agora isso não é mais possível.

Debochado, Travis examina os objetos em cima da mesa do sr. McClelland. Agenda grande de mesa, caneta-tinteiro preta, lapiseira de prata. Prata! Travis a enfia no bolso. Tem um calendário em uma moldura de couro — "Olha essa merda!" — que parece enfurecê-lo de maneira especial.

Grunhindo, Travis abre gavetas da grande mesa de mogno. A maioria contém pastas. Fico grata por ele não pegar as pastas e derrubar o conteúdo de todas elas no chão. Na gaveta de baixo, ele encontra alguma coisa — está assobiando por entre os dentes. É uma arma. Ele pega a arma, e seus olhos se estreitam com a excitação.

"Jesus. Era exatamente do que eu precisava."

Fico com medo. Não sabia que tinha uma arma na casa. Não tinha como saber. Por que a sra. McClelland esqueceu de trancar a porta?

Eu quero fugir, sair correndo e pedir ajuda, mas sei que meu primo Travis me castigará de um jeito terrível, se eu tentar. Ele vai atirar em mim — vai atirar nas minhas pernas para me derrubar. E vai rir de mim quando eu estiver no chão, gritando em agonia. *Eu avisei, Hanna! Você me desobedeceu.*

Sério, Travis examina a arma, gira o tambor. Está carregada? Travis me pergunta se eu sei o que é roleta-russa.

Não. Respondo que não.

Não sei o que é roleta-russa. (É claro que sei o que é roleta-russa.)

Estou tentando não chorar. Ainda estou pensando *Travis gosta de mim! Ele não vai me machucar.*

É como rezar na igreja. *Pai Celestial que nos abençoa a todos. Todas as bênçãos vêm de Ti.* Implorar a Deus para que Ele seja bom com você, porque seu medo é de que Deus não seja bom com você. E assim eu imploro ao meu primo Travis, embora não me atreva a suplicar em voz alta.

Lembro como Travis havia falado com uma voz sonhadora que queria levar uma arma para a escola. Lembro-me dos quadrinhos do "massacre". Não havia armas na casa da mãe dele porque um irmão mais velho tinha disparado um rifle de ar apontado para Travis quando ele era pequeno, acertando-o nas costas, e a mãe tomou a arma do irmão e a jogou no rio Black Snake. E Travis nunca teve permissão para ter uma arma. Ele dizia que, quando fosse mais velho, poderia comprar as próprias armas. Não ia ficar morando lá. Não precisava de ninguém dizendo o que ele tinha que fazer.

Agora ele segura a arma do sr. McClelland, que é como um presente para ele. Se você acredita em destino — não é um "acidente" que a arma tenha ido parar nas mãos de Travis. E ele a examina com uma atitude grave. Gira o cilindro, olha dentro dele. Está paralisado e tem um sorriso radiante e estranho em seu rosto. Apesar da pele amarelada e suja, do cabelo grudado de sujeira, dá para ver que meu primo é um garoto bonito. Uma bela ruína de menino. Um garoto-velho com olhos vermelhos e machucados. Tenho medo de Travis, mas ainda sou atraída por ele. Seus olhos se movem da arma para mim, piscam rapidamente como se a visão da arma fosse ofuscante e ele não enxergasse bem.

“Já ouviu falar em pacto de suicídio? Acho que seria o teste do amor.”

É muito estranho ouvir a palavra *amor* na voz áspera de Travis.

Mas balanço a cabeça depressa — *não.*

Embora, pensando melhor, ser encontrada morta nos braços de um garoto... é uma ideia difícil de ignorar.

Tinha um casal na escola que morreu junto. Mas a suspeita é de que o garoto tenha matado a namorada e dirigido o carro dele até um lago, no meio do gelo, para que eles se afogassem juntos.

Como um ator de cinema, Travis se posiciona na frente de um espelho sobre o console da lareira. Horrorizada, vejo quando ele encosta o cano do revólver na própria cabeça. Ele sorri para si mesmo no espelho, pisca, afasta dos olhos uma mecha de cabelo engordurado. Depois, como se só então pensasse nisso, abaixa o revólver, tira algumas balas do cilindro e as guarda no bolso. Então olha para mim, que estive esse tempo todo parada a alguns metros de distância, incapaz de me mover.

“Viu? A arma nem está totalmente carregada. Tem uma chance.”

“Travis, não. Por favor... guarda a arma.”

“Roleta-russa. Só tem uma bala. É legal.”

Fascinado com o que vê, Travis volta a olhar para o próprio reflexo no espelho. Sua postura é ereta como a de um soldado. Parece ter me esquecido. Ele encosta o cano da arma na testa, e uma expressão sonhadora surge em seus olhos. Parece que ele está prestes a apertar o gatilho, então gira como um pistoleiro em um filme de faroeste, com os joelhos dobrados, aponta a arma para mim e aperta o gatilho. *Clique!* — numa câmara vazia.

Estou com tanto medo que molhei a calcinha. Meu coração disparou. O suor escorre das minhas axilas. Mas Travis só ri de mim.

“De novo? Hein?” Ele aponta a arma para mim e eu me abaixo, protejo a cabeça com os braços. Como se isso pudesse deter uma bala.

Eu imploro: “Não, por favor. Não, por favor. Travis...”.

Travis ri. Está excitado, eufórico. E eu estou indefesa. Sou prisioneira dele. Sua vassala. Ele é o Vingador Black Snake, prestes a executar uma prisioneira desafortunada.

"Já falei, só tem uma bala no tambor. Tem uma chance."

Estou apavorada demais para responder ao meu primo provocador.

Travis diz: "Ajoelha".

"Não, Travis. Não, por favor."

Travis passa o cano da arma na minha bochecha, que tento manter escondida — a marca feia de nascença embaixo do olho esquerdo. Ele provoca com crueldade. "Ei. Quer que eu arranque isso com um tiro?" Enfia o cano na minha boca. Estou sufocando, apavorada. Ele não ia apertar o gatilho e me assassinar... ia? O cano bate nos meus dentes, e a dor é tão intensa que o cérebro a registra como um entorpecimento. Estou tentando não chorar descontroladamente. Estou tentando obedecer ao Travis para ele ficar com pena de mim, para ter misericórdia como costumava ter quando éramos crianças. Digo a mim mesma que ele não vai me matar porque me ama. Mas a risada de Travis é maldosa. Aquela risada silenciosa dos garotos quando acham alguém mais fraco para atormentar, alguém que não pode revidar.

E agora Travis faz uma coisa que não pensei que ele fosse fazer — ele rasga meu suéter e aperta o cano do revólver contra os meus seios, contra a pele arrepiada e apavorada dentro do meu pequeno sutiã de algodão branco. A mira do revólver está molhada da minha saliva, mas ainda é fria, e eu me arrepio e tremo, e estou com tanto medo que me molhei de novo. E Travis enfia o cano da arma no elástico da cintura da minha calça de veludo cotelê — como se quisesse fazer "cócegas" na minha barriga — e a desliza para baixo, entre minhas pernas — e agora estou gritando de dor, me contorcendo. Travis grunhe e ri depressa como se estivesse sem fôlego depois de correr, com o rosto vermelho, me dizendo que vou ter que ser castigada por ter me molhado, porque sou uma menina suja e nojenta.

Estou chorando descontroladamente. Travis tem pena de mim, mas é a misericórdia do desgosto. Ele me empurra com a bota. Joga a arma na poltrona de couro como se ela tivesse sido profanada pela umidade da minha calcinha.

"Para de chorar! Ninguém machucou você... ainda. Anda... de joelhos. Anda e vai poder se salvar."

Estou de joelhos ao lado da poltrona, perto dela. Desesperada. Pego a arma sem muito jeito — a arma que Travis deixou ali — é um milagre que eu a tenha na mão, nas duas mãos. A arma é pesada, mais pesada do que eu esperava. O cano é longo, e é difícil mantê-la erguida. O cano quer descer, como uma mangueira de jardim. Ao me ver com a arma nas mãos, Travis grita: “Ei! Que desgraçada...”, e eu aperto o gatilho, tento apertar o gatilho. Não é fácil, no começo ele não se move, depois cede com um *clique!* em uma câmara vazia. Travis agora está furioso, avança para tirar a arma de mim, e eu aperto o gatilho de novo, e dessa vez não é um *clique!*, mas uma explosão ensurdecedora, e Travis é jogado para trás — Travis levou um tiro no peito —, a expressão de fúria desaparece de seu rosto quando ele cai no chão.

Eu me afasto rastejando como um animal aterrorizado, tento engatinhar. Estou desesperada para fugir de Travis, que (tenho certeza) vai me pegar e castigar terrivelmente pela desobediência.

A arma caiu das minhas mãos. É pesada demais para ficar segurando. A arma está no chão, perto de Travis, que está deitado na frente da lareira, gemendo e se debatendo. Vejo o sangue brotando do peito dele, mas nada disso é real para mim, não consigo acreditar que Travis realmente *levou um tiro* — é claro que ele está brincando, e daqui a pouco vai ficar em pé para me punir. No entanto, a arma disparou — posso sentir o impacto do tiro, uma sensação de tremor nas mãos e nos pulsos. O som foi ensurdecedor, tem um eco tão alto nos meus ouvidos que não escuto nada e não consigo pensar.

Exceto... *Foi um acidente. A arma disparou sozinha.*

12.

Foi um acidente... acho. Travis estava segurando a arma, e o amigo tentava tirar dele... a arma disparou.

Não vi o rosto dele. Não reconheci sua voz. Quando ele e Travis invadiram a casa pela porta da cozinha, soube que não devia olhar para ele porque temia pela minha vida.

Fiquei no chão muito tempo, não conseguia me mover.

Senti uma pressão dentro da cabeça, como um balão enchendo até explodir. Eu sabia sobre hemorragia cerebral, *tinha procurado as palavras no dicionário e tive medo.*

Não sei quanto tempo passou depois que o amigo de Travis saiu correndo da casa. Depois ouvi a campainha, mas era um barulho tão distante que eu mal conseguia escutar.

Então, um vizinho foi bater na porta de trás. Ele viu o vidro quebrado, viu a cozinha iluminada, viu que não tinha ninguém dentro dela, e gritou: Alô? Oi? Tem alguém aí? *— e entrou na sala onde Travis estava caído, e eu estava caída, e viu que Travis havia levado um tiro e pensou que eu também tinha levado um tiro ali, onde estava caída no chão inconsciente, com a cabeça fora do tapete e no chão de madeira, onde a bati com força, mas dava para ver que eu estava respirando, e ele soube que eu estava viva.*

13.

Acidente com Arma em Residência da Drumlin Av.

*Cúmplices em Assalto Discutem, Arma Dispara
e Mata Adolescente da Região*

Como se a bala tivesse se projetado sozinha, se alojado no peito de Travis Reidl, dezessete anos, totalmente por acaso, perfurando seu coração. A aorta foi cortada, em minutos Travis perdeu sangue suficiente para morrer. Travis Reidl, considerado, por aqueles que o conheciam desde a infância, um *problemático, difícil, desistente do colégio, suspeito de arrombamentos recentes em Beechum County.* De quem se dizia que a própria mãe havia cogitado pedir uma ordem judicial para impedi-lo de entrar na casa da família. *No fundo, não era mau, mas se envolveu com drogas e traficantes, não é surpresa que um desses filhos da mãe tenha matado o garoto.*

No *Sparta Journal* seria noticiado que o indivíduo que disparou a arma, o "cúmplice" de Travis Reidl, ainda não havia sido detido pela polícia de Sparta.

14.

Vinte e seis anos se passaram. Estou olhando pela janela para o céu escuro e chuvoso de novembro. Lá embaixo, minha mãe e as crianças estão na cozinha. Sinto cheiro de pão de banana saindo do forno. Eles estão me esperando, e estou ansiosa para ir me juntar a eles, mas... minhas pernas estão fracas, as veias na minha cabeça ainda pulsam.

Lá fora, o céu tem alguma coisa de urgente. A espiral do começo de inverno. O jeito como a vida é sugada para dentro de um redemoinho, girando cada vez mais depressa, até desaparecer em algum momento. O vento está mais forte, as janelas estão geladas. Pássaros escuros se juntam em bandos nas árvores altas que cercam a casa dos meus pais, uma tempestade de aves pretas, tantas que causam espanto — é quase assustador. Uma nuvem de asas contra a janela, gritos interrompidos no ar. Centenas — milhares — de aves de penas escuras se preparando para migrar rumo ao sul. Sinto um anseio poderoso, impossível de descrever. *Quero ir com vocês. Para onde forem, não nos deixem.*

Penso em como fui interrogada pelos solidários policiais de Sparta e por outros adultos que se preocupavam comigo e que não queriam me perturbar ainda mais. Porque eu estava atordoada e calada depois de tudo que foi feito comigo, e levaria um bom tempo para me recuperar. E não seria "normal" por muito tempo. A história que eu tentaria contar muitas vezes era confusa e incoerente porque estava traumatizada por aquilo que meu próprio primo, Travis Reidl, havia feito comigo. Dente quebrado e lábios sangrando por causa do cano enfiado em minha boca, vergões vermelhos nos seios e na barriga, hematomas na "área genital" — nos jornais, esses detalhes vergonhosos não seriam revelados.

Quem era o cúmplice do seu primo?, eles perguntavam.

E eu só conseguia dizer que não tinha visto o rosto. Não reconheci a voz.

Ele fez alguma ameaça, se você contasse? Se o identificasse?

Ele disse que voltaria e mataria você, Hanna?

Eu não conseguia falar. Não conseguia falar em voz alta, com os homens ouvindo e anotando tudo.

Mas cochichei para a policial feminina que era muito solidária, contei que quando ele abriu a calça para urinar no vaso de suculentas da sra. McClelland, porque estava bêbado e chapado de drogas, eu fechei os olhos depressa e virei o rosto.

Qual é o nome dele? Consegue descrevê-lo? Consegue identificá-lo?, mas eu disse que não conseguia, porque seria terrível envolver por engano um inocente na morte do meu primo.

A polícia conversou com o vizinho da Drumlin Avenue que ligou para a emergência. A polícia conversou com outros vizinhos que diziam ter ouvido as portas de um carro sendo batidas, vozes de homens do lado de fora, uma menina gritando e um único tiro às 19h10, mas ninguém conseguiu identificar o veículo, muito menos o cúmplice do garoto assassinado.

A polícia levou Stevie Weitzel, vinte e dois anos, para depor várias vezes. Tinham certeza de que Weitzel era a pessoa que havia atirado por acidente no amigo Travis Reidl durante um assalto que dera errado, mas tiveram que liberá-lo todas as vezes porque não havia evidências suficientes para prendê-lo.

Se Weitzel era o cúmplice do meu primo, ele sabia que não havia atirado em Travis, e talvez imaginasse quem havia sido. Mas Weitzel não podia dizer que outra pessoa havia atirado em Travis, pois isso seria reconhecer que tinha participado do arrombamento e da invasão com Travis, mas fugiu antes de tudo acontecer.

Em vez disso, ele disse apenas que não sabia nada sobre o assalto na Drumlin Avenue, não sabia onde Travis Reidl estava naquela noite. Tinha visto Travis pela última vez dias antes.

Nessa época, os detetives de uma cidade pequena não sabiam isolar uma cena de crime com segurança. As digitais na arma do crime, usada para atirar contra Travis à queima roupa, estavam "borradas". Ninguém colheu minhas digitais.

A arma logo foi devolvida a Gordon McClelland, pois era propriedade legal dele.

Naquelas semanas e meses do nono ano, me comportei como vidro que podia se partir em pedaços a qualquer momento. Fui tratada como uma convalescente por amigos e pelos professores. Vi pena nos olhos deles, e uma espécie de repugnância. Porque, o que quer que tivesse sido feito comigo, eles não queriam saber.

Naqueles dias não havia expressões como *abuso sexual*, *molestamento*. *Estupro* não era falado em voz alta, *estupro* não era impresso em um jornal de família como o *Sparta Journal*.

E assim ninguém soube exatamente o que havia acontecido comigo, nem mesmo o médico que me examinou e redigiu um laudo para a polícia. Ninguém poderia esperar que eu explicasse, não eu, que nem tinha vocabulário para isso, que mergulhava em um pânico que disparava o coração e provocava episódios de mudez se fosse interrogada com muita insistência.

O vizinho que tivera coragem de ir à casa dos McClelland contaria como encontrou os corpos — o garoto de cabelo sujo "como um ciclista" com um tiro no peito, a menina que parecia ter pouco mais que doze ou treze anos caída no chão, quase sem respirar, a qual ele pensou que também havia levado um tiro.

Ele se ajoelhou sobre a menina e tentou ressuscitá-la. Viu que suas roupas haviam sido rasgadas. A pele estava mortalmente pálida. Os olhos estavam virados para trás nas órbitas, como os olhos de uma boneca que havia sido sacudida com força, e a boca ensanguentada estava aberta e escorrendo saliva, mas... ela estava viva.

Na semana seguinte, Gordon McClelland teve alta do centro médico em Syracuse e voltou para casa, mas os McClelland não morariam na Drumlin Avenue por muito tempo. A casa deles havia sido violada, disse a sra. McClelland. A bela e antiga casa colonial seria vendida por um valor abaixo do preço de mercado para um casal que se mudaria para Sparta e pouco sabia sobre o "acidente com arma" e não queria saber mais.

A sra. McClelland voltou a ser a titular da nossa turma e a dar aula de estudos sociais, mas não era mais tão entusiasmada. Era comum que parecesse distraída. Nem sempre ouvia as respostas para as perguntas que ela mesma fazia, o que nos deixava inquietos, incomodados.

Ela já não se maquiava mais como antes. O penteado elegante havia desaparecido, agora era mais comum ela simplesmente escovar os cabelos para trás das orelhas, ou fazer um coque na altura da nuca. Ninguém diria que ela era parecida com Jeanne Crain. Embora usasse as mesmas roupas, elas não eram mais tão impressionantes.

Os McClelland se mudariam de Sparta logo depois de venderem a casa.

Depois do período inicial de interrogatórios e depoimentos, ninguém mais falou comigo sobre o que aconteceu naquela noite.

Haveria o boato de que Hanna Godden havia sido *machucada*. Pelo próprio primo, mais velho que ela — *machucada*.

Do jeito (indizível, vergonhoso) que uma garota pode ser *machucada* por um garoto ou um homem.

Mas não foi assim. Eu sabia que não tinha sido assim. Uma coisa horrível aconteceu na minha presença, mas não *comigo*.

O começo da década de 1960 não era uma época em que crianças ou adolescentes vítimas de trauma eram levados a terapeutas. Na verdade, havia poucos terapeutas em Sparta. Na verdade, o termo "trauma" não era de uso comum. Como outros adultos daquele tempo, meus pais acreditavam que a cura dependia de *não remexer* no passado.

A sra. McClelland não me culpou por nada. Ela entendeu que eu não havia convidado meu primo Travis para ir à casa dela e que tinha implorado para ele ir embora. Ela disse à minha mãe: "Pobre Hanna! Foi minha culpa, eu não devia ter confiado tamanha responsabilidade a alguém tão jovem". E minha mãe respondeu lisonjeada: "Ah, não. Hanna ficou feliz por ajudar. Foi um acidente, essa coisa horrível que aconteceu".

Minha mãe poderia ter pensado em se culpar. É claro que não pensou.

Quando falava com a sra. McClelland, eu era tomada por uma tremenda timidez. Entendi que minha professora não gostava mais de mim como antes, não se sentia confortável comigo. E tudo que eu me atrevia a perguntar era como estava Sasha. E a sra. McClelland dizia com um sorriso repentino: "Sasha está bem. Sasha se recuperou incrivelmente bem e agora dorme conosco quase todas as noites".

Em tudo que dizia às pessoas, a sra. McClelland nunca deixou de falar que eu era uma boa menina, uma de suas melhores alunas. Que tragédia havia sido, aqueles criminosos haviam invadido a casa. A sra. McClelland sabia quem era Travis Reidl — o garoto tinha sido seu aluno vários anos atrás. Ela achava que Travis era surpreendentemente brilhante e promissor para um menino da área rural de Beechum County, mas não confiava nele. Travis era o tipo de aluno a quem ela não dava as costas para escrever na lousa, pois temia que ele fizesse a turma rir fazendo gestos cômicos ou obscenos por trás dela. A sra. McClelland disse que Travis era um "desastre anunciado".

Só quando volto a Sparta e passo um tempo com minha mãe é que fico sabendo que tia Louise contou a ela que se sentiu "enojada e culpada" pelo que Travis fez comigo. Minha tia não havia denunciado o filho à polícia ou a desconhecidos, mas contou para a minha mãe que lamentava muito e estava envergonhada com o comportamento de Travis. "Ele gostava muito da Hanna, isso é um fato. Hanna era sua prima favorita. Ele nunca iria querer fazer mal a ela se estivesse em seu juízo perfeito. Espero que saiba disso, e que Hanna também saiba."

Minha mãe disse que sim, nós sabíamos. E apreciávamos a declaração de Louise.

O chamado interrompe minha reflexão diante da janela — *Han--na? Cadê você?*

Eles estão me esperando lá embaixo. Eu já vou.

Meus filhos não sabem nada sobre Travis Reidl, é claro. Meus filhos só têm uma vaga ideia de quem a mãe deles é, e foi. Quem contaria a eles? Os adultos que os cercam os protegem do mal do excesso de conhecimento.

Nas visitas a Sparta, só algumas poucas vezes em vinte e seis anos eu vi ou encontrei Steve Weitzel. Uma vez no centro comercial atrás da Sears, outra vez em uma 7-Eleven. Todos os encontros foram inquietantes, perturbadores. Não nos conhecemos quando jovens, tenho certeza de que Steve Weitzel não sabia meu nome, embora tenha aprendido depois do tiro. Quando nos vemos agora, já adultos, ele para e me encara como se tentasse se lembrar de mim, como o esforço de quem tenta arrastar um peso enorme da água profunda e escura, um peso emaranhado em algas.

E nesta visita, mais uma vez, por acidente, encontrarei Steve Weitzel. Estava com minha filha Ellen atravessando o estacionamento atrás do banco e notei um homem de meia-idade olhando para mim. Ele usava uma jaqueta quebra-vento suja e calças sujas. O rosto parecia ter sido limpo com uma escova de aço. Os olhos tinham vasos arrebentados que pareciam pequenas minhocas. Steve Weitzel se tornou um homem de corpo avantajado com cabelos ralos, um rosto embrutecido e de olhar rabugento. O tipo de homem que não dá passagem se você estiver entrando em um edifício e ele estiver saindo, e que não deixa você passar na frente da fila, embora você tenha chegado primeiro. Mas ao me ver, ao ver minha filha de onze anos, Steve Weitzel hesita, parece se preparar para perguntar alguma coisa.

Mas não quero que esse homem de aparência grosseira me reconheça. Com o sorriso polido, mas rápido de uma mulher que passou boa parte da vida adulta longe de Sparta e não sabe mais de quem deve se lembrar (colega de turma? vizinho?) e quem é estranho, estou me preparando para seguir em frente e passar por Steve Weitzel, segurando a mão de minha filha, quando ele fala com uma voz que parece não ter sido usada há muito tempo: "Hanna, oi. Sabia que era você".

04

Equatorial

1. Quito, Equador

Ele ia tentar matá-la. Estava certa disso.

Não foi um pensamento que surgiu do nada nem casualmente — *Meu marido quer me matar. Preciso me proteger.*

"Audrey! Toma cuidado!"

A voz do marido estava alterada pelo alarme, mas também pela irritação. Mesmo no momento de pânico, a esposa percebeu.

Ela havia escorregado e quase caído, mas o marido a segurou pelo braço e evitou a queda.

Eles desciam com cuidado uma escada estreita de pedra. Quase duzentos degraus de rocha desgastada pelo tempo, incrustados em uma encosta. E no alto, de um antigo cemitério no entorno de uma capela de pedras abandonada, uma vista espetacular das muitas montanhas de Quito, Equador, das quais muitas eram habitadas, como as colinas do pesadelo.

Por todos os lados havia casas coloridas de pedra e reboco aglomeradas, uma imagem que confundia o olhar como uma forte vertigem. *Tanta gente! E todas desconhecidas.*

E sob os pés dela, quando começaram a descida de volta, estavam os degraus de pedra que eram assustadoramente estreitos, parcialmente corroídos pela erosão, e que pareciam descer para sempre. Na borda externa dos degraus havia um corrimão, ao qual a esposa se agarrava como uma criança apavorada.

O marido estava bem atrás dela, a esposa sentia sua impaciência durante a descida, porque se movia devagar, em um transe de apreensão que, ela entendia, era exagerada na opinião dele. E sentia que ele a estava pressionando. A ponta das botas de trilha dele tocava seus tornozelos, como se quisessem empurrá-la para a frente, para baixo. Quando a esposa reclamava, o marido ria e murmurava *Desculpa!*, mas um momento depois a cutucava de novo com o pé.

Embora o marido fosse dez anos mais velho que ela, a esposa não tinha prática em trilhas, nem a confiança física do marido.

"Desculpa! Não consigo ir mais depressa..."

"Audrey, você está indo bem. É só não olhar para baixo."

Era típico do marido rir dos medos da esposa, que ele considerava bobos e infundados. Subir a escada estreita havia exigido muito da energia da esposa, mas ela não havia sentido que existia o perigo iminente da queda — de alguma forma, descer era muito mais difícil.

Apesar de ter ficado ofegante na subida, houve tempo para parar e admirar a paisagem de exuberante vegetação em meio às casinhas multicoloridas, enquanto o marido, que subia atrás dela, parava frequentemente para tirar fotos com sua câmera nova e complicada. Ele não a tinha apressado. Mas na descida, o marido guardou a câmera. Descer era muito mais complicado e difícil do que subir, a esposa tinha que posicionar os pés com cuidado, e as botas de trilha que o marido havia comprado para ela pressionavam os tendões das duas panturrilhas, logo acima do tornozelo. Pontadas dolorosas subiam pelas pernas e a enchiam de desânimo. Os degraus de pedra eram muito mais estreitos do que aqueles com os quais ela estava acostumada sem saber que estava acostumada. O marido ficaria impaciente com ela se soubesse. Ele a havia acusado várias vezes, rindo, mas de maneira incisiva, de ser uma turista americana mimada.

O marido a criticava por esperar *condições de primeiro mundo* em um *país de terceiro mundo*. Era bem típico dela! Por isso a esposa não se atrevia a dizer nada que pudesse ser interpretado por ele como uma queixa.

Nem podia recuperar o fôlego. O coração batia desagradavelmente rápido, como as asas de uma mariposa presa. A altitude de Quito era de 2.850 metros (e o marido havia garantido que isso não seria um problema, não era uma grande altitude, não como as que ele havia escalado na juventude — o Kilimanjaro, por exemplo, que tinha quase seis mil metros de altura, e alguns picos no Peru). Ela começava a se sentir meio tonta, e havia uma pulsação rápida e estranha atrás de seus olhos. O marido dera risada de seu medo do mal da montanha, mas pedira ao médico um remédio antes de saírem de viagem e dera a ela os comprimidos com instruções detalhadas: o primeiro deveria ser tomado vinte e quatro horas antes da chegada ao Equador, o segundo, no primeiro dia de estadia, e assim por diante. Henry havia garantido que o Diamox prevenia o mal da montanha — "Desde que você não se convença de que está doente, querida".

Essa era uma das acusações, ou piadas, constantes do marido desde o início do casamento, de que a esposa imaginava demais: doenças, infortúnios, as intenções nem sempre amigáveis dos outros.

O marido havia insistido para que a esposa bebesse água mineral e tomasse ibuprofeno, como ele estava fazendo, para impedir o mal da montanha. E nas primeiras e excitantes horas do casal na capital, nos Andes, ela havia pensado que ficaria bem, estava seguindo as instruções do marido cuidadosamente e parecia se adaptar sem dificuldades. Uma espécie de euforia a invadiu, a esperança de que o marido não ficasse decepcionado com ela como companheira de viagem, como já havia ficado desapontado no passado.

E assim, a esposa dissera animada que sim, claro que gostaria de subir os duzentos degraus de pedra incrustados em uma linda encosta até uma famosa capela no alto da montanha. O marido queria tirar fotos e não queria subir sozinho.

Raramente a esposa conseguia negar os desejos do marido. Ele era entusiasmado, determinado, cheio de energia! Era surpreendente descobrir que Henry Wheeling tinha cinquenta e nove anos — ele parecia uma década mais novo. Frequentemente, ficava impaciente com a incapacidade de outras pessoas para acompanhá-lo, tanto no aspecto físico quanto no mental. Frequentemente, ficava impaciente com a esposa. Se ele a convidava para alguma coisa, como acompanhá-lo em uma escalada difícil, e ela se desculpava e recusava o convite, ele simplesmente a convidava de novo, e de novo, com irascibilidade crescente, até ela ceder. A esposa não conseguia contrariá-lo nem nos menores detalhes, muito menos nas coisas importantes. E ela pensava com ingenuidade: *Isso vai agradá-lo! Ele vai sorrir, vai me amar de novo.*

Como era longa essa descida! Os tendões das panturrilhas da esposa latejavam com uma dor intensa.

Mas já dava para ver o fim. A esposa mal se atrevia a olhar — uma olhada de relance para baixo provocava tontura.

Então, uma coisa aconteceu. Como temia, ela escorregou de repente, perdeu o equilíbrio. Desesperada, agarrou-se ao corrimão que, para seu horror, não era seguro — um pedaço quase se soltou na mão dela.

"Ah! Socorro..."

Ela gritou. Tinha certeza de que ia cair, não conseguia recuperar o equilíbrio.

É claro, o marido estava bem atrás dela, um degrau acima, e agarrou seu braço e a segurou.

"Querida, não tem perigo! Não se ficar calma. Segura o corrimão..."

"O corrimão não é firme..."

"Segura em mim, então. Tenta respirar tranquilamente. Já esteve em uma escada mais inclinada que esta, lembra? Os degraus de pedra para aquela praia em Capri?"

A esposa não conseguia lembrar com clareza, estava muito perturbada. A esposa tinha certeza de que o marido a pressionava para ir mais depressa. Chutando de leve o calcanhar de suas botas.

A esposa gaguejou: "Desculpa. Desculpa, Henry".

Quase havia caído, tinha certeza. Se tivesse caído naquela escada de pedra, provavelmente teria batido a cabeça e fraturado o crânio, ou quebrado o pescoço, ou a coluna...

Quando planejaram a viagem, a esposa teve uma visão de algum tipo de acidente ou doença. Tinha o medo do não viajante de que alguma coisa desse errado em um lugar desconhecido, estranho.

Sabia que imaginava demais, como Henry dizia. Se pudesse só *relaxar e se divertir...*

Ela adorava esse ar de autoconfiança do marido, a segurança. Henry era a pessoa a quem os outros recorriam naturalmente, em quem confiavam.

É claro que o marido ficava desanimado e desapontado com sua falta de confiança. Mas havia momentos em que parecia gostar de como ela dependia dele, principalmente nas questões financeiras. E ele era seu protetor. Não ia querer que nada acontecesse com ela, certo?

Agora que havia sido tomada pelo pânico, a esposa continuava a descida com lentidão meticulosa. Tentava acalmar a respiração, que ameaçava se tornar hiperventilação.

Estavam em Quito há menos de seis horas: para ela, já parecia muito mais tempo.

O casal estava a caminho das Ilhas Galápagos e passaria duas noites em Quito antes de seguir viagem. Era a primeira vez que a esposa visitava a América do Sul. Nas colinas aos pés dos Andes, perto da linha do equador, o dia estava meio encoberto e ameno, nem perto de ser tão quente quanto a esposa esperava. Quando nuvens esconderam o sol, ela estremeceu com o vento cortante que atravessava a fina camada de roupas leves.

"Só mais alguns passos, querida. Cuidado!"

O marido a amparava como se fosse uma criança preciosa e, ao mesmo tempo, expressava sua impaciência com ela. Os dedos que seguravam com força seu braço transmitiam uma fúria contida, que poderia empurrá-la indefesa e gritando escada abaixo, se ele quisesse, porque o marido era surpreendentemente forte.

Ela o vira repreender o cachorro — o cachorro *dele* — quando o labrador havia entrado todo animado na cozinha da casa deles com as patas sujas de lama — *Desgraçado! Alguém devia matar você.*

É claro, era brincadeira. Não era um comentário sério. Mas era um comentário que Henry fazia de vez em quando, com uma risada exasperada, e que a esposa havia escutado várias vezes.

Finalmente, a esposa chegou ao pé da escada. Terreno sólido, terra firme! Estava muito aliviada. As nuvens se afastaram no céu, permitindo a passagem de um sol forte, branco, e ela semicerrou os olhos numa reação dolorosa.

O marido estava dizendo que nunca houve perigo de verdade, e que a esposa havia agido bem descendo a escada com cuidado. Agora que o perigo tinha passado, ela sentia uma vertigem.

O marido comentava que a esposa precisava ter mais confiança em si mesma — "Alguns passeios nas Galápagos terão 'trechos difíceis'".

A esposa respondeu rapidamente que sim, ela sabia.

E quis reconfortar o marido: *Não perca a confiança em mim! Vou tentar ser uma esposa melhor.*

No hotel, a esposa teve uma dor de cabeça forte. O marido deu a ela outra cápsula amarela, que ela tomou com avidez.

O mal da montanha se apoderava dela como uma garra gigantesca. Sentia-se fisicamente atacada. O marido agora parecia reconhecer que ela estava doente, doente de verdade — ela não suportava nem seu toque, uma tentativa de confortá-la. A esposa ficou deitada se sentindo fraca, totalmente vestida, no quarto de decoração lindíssima, embora escura, com o coração batendo de um jeito estranho e a cabeça doendo muito.

"Vou cancelar a reserva para o jantar", o marido anunciou num tom melancólico, como se esperasse um protesto.

A esposa disse que não, que não devia cancelar. Sabia que ele queria muito ir jantar no restaurante espanhol altamente recomendado no centro histórico, porque o marido tratava as refeições com muita seriedade.

O marido insistiu que sim, ia cancelar a reserva. Não queria sair sozinho e deixá-la no hotel, se estava se sentindo tão mal.

"Henry, é só um mal da montanha. Não é uma doença de verdade." Ela só conseguia sussurrar. A cabeça latejava violentamente.

O hotel, que já havia sido uma mansão particular, era de pedra cinza-azulada com interior de mogno, teto alto e abobadado e um pátio interno cheio de passarinhos coloridos e ágeis. O endereço ficava no limite do famoso centro histórico de Quito. Tinha vários americanos hospedados no hotel, também a caminho das Galápagos, pessoas que trabalhavam com Henry Wheeling no distinto instituto de pesquisa em Princeton, Nova Jersey, do qual ele era diretor.

A esposa tinha conhecimento dessas pessoas, mas só superficialmente. Não sabia o nome delas. Supunha, já que a viagem às Galápagos era bem cara, que fossem pesquisadores seniores do instituto. Quando perguntou a Henry quem iria com eles naquela complicada viagem que envolvia um voo de Quito para a cidade costeira de Guaiaquil, e outro voo para o oeste, até o arquipélago, o marido deu uma resposta evasiva — "Já disse, Audrey. Não tenho certeza. De qualquer maneira, você não conhece essas pessoas".

Era curioso, para a esposa, que o marido nunca soubesse exatamente quem seriam seus colegas de viagem, por mais que ela repetisse a pergunta. E então, ela deduziu: *É um amor novo, jovem. Ele está pagando a parte dela.*

Mas depois pensou: *Henry não faria isso. Ele é um cavalheiro, não ia querer constranger a esposa.*

Atormentada por uma terrível dor de cabeça, a esposa não conseguia pensar com coerência. Ficou deitada de costas na cama, com a cabeça sobre os travesseiros, para evitar até o menor movimento, que poderia causar uma dor aguda.

O marido estava dizendo que era melhor ficar no quarto com a esposa, que estava muito pálida. Ele pediria uma refeição ali mesmo. "Acha que consegue comer, querida? Alguma coisa? Não?"

Mesmo sofrendo, a esposa ficou emocionada. O marido, sempre tão meticuloso com comida e vinho, se dispunha a ficar no quarto com ela. Seria uma enorme decepção para ele. A esposa disse: "Por favor, vá sem mim, Henry. Não quero que fique aqui".

"Eu não me sentiria bem, Audrey. É melhor eu ficar com você."

O marido segurou a mão da esposa. Os dedos dela eram pequenos, imprecisos e frios na mão firme e quente do marido.

Nesses momentos, quando a esposa não oferecia resistência ao marido, e o marido podia protegê-la ou confortá-la, a ligação emocional entre eles era considerável. A esposa sentia um amor profundo pelo marido e acreditava que o marido a amava. Era quando a esposa se opunha ao marido, fosse em assuntos grandes ou pequenos, que o desdém dele por ela, que a magoava profundamente, ficava evidente.

Porque não eram iguais, é claro. Henry Wheeling tinha uma carreira distinta, Audrey praticamente nem teve uma carreira.

Esse era um fato que a esposa não queria ter que reconhecer: o marido dera a impressão de que não queria sua companhia na viagem ao Equador. Desde que ela o conheceu, mais ou menos oito anos atrás, ele falava em fazer uma viagem às Galápagos, e naquela época ele certamente desejava sua companhia. Estava apaixonado, uma paixão recente, e era muito atencioso. Mas, nos últimos tempos, enquanto planejava a viagem complicada, o marido havia se tornado menos insistente e não compartilhava muitas informações com a esposa. Ele havia comprado livros sobre as Galápagos, que lia sem emprestar para ela. Estudava mapas. Ele a prevenira de que as trilhas nas Galápagos ficavam em terreno "difícil", ilhas vulcânicas cobertas de pedras, encostas íngremes. Seriam levados de uma ilha a outra em botes, e às vezes desembarcariam em uma praia rochosa, não em terra seca. Os botes, que eram embarcações abertas com motor de popa, às vezes enchiam de água. *Querida, você disse que enjoa fácil no mar. Bem... as Ilhas Galápagos são cercadas pelo mar!*

O marido tinha uma mulher nova e mais jovem em sua vida, possivelmente. Seu segredo era estar *apaixonado* por outra pessoa.

Quanto mais Audrey pensava nisso, mais evidente parecia ser. Porque ela era a terceira esposa do marido. Ele era um homem que usava as mulheres, você podia deduzir.

Tinha algo depreciativo nisso, algo que a esposa não quis reconhecer quando o conheceu. Estava apaixonada por Henry Wheeling, ingenuamente apaixonada.

O casamento com Henry Wheeling foi para ela como entrar em um grande e brilhante automóvel, propriedade do marido. Não era dos dois, era *dele*. E ao entrar confiante na vida de um estranho, sem que ele também entrasse na sua, ela se sentia constantemente desorientada.

Oito anos antes, a esposa havia sido a mulher nova e mais jovem na vida de Henry Wheeling. A esposa dele na época parecia *velha* de verdade. Agora havia pouca diferença entre *ela* (que tinha quase cinquenta e um anos) e a esposa anterior, de quem se lembrava apenas vagamente, como uma personagem de um filme visto há muito tempo.

Na verdade, na época do divórcio a esposa anterior era mais nova do que Audrey era agora. Tinha se sentido culpada por tomar o lugar da mulher com quem (ela imaginava) poderia ter tido uma amizade... mas o marido havia insistido — *O casamento acabou, morreu. Está morto há anos. Estou muito apaixonado por você, querida.*

Henry parecia sincero, até mesmo ansioso, na esperança de ser correspondido! O efeito em Audrey havia sido ofuscante e desorientador, como uma luz forte apontada para seus olhos, até então habituados à penumbra.

Tinha se casado antes, uma jovem insegura de vinte e poucos anos. Amava muito o marido compositor e havia ficado arrasada com sua morte aos trinta e um anos, consequência de um fulminante câncer no pâncreas. Não voltara a se casar e nem contava com essa possibilidade. Com o tempo, ela passou a considerar espantoso que o marido (morto, uma morte muito pranteada) a tivesse amado um dia.

Felizmente, havia conseguido mergulhar em um trabalho satisfatório, ajudar a administrar os assuntos filantrópicos de sua grande a abastada família, que morava em endereços na cidade de Nova York e ao norte do estado de Nova York, Maine, Flórida e St. Bart's, e criar uma fundação. Foi por intermédio de seu trabalho na Clarendon Foundation que ela conheceu Henry Wheeling, ou que Henry Wheeling a conheceu.

Ela era uma "herdeira" (um termo do século XIX que sugeria a condição de solteirona) porque os avós se apiedaram dela, uma jovem viúva sem filhos, e a deixaram generosamente amparada antes mesmo de morrerem. Ela não desconfiava que Henry Wheeling pudesse estar interessado em seu dinheiro — não só nele, pelo menos — porque, no começo, ele parecia amá-la e estar encantado com ela.

Ela o fazia se lembrar de Audrey Hepburn, dizia. Até o nome "Audrey" era uma feliz coincidência.

Como terceira esposa do marido, ela havia aprendido tarde demais que havia um padrão claro nos casamentos dele. Ligações com mulheres mais jovens se sobrepunham a casamentos em declínio. Quando uma relação progredia para o casamento, depois de um tempo uma nova relação se formava, se sobrepondo ao novo casamento em declínio. Até onde Audrey sabia, o marido havia permanecido casado com a primeira esposa por dezoito anos, e por onze com a segunda esposa. Com cada esposa a diferença de idade aumentava. Mas a terceira esposa, que casou com quarenta e poucos anos, teve que reconhecer que as esposas anteriores eram mais jovens que ela, é claro, como Henry também era mais novo. Na segunda metade dos cinquenta anos, Henry havia perdido o interesse por mulheres de sua idade, que eram invisíveis para ele como objetos de atração sexual. Audrey era "jovem" para ele, e sua beleza de ossos delicados e cabelos claros, ou o que havia restado dessa beleza, ainda cativava seu interesse, até certo grau.

Castigada pela dor de cabeça, a esposa continuava deitada no quarto escuro. Na sala de estar adjacente, um telefone tocou. A esposa ouviu o marido atender e falar baixo, e depois ele se aproximou da cama e explicou que um dos colegas do instituto havia ligado e o convidara para jantar com um grupo. "Mas se você preferir que eu fique, eu não vou. Não me importo de comer aqui no quarto com você."

A esposa sentiu uma onda de náusea. Ela não teria tolerado o cheiro de comida naquele espaço apertado. Foi um esforço não se inclinar na beirada da cama e vomitar no chão, pois estava fraca demais para ir ao banheiro.

A esposa disse que não, que o marido não devia ficar, devia sair para jantar.

"Tem certeza, Audrey?" O marido se debruçou sobre ela com ar preocupado.

Agora ela estava fraca demais para abrir os olhos e observá-lo. Mal conseguia responder ao que ele dizia. E depois de um tempo, quando conseguiu abrir os olhos, viu que ele havia saído — o quarto estava vazio.

Ela não queria pensar — *Ele agora está com ela. Foi tudo planejado. Por que não vi isso tudo, sou tão cega?*

Ela não se lembrava de nenhuma encosta íngreme em Capri. Nem de ter visitado Capri. Ele devia ter ido com outra esposa.

Um espeto na cabeça. Entre os olhos.

Ele martelava o espeto no osso de seu crânio com uma marreta.

Não seja ridícula, querida. É claro que eu amo você.

Como pode haver alguém na minha vida... além de você?

Ele ria dela. Não abertamente, mas com uma espécie de piedade.

Ela tentava afastá-lo de seus pensamentos. Segurava a própria cabeça, como se assim diminuísse o latejar.

Sentia-se ainda mais enjoada. Ingenuamente, pensou: *Se estou enjoada, talvez esse pesadelo acabe. O veneno vai ser eliminado.*

O marido se desculpou e deixou o hotel. Dava para ver que Henry Wheeling era um cavalheiro, e muito solícito com a esposa. Ela supunha que Henry estava com colegas no restaurante espanhol no centro histórico. Talvez houvesse uma funcionária jovem com eles — uma das pesquisadoras.

Dezoito anos, o primeiro casamento. Onze anos, o segundo.

Como era humilhante o terceiro casamento acabar tão de repente, depois de tão poucos anos...

Ela era assombrada pela lembrança do medo nos degraus de pedra: a impaciência do marido, o jeito como ele chutava o calcanhar de suas botas. O jeito como riu de seus medos (bobos, sem fundamento). O jeito como finalmente segurou seu braço, como se tivesse que se controlar para não jogar a mulher lá embaixo...

Houve outras ocasiões, mais frequentes no último ano, em que era difícil para a esposa, uma mulher de inteligência acima da média, não suspeitar que o marido não a amava mais. Havia acontecido um incidente singular cerca de seis semanas atrás, algo em que, agora, ela não queria pensar.

Sua família, os parentes e amigos, todo mundo parecia gostar de Henry Wheeling, porque era muito fácil gostar de Henry Wheeling. Porém, eles sugeriram que ela e o futuro marido assinassem um acordo pré-nupcial.

E um dos primos dela murmurou *Talvez seja bom dar uma olhada no histórico dele, Audrey. Só por precaução.*

Ela se ressentira com as sugestões. Não havia nem mencionado a possibilidade de um acordo pré-nupcial por medo de que Henry se sentisse ofendido e não quisesse mais casar. Era uma coisa meio ofensiva, e Henry Wheeling tinha um salário alto no instituto. Num impulso, Audrey rompeu relações com alguns membros da família, bem como com alguns de seus amigos mais antigos, que haviam conhecido seu jovem marido anos atrás. O que sabiam de Henry Wheeling? Ele era professor (neurobiologia), pesquisador, consultor, e agora era diretor de um dos mais prestigiados institutos de pesquisa do país. Estavam com inveja. Não queriam seu bem. Ela havia ficado muito feliz com a possibilidade de se casar de novo depois de tanto tempo e ser amada novamente, como uma pessoa que recebe um diagnóstico de paralisia permanente e depois é informada de que pode andar, afinal...

Eu a amo muito, Audrey.

... profundamente apaixonado por você.

Agora ela pensava: o marido queria matá-la ou... só torcia para que ela morresse?

Havia uma profunda diferença, ela pensou. Tentou pensar.

No segundo caso, não corria perigo imediato. No primeiro, estava em perigo.

Em seu testamento, a maior parte de seus bens ficaria para o marido, cujo testamento era mais complicado, já que Henry tinha filhos das esposas anteriores e queria deixá-los amparados, além de amparar outros membros da família. Até onde sabia, Audrey podia nem estar no testamento de Henry.

Audrey sempre tivera uma situação financeira confortável, dinheiro nunca foi problema para ela. Mas conseguia entender como, para Henry Wheeling, que, como ele mesmo sempre dizia, tinha conquistado sozinho tudo que possuía, primeiro no mundo acadêmico e depois no mundo da pesquisa e no corporativo, a questão do dinheiro não era tão simples.

Audrey tinha só uma vaga ideia do valor de seus bens. Não conseguia imaginar a cifra... vários milhões de dólares? Mais?

Queria saber se Henry pensava nisso. Se Henry sabia, mais que ela, qual era o valor de seus bens.

Que bobagem ter vindo com Henry para este lugar distante! Quando ele nem queria sua companhia e fora suficientemente honesto para insinuar seus sentimentos, que ela havia conseguido ignorar.

Não percebe, minha querida esposa, que estou apaixonado por outra pessoa? Não notou que não faço amor com você, que quase nem olho para você há muito tempo?

Ela não conseguia pensar em mais nada. Sufocando de dor, com a cabeça apoiada sobre os travesseiros como um líquido explosivo que não deve ser sacudido, estava hipnotizada pela situação em que, neste país estranho abaixo do equador, ela se encontrava.

No instituto havia muitas cientistas jovens. Algumas eram muito jovens, pós-doutorandas. Henry Wheeling se orgulhava do esforço do instituto em contratar *mulheres e minorias*, como ele chamava. Envolvia-se pessoalmente, como relatava frequentemente, entrevistando candidatas...

Ele era um homem muito carismático, o marido. Ela se apaixonara uma hora depois de conhecê-lo — o que pareceu romântico na época, mas nem tanto agora.

Não podia correr o risco de passar mal do estômago no dormitório elegante, muito menos na cama deles, por isso se esforçou para ir até o banheiro, onde chegou bem a tempo de vomitar no vaso sanitário, sufocando e soluçando. Os espasmos violentos sacudiam seu corpo esguio, como se uma enorme mão a sacudisse. Em segundos sua boca ardia com a acidez. Ela deu descarga e deu descarga de novo. Estava muito quente, e a dor de cabeça ainda era violenta. Mais um espasmo de vômito, mas restava muito pouco dentro dela. Estava sendo castigada por sua vaidade, não estava? Imaginar que um homem do porte de Henry Wheeling teria desejado se casar com *ela*?

Passar muito mal! Esse era seu castigo.

O vômito não tinha ajudado, como poderia ajudar normalmente. Ela encontrou a bolsa de produtos de higiene pessoal do marido e procurou remédios dentro dela. Quase sem enxergar por causa das lágrimas nos olhos, encontrou a pequena embalagem plástica de Diamox, mas, quando a abriu, constatou surpresa que o medicamento não vinha naquelas cápsulas amarelas, mas em comprimidos brancos e grandes.

Por um momento, ela não entendeu. Depois percebeu que Henry devia ter trocado o preventivo de mal da montanha por outro medicamento quando deu as cápsulas a ela.

Mas por que Henry faria isso? Um ato de tamanha crueldade, falsidade...

Ela encontrou as cápsulas amarelas em outra embalagem na bolsa do marido. Eram vitaminas de "luteína" sem prescrição.

Ele quer que eu fique doente. Mortalmente doente.

... quer que eu morra.

Estava aturdida. Não conseguia acreditar nisso. Henry devia ter se enganado com as pílulas. No estado de perturbação física em que se encontrava, ela não conseguia pensar direito.

Audrey tomou um Diamox autêntico com água. Depois tomou outro.

Desesperada, também tomou dois comprimidos para dormir, Ambien dez miligramas, que levava na própria bolsa de toalete. Precisava dormir! Não suportava mais continuar consciente.

Voltou para a cama cambaleando e caiu num sono cheio de pesadelos, e só acordou na manhã seguinte, tarde, com alguém debruçado sobre ela, como se estivesse em um túmulo aberto, alguém cercado por um halo de sol brilhante. Uma voz masculina e preocupada vinha de longe — *Audrey? Querida? Por favor, abre os olhos, estou muito preocupado com você.*

2. Galápagos

"Não ajudamos animais aqui."

Era uma afirmação seca e franca. Não tinha a intenção de parecer cruel ou provocativa, só direta. *Ajuda* era uma palavra tão amistosa no mundo humano/social habitado pela esposa que constatar que a palavra *ajuda* podia ser dita com uma espécie de desdém a assustava.

Os dezesseis passageiros no bote sacudido pelo vento, cada um com um colete salva-vidas cor de laranja, a maioria de shorts e sandálias de trilha, olhavam para o guia. Eduardo, o equatoriano de costas eretas, usava o uniforme cáqui do Parque Nacional, tinha pele escura, cerca de cinquenta anos, e descendia de indígenas. Ele apontava para o esqueleto de um pelicano preso no meio de arbustos submersos e espinhosos alguns metros longe deles, na altura dos olhos, por onde o barco passava. As asas da ave exótica estavam abertas, como se ela tivesse lutado muito e se debatido, e o bico estava aberto numa súplica desesperada. *Socorro! Socorro!*

O pelicano sem sorte, o guia explicou, devia ser jovem, ainda pouco habituado a voar, e devia ter caído na vegetação submersa e ficado preso. Ele havia "se debatido e se debatido", antes de ficar exausto e desistir.

Alguns passageiros tiraram fotos. As diversas crianças no barco olhavam para o esqueleto com ar triste. Ainda não tinham visto um pelicano vivo, mas lá estava o cadáver de um pelicano!

Em um inglês com um leve sotaque, o guia continuou como se refutasse objeções ouvidas muitas vezes no passado:

"Não é nosso papel do Parque Galápagos 'ajudar', interferir na rotina dos animais. Nós nunca os tocamos, nunca os alimentamos ou protegemos. Deixamos os animais viverem naturalmente, como eles viveriam se o ser humano nunca tivesse existido, essa é a norma do parque."

O bote passou lentamente pelos restos do pelicano. O marido olhava sério para sua câmera. A esposa se arrepiou e desviou os olhos da ave mumificada.

Ela pensou: *Mas se Eduardo precisasse de ajuda, ficaria muito grato por toda ajuda que recebesse. Todos nós, desesperadamente gratos.*

Desde que chegaram nas Galápagos, a orientação para ninguém interferir na rotina dos animais ou nas plantas em seu habitat intocado era repetida sempre, como também eram orientados a não atrapalhar nem ajudar. Como eram hostis esses supervisores à ideia de misericórdia! Na noite anterior, em uma sessão no navio que pretendia preparar os visitantes para o primeiro dia inteiro nas ilhas, eles ouviram uma palestra sobre a história das Galápagos e viram um documentário que tratava, em parte, do fenômeno da morte por fome em massa de criaturas das Galápagos a cada quatro a sete anos, em média.

Até sessenta por cento dos animais morriam nesses períodos. Mas os quarenta por cento que sobreviviam "fortaleciam" suas espécies. Era o princípio darwiniano da *sobrevivência do mais forte segundo a seleção natural*.

Ninguém sabia por que isso acontecia. Normalmente, essa região do Pacífico era formada pelas águas mais ricas e saturadas de nutrientes do planeta, mas havia um ciclo de natureza indeterminada que provocava a fome em massa e a morte.

Quanto mais você souber sobre mortes em massa, e sobre praias rochosas salpicadas de carcaças de leões-marinhos, focas, tartarugas-marinhas, aves litorâneas, iguanas e todo tipo de lagartos em decomposição, mais "natural" é, a esposa supunha. É claro, ela entendia que tentar aliviar as condições nessa escala era inútil. Mesmo que você quisesse ajudar os animais a sobreviver, não podia. No entanto, a fome humana na África e em outras regiões devastadas do mundo devia ser enfrentada e combatida. Não devemos desistir do nosso semelhante humano, nem mesmo pelo interesse da *seleção natural*.

"É muito difícil ver tanta morte", a esposa falara hesitante no salão do navio. Seus comentários, embora parecessem objetivos para ela, normalmente apenas afirmações dos fatos, eram interpretados pelo marido como *choramingos, queixas*.

"Bem, querida, tem morte em todo lugar, literalmente. Cada criatura que nasce, cada planta... tem que morrer. Não é evidente?"

Era! É claro.

Desde a terrível doença da esposa em Quito, o marido a tratava com gentileza. Não demonstrou impaciência nem quando ela teve uma fraqueza repentina caminhando pelo aeroporto em Guaiaquil, a caminho do pequeno avião que os levou à Ilha de Baltra nas Galápagos, aproximadamente 1.100 quilômetros distante da costa equatoriana. Ele carregou uma das malas e nem tentou apressá-la.

Havia sido um milagre como o mal da montanha da esposa desapareceu assim que saíram de Quito. A cidade costeira de Guaiaquil ficava no nível do mar. Lá a esposa voltou a respirar profundamente, e a dor de cabeça devastadora cedeu.

As horas de desespero em Quito começaram a se dissipar na memória. O marido havia programado dois dias na capital, porque havia muitas atrações que ele queria conhecer, inclusive uma floresta tropical a duas horas de carro da cidade, bem como templos e mercados locais, aos quais ele foi (a esposa presumia) com alguns colegas. A esposa estava doente demais para acompanhá-lo e ficara no quarto do hotel com as cortinas fechadas, quase comatosa de dor e náusea. Não tinha conseguido comer praticamente nada, e devia ter emagrecido uns cinco quilos. Mas havia se recuperado, e agora era melhor esquecer.

Um mal-entendido. Eu me enganei.

Ele não queria que eu viesse e eu insisti...

Agora estavam no Parque Nacional Galápagos, hospedados em um navio de cem passageiros que viajava lentamente pelas ilhas ao sul do equador. O *Floreana* parecia um hotel flutuante, branco ofuscante ao sol, grande o bastante para não balançar com as ondas, para não sacudir muito. A esposa havia tomado comprimidos para não enjoar no mar e até agora não havia passado mal, o que era um alívio! Na verdade, a esposa estava de muito bom humor, pensando em como havia escapado de Quito.

"Nunca mais! Dois mil e oitocentos metros, nunca!"

Os *dois mil e oitocentos metros* haviam sido a causa, o motivo de seu mal-estar.

O que havia acontecido a dois mil e oitocentos metros tinha sido inteiramente sua culpa, ela pensou. Tinha sido ingênua em relação ao mal da montanha, pensado que era menos severo, pouco mais que um pouco de falta de ar e fadiga, um enjoo moderado. Henry a prevenira, havia tentado preveni-la, e ela não tinha entendido. Porque queria muito acompanhar o marido na viagem romântica ao Equador...

Quando estivermos sozinhos, será uma segunda lua de mel.

Talvez não haja outra mulher...

No intenso e radiante sol equatorial, a esposa começava a sentir um novo entusiasmo. Sua força havia retornado, ou quase. A esperança pelo casamento. Em Nova Jersey era inverno, fazia muito frio. Estava determinada a sobreviver!

Duas vezes por dia, pequenos grupos de passageiros desembarcavam do *Floreana* para ir visitar as ilhas em botes. Eram divididos em grupos, como em um acampamento de verão: Atobás, Golfinhos, Cormorões, Pinguins, Fragatas, Albatrozes. A maioria dos passageiros era americana e caucasiana. Entre as pessoas que integravam o grupo dos Wheeling (Albatrozes) havia médicos, um cirurgião-dentista, professores universitários (geologia e psicologia), uma diretora do ensino médio e seu marido, um empresário, e várias crianças pequenas de cara fechada. Todo mundo preparado para fazer trilhas nas ilhas com sapatos adequados, chapéus de sol e roupas apropriadas. Às vezes conseguiam descer do bote na praia de pedras, e às vezes tinham que fazer "desembarques molhados", descendo na parte rasa do mar de fundo pedregoso, e por isso era preciso usar sandálias emborrachadas próprias para trilha. O guia e seu jovem assistente nativo, que operava o motor de popa, ajudavam os passageiros a embarcar e desembarcar com facilidade e prática. A esperança era evitar pânico e quedas. A esposa agradecia essa ajuda, embora o marido a recusasse irritado — "*Gracias!* Sou perfeitamente capaz de sair sozinho de um bote".

Mas era uma proeza descer a escada de metal do navio para o bote instável sem cair no mar.

O marido, que tinha excelente condição física, pernas fortes e musculosas e corpo esguio, definido, não se via como um homem mais velho, a esposa sabia. Mas era grisalho, e seu rosto bonito tinha rugas finas, o que o fazia parecer *mais velho* aos olhos dos outros passageiros do barco, todos mais jovens que ele.

A esposa estava decidida a aproveitar o período nas Galápagos. Não seria capaz de acompanhar o ritmo do marido, que na maior parte do tempo andava na frente do grupo conversando com o guia.

A primeira ilha que visitaram havia se formado de lava derretida um milênio atrás. Praticamente sem vegetação, só com algumas espécies de animais primitivos. Era uma paisagem vulcânica de impressionantes fissuras e formas, como uma grande cabeça de Medusa. E quase invisíveis no meio dos tufos de lava resfriada, centenas — milhares? — de iguanas-marinhos.

Os iguanas reproduziam com tanta perfeição o tom e a textura das rochas vulcânicas que eram praticamente impossíveis de distinguir da pedra — criaturas primitivas e feias como lagartos tinham vida. Ainda que de forma quase imperceptível — a esposa os observava e sentia arrepios. Eram tantos! Tão feios! Pareciam se aquecer nas pedras, ignorando outros lagartos menores e caranguejos que passavam por cima deles.

Era o começo da temporada de acasalamento, Eduardo explicou. Por isso alguns iguanas (machos) sacudiam a cabeça de dragão e faziam um barulho como se bufassem. Os iguanas (fêmeas, menores) nem pareciam notar. (Isso era divertido. Os ouvintes riram do comentário de Eduardo.) "A fêmea pode escolher o parceiro, mas não pode escolher não acasalar."

Escolhe. Mas não tem escolha.

Compenetrada, a esposa tira fotos com o iPhone, como os outros. Mais tarde deletaria a maioria delas, porque um iguana é muito parecido com outros iguanas, e uma encosta coberta de iguanas é iguana demais.

Era preciso tomar cuidado para não torcer um tornozelo ao andar sobre as saliências de lava, que pareciam grandes intestinos de pedra. E era preciso tomar cuidado para não pisar em um iguana.

Quando o sol estranhamente brilhante aparecia, a esposa sentia os olhos latejarem; quando o sol desaparecia atrás das nuvens, o ar ficava frio e úmido. Onde ficava este lugar? Por que estava aqui, onde ninguém a havia convidado a vir?

Caranguejos grandes e agitados, com a aparência de aranhas e a cor de caranguejos cozidos, corriam pelas formações de lava, passavam por cima dos dorsos impassíveis dos iguanas, constantemente em movimento. Havia neles algo de particularmente repulsivo.

A essa altura o marido havia subido ao ponto mais alto da trilha com vários membros mais jovens do grupo. Esses eram os "aventureiros" entre os Albatrozes — gente cuja energia física e agilidade os diferenciavam dos outros.

A esposa observava o marido, já um pouco distante dela. Ele e os outros mais adiantados já estavam quase longe o bastante para não poderem ouvir se o guia tivesse que chamá-los.

E se ele escorregasse? E se... alguma coisa acontecesse?

"Aqui. Observem."

Os visitantes não deviam se aproximar dos animais, é claro. Mas para demonstrar a indiferença do iguana à vida humana, Eduardo se abaixou ao lado de um dos grandes machos e, com muita gentileza, moveu sua cauda no chão; de um jeito quase cômico, o iguana parecia não ver o guia nem sentir seu cheiro, e não moveu a cauda de volta à posição original. Os olhos imóveis não piscavam, tão indiferentes quanto se a criatura fosse cega.

"Os animais parecem 'mansos', mas essa é uma impressão errada. Não são 'mansos'. Só não têm memória genética dos humanos como predadores."

Alguém perguntou se, caso os seres humanos se instalassem naquela ilha, os iguanas começariam a temê-los instintivamente, e Eduardo respondeu: "Sim, com o tempo. Mas só depois de muito tempo, quando os invasores *Homo sapiens* nem estivessem mais vivos, mas os iguanas, sim".

Quão interessante isso foi para a esposa! Pensou se havia seres humanos nascidos com uma ausência fatal de "memória genética" para predadores. Se eles morrem, inevitavelmente, e não se reproduzem.

Eduardo contou que os únicos predadores que os animais das Galápagos temiam instintivamente eram os falcões, que apareciam para devorar seus filhotes.

A esposa lembrou um desagradável documentário da PBS sobre filhotes de tartarugas-marinhas que saíam dos ovos em um lugar como Galápagos e tentavam desesperadamente chegar à água com suas perninhas curtas e rígidas, enquanto aves predadoras os atacavam. Parecia cruel como um jogo brutal inventado por garotos sádicos. Ela havia desistido de ver.

Era uma ideia meio ridícula, a da *sobrevivência do mais forte*. Talvez fosse uma regra válida para grandes grupos de criaturas, mas não para indivíduos. Você pode ser muito forte e acabar pisoteado por uma multidão que tenta escapar de um prédio em chamas. Pode ser forte e ser acometido por uma doença viral que não tem condições de tratar porque é pobre e não tem convênio médico. E, é claro, pode morrer em consequência de um acidente provocado pelo descuido de outra pessoa.

Mas, se pereceu, foi porque *não era forte*. A história não daria a menor importância, nem registraria sua existência.

O guia os deixou explorar por conta própria, mas avisou que não deveriam sair da trilha claramente delimitada. O marido ia na frente com os outros mais cheios de energia, escalando rochas como um homem com metade da sua idade.

Como Henry era resiliente! *Ele* mal havia sentido os efeitos do terrível mal da montanha, que tinha deixado a esposa fraca como se fosse anêmica.

A esposa tentava não se sentir sozinha. Odiava ficar só com seus pensamentos, que a atacavam com a voracidade de uma piranha. Estava tentando não pensar na nova mulher do marido, se havia uma nova mulher, não outra com quem ele se relacionava há algum tempo, embora, certamente, uma mulher jovem e linda, alguém que a esposa não conhecia. Uma intelectual, provavelmente, linda, jovem e inteligente.

Supunha que Henry fosse discreto o bastante para, caso a nova mulher estivesse de viagem com o grupo nas Galápagos, ela e a esposa nunca se encontrassem. Henry devia ter tomado providências para que a mulher não fosse designada à sua mesa no *Floreana* nem ao mesmo bote.

Esta ilha primitiva, vazia! Apesar de exuberante, com um jeito próprio de vida minimalista, era muito deprimente. Um lugar para se pensar em suicídio, embora... *Em um lugar como este, suicídio não seria redundante?*

A esposa riu. Enxugou os olhos por trás das lentes escuras dos óculos.

Depois do que pareceu muito tempo, mas não deve ter sido mais que uma hora, Eduardo chamou todos de volta ao bote. Que alívio! A esposa foi uma das primeiras a embarcar, junto com as crianças mais novas. O marido foi um dos últimos.

Ele nem sabe se estou no barco. Nem notou.

Isso era injusto, é claro: Henry a viu. Até sorriu para ela com o cavalheirismo com que sorria para estranhos. Mas não fez nenhum esforço para sentar-se ao lado dela quando o barco começou a encher.

Um dos comentários feitos por Eduardo na ilha de lava havia causado uma forte impressão na esposa: os rigores da sobrevivência naquele lugar eram tantos que só uma espécie a cada vinte e seis mil anos, em média, conseguia se "estabelecer" e viver ali.

"É inútil, então", alguém do grupo dissera com a intenção de ser espirituoso. "Melhor desistir."

E todos os Albatrozes deram risada, tranquilos na certeza de que, como afluentes turistas americanos brancos, haviam conseguido sobreviver muito bem até agora, contrariando grandes chances.

No caminho de volta ao navio, o bote parou em outra ilha, maior e mais habitável que a ilha de lava. Havia ali uma fecundidade mais familiar, menos da vida réptil bruta e desprovida de inteligência que fazia arrepiar a alma humana: pinguins, pelicanos, atobás-de-pés-azuis, fragatas e cormorões cujas asas não conseguiam mais levantar seus corpos do chão.

Tantas aves litorâneas! De repente, muita beleza.

Todo mundo queria fotografar os pinguins. O olho humano percebe alguma coisa misteriosa no pinguim que se assemelha ao *humano*, por isso se atrai.

Depois de alguns minutos entre as aves tão estranhamente mansas, Eduardo levou os Albatrozes por uma trilha rochosa extenuante até uma enseada de leões-marinhos, vários com filhotes. Ali havia centenas daquelas criaturas lisas, brilhantes, estranhamente atarracadas, com grandes olhos escuros e úmidos e bigodes espetados. Muitos urravam, gemiam. Com exceção dos que dormiam na areia áspera como se estivessem em coma, os leões-marinhos estavam em constante movimento, agitados como se fizessem uma apresentação para os visitantes. Não demonstravam alarme com a presença humana a uns três metros de seus filhotes.

Havia uma sutil ligação de algum tipo entre as espécies — leões-marinhos e seres humanos. A esposa achava que sim. Embora nenhum ser humano jamais tivesse alimentado os leões-marinhos, como faziam em outras partes do mundo, aqueles leões-marinhos pareciam bem "amigáveis" — era essa a impressão que se tinha ali.

"Mamíferos têm personalidade. Répteis, não. É isso mesmo que você acha?", lançou a esposa na tentativa de fazer uma pergunta inteligente.

O guia respondeu educadamente: "Todos os animais têm 'personalidades'. São diferentes uns dos outros e podem ser reconhecidos uns pelos outros de um jeito que nem sempre entendemos".

Mais cedo, o marido havia conversado com o guia sobre a visita do jovem Charles Darwin à ilha, quando o *Beagle* ancorou pela primeira vez ali, em 1835. Ficou claro para o guia que o marido sabia muita coisa sobre Darwin, Darwin nas Galápagos e teoria da evolução, e por isso ele falava com Henry com um respeito especial. Mas o marido agora se afastava com sua câmera.

Eduardo era um homem bonito, compacto, mais ou menos da altura da esposa, um metro e setenta centímetros, com a cabeça raspada, um bigode fino e uma atitude calma. Não era descendente apenas de indianos, mas de hispânicos, alemães e noruegueses. O *Floreana* tinha meia dúzia de guias do Parque Galápagos, e Eduardo parecia ser o líder.

A esposa temia que o marido estivesse percorrendo uma trilha cansativa demais desde a praia. Ele acompanhava dois dos homens mais jovens, talvez fosse isso. Os que permaneciam perto do guia eram os menos fisicamente preparados ou aventureiros dos homens, e a maioria das mulheres e crianças.

Se a nova e mais jovem mulher do marido estivesse com ele agora, como ela se comportaria? Sem dúvida, era uma praticante de caminhada bem preparada que teria acompanhado o marido na subida das rochas...

Certamente, ela era fisicamente preparada, como a esposa jamais havia sido. Sexualmente ousada, aventureira...

"Perto demais! Afaste-se, por favor."

O guia falava com uma criança que se aproximava demais de uma fêmea de leão-marinho com seu filhote. Advertido, o menino voltou rapidamente para perto da mãe.

Com um olhar solidário, a esposa observava mãe e filho: o jeito como a mãe consolava o menino, sem deixá-lo acreditar que havia sido maltratado pelo guia. Foi sutil e apropriado, uma boa atitude materna.

A esposa pensou em que tipo de mãe teria sido. Parecia errado, "antinatural" ter perdido o marido antes que tivessem tempo para ter um filho.

E ela se casara de novo tarde demais. Havia passado a maior parte da vida adulta de luto. Como se a morte prematura não fosse um lugar-comum na natureza! — essa era a lição das Galápagos, sem dúvida.

Sempre acreditara que seu jovem marido teria desejado que ela se casasse de novo, mesmo que jamais pudesse se apaixonar por outro homem como havia se apaixonado por ele, mas ela se manteve afastada da vida emocional. Tinha se escondido no trabalho, se atrelado às responsabilidades de família. Como um animal, se tornou indefesa por falta de predadores e foi facilmente envolvida por um predador habilidoso.

Sua família pensava que Henry Wheeling era exatamente isso, um predador. E ela era a vítima-herdeira disponível demais.

Mas eu o amo. Esse é um fato que não posso mudar.

A esposa olhou em volta procurando o marido. Onde? Ele havia conseguido chegar ao topo de uma trilha rochosa e estava quase fora do alcance de seus olhos.

Era um dia de sol e vento. Um dia de grande alegria — a esposa estava muito feliz *por não estar mais presa dentro daquela cabeça latejante em Quito*.

O marido foi muito solidário com a esposa em Quito. Não conseguiu mudar as passagens para seguir viagem rumo ao litoral mais cedo (explicou), mas foi atencioso com a esposa doente e trouxe os medicamentos para ajudá-la a dormir e garrafas de água para prevenir a desidratação.

Enquanto os leões-marinhos dormiam, urravam, brincavam e escorregavam para a água como personagens animados em um filme, o guia continuava falando para seu círculo de ouvintes atentos e fiéis. O assunto era a necessidade que o Parque Nacional Galápagos tinha de controlar, ou seja, "erradicar", aquelas espécies "introduzidas" que haviam procriado excessivamente em algumas das ilhas e ameaçavam as espécies originais devorando toda a comida. Eram cabras, gatos e ratos levados por marinheiros desde o século XVII e deixados nas ilhas para prosperar na ausência de predadores. Tartarugas-marinhas, tartarugas-gigantes e muitas espécies de aves estavam à beira da extinção por causa disso.

Ao longo de um período de quase uma década, os patrulheiros do Parque Galápagos haviam aniquilado quase que completamente as espécies "indesejadas". Caçadores, atiradores e venenos administrados cuidadosamente haviam dizimado bodes, gatos e ratos em grandes números, algo em torno de quinhentos mil bodes, por exemplo, ao custo de... cinquenta milhões de dólares, será?

Eduardo contava com zelo especial como a equipe de erradicação havia recrutado de maneira genial "bodes Judas" para ajudá-los no projeto. Eram bodes selecionados, salvos da matança original, marcados com cruzes amarelas e "libertados" na natureza para, sem querer, desejando apenas se reunirem aos de sua espécie, levarem a equipe pelas colinas até onde estavam os animais que tinham escapado da morte. "Depois de cumprirem seu propósito, os bodes Judas também eram mortos."

Houve um momento de silêncio. As crianças, que normalmente ouviam o guia com interesse respeitoso, se haviam desinteressado por esse relato. Era evidente que não queriam ouvir Eduardo falar sobre a matança de bodes e outros animais.

A esposa disse que achava que era política local não "ajudar" animais. "Não alimentar nem proteger. Não foi isso que você disse?"

"Sim. Mas, nesse caso, não estamos ajudando os animais diretamente. Estamos restaurando o ambiente ao seu estado original, ao que era antes de os seres humanos interferirem introduzindo as espécies."

"Não podiam ter esterilizado os bodes, por exemplo? Ou levado os animais para outro lugar?"

"O projeto foi muito cuidadoso, planejado ao longo de anos. Esterilização não era uma solução prática, e transferir os bodes para um santuário teria custado mais de sessenta milhões."

As respostas pareciam ter sido bem ensaiadas. A esposa entendia que Eduardo estava acostumado a ser interrogado e sabia exatamente como responder.

O guia sentia, porém, que aqueles turistas americanos não se sentiam confortáveis ouvindo o relato da matança de animais, mesmo que fosse a serviço da manutenção de um ambiente primitivo.

"Entendam, as espécies originais não podiam competir. As espécies introduzidas não tinham predadores naturais e estavam dominando as ilhas."

"Mas não entendo... por que espécies 'introduzidas' têm menos valor que as espécies 'originais'? Todas as espécies não são 'introduzidas'... originalmente?"

Tenso, o guia respondeu como se recitasse um discurso preparado: "O Parque Galápagos foi autorizado a preservar as espécies naturais da região antes da chegada dos seres humanos".

"Mas seres humanos também são animais! Se eles introduziram novas espécies nas ilhas, isso não é parte da evolução? Como as aves trazem sementes de fora, ou animais..."

O guia retrucou educadamente: "É claro, *señora*. O que diz é correto. Mas os seres humanos não são naturais das ilhas".

Señora. A esposa sentiu o tratamento como um insulto sutil e arrasador.

Embora alguns ali concordassem com o argumento da esposa, ninguém a apoiou. De qualquer maneira, um argumento tão sentimental era inútil, como a esposa sabia. Qualquer cientista, como o marido, defenderia a estratégia do Parque Galápagos. Ninguém vai às Galápagos sem entender a natureza do ambiente, quão frágil é, e como tinha que ser protegido de invasões do mundo externo.

"Bem... obrigada! Agora entendo um pouco mais. As Galápagos não *existiriam*, a menos que alguém fizesse o tempo parar."

Pouco depois disso, chegou a hora de o bote partir porque outro bote se aproximava. As Galápagos eram organizadas como o mecanismo de um relógio. Dava para ver como a equipe de funcionários era coordenada e como era crucial que ninguém interferisse na organização precisa.

A esposa se preparava para ocupar seu lugar no barco quando ouviu gritos não muito longe dali. As pessoas que tinham ido até o topo da trilha rochosa estavam voltando, e uma delas parecia ter caído. A esposa acompanhou a cena com desespero porque a pessoa era seu marido.

Naquele instante ela pensou: *Não! Deus, por favor, não... não permita que ele tenha se machucado.*

Aflita, ela se dirigiu ao local onde estava Henry com a intenção de ajudá-lo. Era horrível pensar que seu marido havia se machucado, e ela não estava perto dele! Os outros o ajudavam a levantar quando ela alcançou o grupo. "Henry! Ai, Henry..."

Com a agilidade de um garoto, Eduardo havia se aproximado do homem ferido antes dela. "Consegue ficar em pé, *señor*? Torceu o tornozelo? Apoie-se em mim, por favor." O guia era elegante, educado — se Eduardo estava assustado com o tombo de um membro de sua equipe de Albatrozes, ele sabia disfarçar bem o alarme.

O marido sorria com tristeza. Um sorriso tenso, aflito, de pura surpresa e constrangimento.

A esposa e Eduardo ajudavam Henry a ficar em pé. Ele parecia ter torcido o tornozelo direito, ou tinha batido a perna com força. Oscilava e arfava, e por um momento pareceu não conseguir afrouxar o peso na perna direita. Depois, o jovem assistente do guia chegou correndo com uma bengala que o marido teve que aceitar com gratidão.

Rápida, a esposa passou um braço em torno da cintura do marido, e era a primeira vez em todos os anos que passaram juntos que ela fazia isso — um gesto de intimidade repentina, e agora pública. Mas Henry não queria sua ajuda, não na presença de outras pessoas, pelo menos. Ainda sorrindo e ainda se encolhendo de dor, ele a empurrou.

"Já disse que estou bem. *Gracias*."

Acostumado com as mentiras que os americanos que guiava contavam a eles mesmos, Eduardo se afastou discretamente, mas se manteve atento ao homem que tinha uns cinquenta anos ou mais. Grisalho, de aparência distinta, muito articulado, autoconfiante, um professor ou cientista, Eduardo conhecia o tipo, e sabia que um homem assim devia ser tratado com dignidade, ou puniria seu guia nativo com uma reclamação às autoridades do Parque Galápagos.

"As pedras são muito escorregadias aqui", a esposa comentou com o homem que mancava, tentando acalmá-lo. Sabia como ele estava humilhado por ter caído desse jeito na frente de testemunhas.

Devagar, usando a bengala, o marido desceu a trilha traiçoeira. Nas rochas próximas, leões-marinhos pulavam e urravam como se debochassem da falta de jeito dos humanos.

A esposa estava logo atrás do marido, preparada para ajudá-lo se ele escorregasse de novo. O marido a olhou com uma expressão de... fúria? Ódio por ela ter testemunhado sua humilhação diante de estranhos?

Os estranhos que ele não odiava porque não os conhecia. E o astuto Eduardo sabia ser respeitoso com o marido, chamá-lo de *señor*.

Só a esposa era vulnerável ao seu rancor, seu ódio. Ela, que via o homem na intimidade, ela, que estava sempre *ali*.

Esse havia sido o desafio fatal das esposas anteriores, ela supunha. Essa intimidade conjugal insuportável.

"Henry, eu amo você. Por favor, não fique bravo comigo."

A esposa suplicou baixinho perto da orelha vermelha do marido, era impossível que ele não a tivesse escutado. Mas ele cedeu e afagou sua mão. "Querida! É claro que não estou zangado com *você*!"

No bote, o marido se acalmou. Havia sofrido um choque e estava com dor, mas não se queixava. Fazia piadas com a situação, até certo ponto, conversava e ria com os outros passageiros que se apiedavam dele e diziam também ter sofrido acidentes em excursões. A esposa estava surpresa, e estava muito aliviada. Os sentidos se confundiam com as ondas altas e brilhantes e com o sol equatorial, com a proximidade física com estranhos e a inquietante proximidade com o homem que era *o marido*.

Não sabia se podia confiar nele, mas sabia que ele podia confiar nela. Não sabia se ele a amava, mas sabia que ela o amava. Isso teria que ser suficiente.

Na ilha, ela havia tido uma espécie de... foi uma revelação? O tipo de certeza que vem acompanhada de uma extrema ansiedade, de grande exaustão; e o alívio súbito e a reversão desses sentimentos, como se tivesse sido invadida pela força necessária para cuidar de outra pessoa, alguém totalmente dependente *dela*.

Ela pensou: *Deve ter algum significado eu ter sobrevivido por tanto tempo. Preciso descobrir que significado é esse.*

A esposa olhou em volta para ver o que todos no bote instável estavam olhando. A cem metros deles estava o ofuscante e branco *Floreana* com seus vários conveses e suas chaminés altas, flutuando no mar como um grande templo esperando para recebê-los.

3. Convés da lua

"Querida, vem para o convés! A noite está perfeita."

Ele segurava a mão dela com uma avidez incomum. Queria levá-la ao convés, ao segundo convés, que estava bem iluminado e muito cheio, porque na proa do navio havia um bar ao ar livre decorado como se fosse um café tropical, onde um trio de músicos equatorianos e uma jovem cantora se apresentavam, e alguns casais dançavam.

Como era festivo! E lá em cima, quase invisível além das luzes brilhantes, uma lua crescente que a esposa só conseguia ver com esforço.

De dia, aquela parte do navio era bem mais quieta. Tinha uma "piscina" (na verdade, era pouco mais que uma piscina infantil com água azul cristalina cheirando a desinfetante) cercada por espreguiçadeiras nas quais os passageiros liam e cochilavam ao sol, sem se importar com o fato, apontado frequentemente, de que o sol equatorial era muito forte, mesmo quando o céu estava encoberto.

A meio caminho da proa do navio, quando a música ficava mais alta e o deque, mais cheio, o marido mudou de ideia e puxou a esposa de volta — "Não. Espera. Vamos ao convés mais alto, lá tem mais privacidade".

"Mas..."

"Lá vai ser mais romântico."

A esposa não teve escolha senão concordar, embora soubesse que o terceiro convés, o mais alto, não era equipado para receber visitantes, não como o segundo. Era muito menor, com poucas cadeiras espalhadas e algumas mesas de junco.

Mas a esposa tinha que concordar com o marido, porque a vontade dele tinha que prevalecer sempre, nas grandes e pequenas coisas. Eles voltaram ao interior do navio e o marido levou a esposa por uma escada estreita, até uma porta sinalizada como CONVÉS DA LUA. Mas quando passaram pela porta, o convés estava inesperadamente deserto e muito escuro.

Em todos os lugares do navio havia áreas bem iluminadas para beber, ouvir música e socializar, mas o Convés da Lua não era uma delas. Também ali havia uma área iluminada na proa do navio, mas era muito menor que a do segundo convés, e não havia música. Dava para ouvir a música que vinha de baixo, mas agora ela era frenética, meio distorcida.

"Acho que os passageiros não são bem-vindos aqui. Não é uma área preparada para..."

"É claro que é preparada. Para nós."

Henry queria virar à esquerda, em direção oposta à da área iluminada, e se agarrou à grade do convés no escuro. Era como se ele preferisse um lugar isolado, deserto, um lugar que podia ser vetado. A esposa tentou protestar, mas sem muito vigor. Não queria antagonizar o marido, que estava tentando andar normalmente, sem mancar. (Ela notara, no jantar, na mesa a eles designada, como Henry perdia o interesse de vez em quando nas conversas que ele mesmo havia iniciado com os companheiros de refeição, os olhos se movendo inquietos pelo salão cheio. O orgulho havia sido ferido na queda, mais que o tornozelo. Ela sentia pena dele e também uma ponta de esperança: *Talvez agora ele seja mais paciente comigo. Não vai esperar muito de mim.*)

Mas o marido parecia ter superado o desconforto do jantar. Segurava a mão da esposa como um amante jovem e ardente.

Segundos depois, a lua pálida e crescente havia desaparecido. Uma pesada camada de nuvens a encobriu completamente. E agora o oceano era tão escuro desse lado do navio, tão escuro era o céu, que não dava nem para ver as ondas, embora fosse possível ouvi-las, e era possível sentir a força das ondas quebrando contra a embarcação. A esposa protestou, não queria andar por aquele convés, não enxergavam nada e era perigoso, não tinha mais ninguém ali... O marido riu com desdém: "Do que tem medo agora? Não dá para ser arrastada pela água".

Ela pensou: *Não, mas você pode me empurrar do navio. Pode acontecer em um instante.*

Ninguém veria. Ninguém ouviria. O som da festa no convés inferior era muito alto. Vozes, risadas. Ali no terceiro convés estava escuro, e ela sentia cheiro de óleo. Henry riu e enlaçou a cintura de Audrey com um braço, puxando-a para perto dele junto da grade, mas ela se encolheu como uma criança amedrontada.

"Querida, francamente! Pensei que gostasse de 'romance'."

A palavra *romance* foi dita com desdém, deboche.

"Não! Por favor, Henry... acho que vou voltar lá para baixo..."

"Não seja ridícula. Vai ficar aqui comigo. Logo a lua vai aparecer de novo..."

Foi um momento bizarro, desconfortável: o marido puxando a esposa para obrigá-la a ficar ao seu lado junto da grade. O marido tinha vinte quilos ou mais que a esposa, mas o desespero deu a ela a firmeza para resistir. Henry riu. Estava brincando, ou... talvez não. Ele a agarrou pelo braço e apertava seu cotovelo. O mesmo braço que ele havia agarrado na escada de pedra e que já estava dolorido e marcado. A esposa entendeu que ele estava perdendo a paciência. Sabia: era uma mulher tola, caprichosa. Uma mulher mimada da burguesia, educada sem objetivos, ingênua. Se examinada com atenção, ela não teria conseguido explicar a mecânica da teoria da evolução de Darwin; provavelmente, não seria capaz de fazer mais que balbuciar clichês, como uma competidora em um programa de perguntas na televisão. Provavelmente, havia esquecido no dia seguinte a maior parte do que o guia equatoriano tinha dito a eles nas Ilhas Galápagos.

"Henry, não. Por favor, não me assuste..."

Estava preparada para gritar, mas... alguém a ouviria? O barulho dos enormes ventiladores do navio era alto ali. E a música frenética do convés inferior, misturada aos sons da festa...

A esposa se virou para o lado contrário do marido, escapando dos dedos que seguravam seu braço como um gato em pânico consegue escapar de seu captor.

Ofegante, assustada, mas eufórica por ter escapado do marido, ela voltou com passos trôpegos para dentro do navio e desceu a escada estreita, misturando-se à multidão de passageiros que saía do lounge do navio no segundo andar. Como estava aliviada! Não pretendia voltar ao Convés da Lua nunca mais, por mais que Henry insistisse.

Naquela noite, na opressora cabine com ar condicionado, na cama de casal que tinha uma saliência bem no meio do colchão, a esposa cochichou na escuridão: "Desculpe, Henry, estava escuro demais lá fora. Não aguentei ficar".

Houve uma pausa. O marido não estava dormindo, mas preferiu não falar nada. Desde que voltara à cabine, uma hora depois da esposa, com o hálito cheirando a bebida, ele pouco havia falado, embora sua atitude fosse afável, indiferente. Tinha lido em voz alta para a esposa o programa dos passeios, descrevendo as tartarugas-gigantes que veriam no dia seguinte, e enquanto se despia havia notado o olhar preocupado da esposa no espelho e piscara. Teria sido um sinal de perdão? De indulgência?

"Eu... tenho receio de que você não me ame mais como antes, Henry... Eu sinto... como se estivesse perdida aqui, nestas ilhas tão distantes de casa..." A voz dela enfraqueceu.

O navio oscilava, rangia. Os ventiladores faziam um barulho baixo e constante, como pulmões fortes.

O marido parecia tocado pelas palavras hesitantes da esposa. Segurou a mão dela e a afagou com aquele seu jeito rápido, confortante, como se estivesse constrangido por tê-la perturbado, ainda que fosse uma surpresa saber que a perturbara.

"Querida, nós nos amamos tanto quanto sempre nos amamos. Agora, por favor, é tarde, vamos deixar isso pra lá."

Logo depois, o marido adormeceu.

A esposa continuou acordada por algum tempo. Não parecia possível, para ela, que fosse dormir de novo algum dia, porque, cada vez que fechava os olhos, ondas brilhantes se aproximavam dela, ofuscantes, trazendo uma ameaça de sufocamento.

4. O invasor

Ela lembrou: o incidente incomum que havia acontecido vários meses atrás e que ainda permanecia um mistério para ela. Parou de pensar nisso e não ousou conversar a respeito de novo com o marido, que considerava o assunto encerrado.

Eles tinham ingressos para a produção *Don Giovanni* de Mozart, e antes haviam ido jantar com amigos, mas quando os casais chegaram ao teatro, para a decepção de todos, foram informados que a apresentação daquela noite havia sido cancelada.

Quando voltaram à casa deles, que ficava em uma área residencial rural, a esposa percebeu imediatamente que alguma coisa estava errada: ao tentar abrir a porta dos fundos, que levava à cozinha e era a porta que os Wheeling normalmente usavam, ela notou que a porta não destrancava, porque parecia ter sido travada por dentro.

"Não entendo. Como a porta *trancou* por dentro? Nós saímos por essa porta."

"Dá a chave." O marido pegou a chave da esposa, mas também não conseguiu abrir a porta.

Irritados, mas não alarmados, eles foram até a porta da frente da casa, mas essa porta também parecia ter sido trancada por dentro. Que estranho! Que inesperado... A esposa espiou pelas janelas verticais ao lado da porta e viu o hall de entrada, que estava escuro. Mas uma luz fraca brilhava na sala de estar, uma luz que ela poderia jurar que não tinha deixado acesa.

Àquela altura, teria sido razoável o casal deduzir que alguém havia entrado na casa e travado as portas por dentro. Mas, numa resposta irracional, marido e mulher tinham a sensação de que havia algum tipo de impedimento físico para a entrada deles na casa, uma barreira que teriam que ultrapassar com esforço ou astúcia. E assim, enquanto o marido girava a maçaneta inutilmente e resmungava — "Droga! Que merda" — como se entrar na casa fosse uma questão de força ou habilidade, a esposa atravessou um corredor de arbustos na lateral da casa e subiu para a varanda fechada nos fundos, cuja porta não havia sido trancada, e pela varanda ela entrou por uma porta que dava acesso a um canto da sala de estar, além da lareira. E aquela porta, que ninguém usava havia anos, ela conseguiu abrir com a chave.

Triunfante, a esposa chamou o marido: "Henry! Fica aí, vou abrir a porta para você entrar!".

A esposa lidava tranquilamente com a emergência. Questões domésticas faziam parte da sua área de atuação, raramente ficavam por conta marido. E nesse momento ela ainda não pensava que quem tinha travado as portas podia estar dentro da casa, e podia ser alguém perigoso.

A meio caminho da porta da frente, porém, a esposa ouviu uma voz no alto da escada — a voz de uma estranha — e olhou para cima e viu, atônita, uma jovem chinesa esguia, de cabelos pretos e lisos, com uma pele muito pálida e boca vermelha.

"Senhora! Olá... Eu... sinto muito... por favor, não chame a polícia, senhora... vou sair imediatamente..."

Apesar da agitação, havia um ar de elegância e autoconfiança na jovem esguia de cabelos pretos. Era evidente que não se tratava de uma sem-teto, uma mendiga ou invasora comum. Parecia ter vinte e poucos anos, quase trinta. A voz era um murmúrio trêmulo, e o sotaque era inteiramente americano: "Senhora, por favor! Lamento por esse engano, estou saindo imediatamente... não estou levando nada... por favor, me desculpe!".

Com passos não muito firmes, a jovem desceu a escada segurando o corrimão. Ofegava alto. Aparentemente, não usava sapatos. De fato, ela calçava apenas as meias pretas, e seus passos eram silenciosos. A esposa viu chocada que seu rosto era jovem, bonito, embora estivesse contorcido em um sorriso falso, radiante e meio desesperado, manipulador como o que uma criança exibe para um pai desconcertado.

A esposa respondeu com voz fraca: "Vá embora. Não vou chamar a polícia, mas... por favor, *saia*".

A esposa saiu do caminho enquanto a jovem chinesa descia a escada. A esposa não tinha a intenção de interferir na fuga desesperada da jovem. Viu que a jovem vestia um jeans justo, uma jaqueta de brim cravejada de pedras brilhantes e uma blusa preta de gola alta. Nas orelhas delicadas havia argolas finas de ouro. Seu cabelo preto e liso estava despenteado, como se ela tivesse acordado de repente, mas era lindo, brilhante. Seus olhos eram muito pretos — as pupilas estavam dilatadas. Ela carregava uma bolsa de couro que parecia ser cara, que encaixou apressada embaixo de um braço. A jovem destravou a porta da frente, que devia ter travado não muito tempo antes, e saiu correndo para a escuridão sem olhar para trás.

Tudo isso enquanto a esposa a seguia com os olhos, cheia de espanto. Quem era essa pessoa? O que tinha acontecido?

Enquanto isso, o marido havia seguido a esposa para a varanda fechada por telas na lateral da casa e entrara na casa por aquela porta. Ele a chamava com voz alarmada. "Audrey? Onde você se meteu? O que está acontecendo?" Ele não tinha visto a invasora, nem mesmo ouvido sua voz. Quando encontrou a esposa no hall de entrada, na porta da frente, viu que ela estava chocada e imóvel, como se tivesse sofrido um grande choque.

O marido olhou para a porta da frente e não viu nada, ninguém.

"Audrey? O que está acontecendo? Tinha alguém na casa?"

A esposa tentou explicar. A esposa tentou contar o que havia acontecido tão rapidamente, de um jeito tão improvável. A esposa gaguejava tentando explicar ao incrédulo marido o que nem ela mesma entendia direito: uma desconhecida havia aparecido no alto da escada, anunciando sua presença com uma atitude culpada, implorando para a esposa não chamar a polícia, insistindo que não estava levando nada — "E tudo que eu disse foi que não chamaria a polícia se ela fosse *embora*".

A jovem parecia ser chinesa, disse a esposa. Era alta, magra, com cabelos longos, lisos e pretos. "Não era muito nova, não era uma adolescente. Devia ter vinte e poucos anos. Carregava uma bolsa de couro e não usava sapatos." Depois de uma pausa, a esposa acrescentou: "Podia estar drogada... ela andava de um jeito meio instável".

O marido a ouvia com um sorriso fraco, como se não acreditasse. Não tinha visto nenhuma intrusa na casa. Não havia escutado nenhuma voz, só a da esposa, alterada e alta.

"Pensei ter ouvido você perguntar 'quem está aí?', Audrey. Mas não ouvi nenhuma resposta."

"Havia uma mulher! Ela falou comigo! Sua voz era mansa, eu quase não conseguia ouvir..." A esposa falava depressa. Seu coração batia acelerado, agora que não havia mais perigo. O marido continuava fazendo perguntas, mas não parecia convencido.

Agora estavam no andar de cima, no corredor escuro. A esposa sentia um cheiro fraco de loção para cabelo, não a dela, isso era certo. Uma luminária iluminava seu quarto e, sobre a cama, como se tivesse sido abandonado às pressas, ainda com a tela iluminada, estava o iPad do marido.

"Olha, Henry! Ela pegou seu iPad! Ela estava usando seu iPad!"

A esposa agora falava decidida, o marido tinha que acreditar nela.

"É como se ela soubesse que íamos sair, mas não que o espetáculo foi cancelado. Não teve tempo para roubar nada, nós a pegamos de surpresa."

Henry pegou o iPad e franziu a testa. Era uma pessoa que não gostava de surpresas, e não gostava de invasões. A esposa estava falando, mas o marido nem parecia ouvi-la, era como se fizesse cálculos mentais rapidamente.

A esposa se arrependia de ter deixado a jovem passar por ela e sair levando uma bolsa de couro. Lamentava ter acreditado na moça quando ela disse que não estava levando nada. "Fui pega de surpresa, não sabia o que fazer, mas não quis puni-la, ela parecia uma boa pessoa..."

Eles viram que a jovem havia deixado um par de botas de couro de cano alto no chão do quarto. Uma delas estava em pé, a outra havia caído. Eram botas caras, de qualidade, e a jovem as tinha abandonado ao fugir.

O edredom de seda estava torto sobre a cama, como se a moça tivesse deitado ali, mexendo no iPad embaixo do edredom para se aquecer. Dava para ver a impressão do corpo nas roupas de cama, onde o cheiro da loção para cabelo era mais forte.

A esposa disse com uma risada nervosa: "Acredita em mim agora, Henry, que havia alguém aqui?". Mas o marido só balançou a cabeça com a testa franzida: "Bem, alguma coisa aconteceu, querida. Isso é certo".

Eles examinaram o restante do quarto, verificaram armários e gavetas da cômoda, mas a esposa estava muito agitada e não conseguia raciocinar com clareza: tinha a impressão de que em seu armário as roupas haviam sido afastadas para o lado, e que a gaveta de roupas íntimas e meias havia sido remexida — "Mas não sei se ela levou alguma coisa".

As joias da esposa eram mantidas em uma caixa laqueada com meia dúzia de gavetinhas, que podiam ser trancadas com uma chave bem pequena. Ela nunca se incomodou em trancar as gavetas, e o porta-joias podia ter sido roubado, mas ao examinar as gavetinhas rapidamente, piscando para limpar as lágrimas dos olhos, ela não conseguiu concluir se a moça tinha levado alguma coisa.

Sentia uma mistura de desânimo e vergonha, porque seu banheiro não estava limpo, não como ela gostaria que estivesse, pelo menos, se uma intrusa como a jovem chinesa fosse vê-lo. O espelho sobre a pia não estava limpo, a bancada da pia não estava limpa, a pia precisava ser esfregada para dar brilho aos metais...

O que o marido pensava do banheiro dele, do outro lado do quarto, ela nem imaginava. Uma faxineira ia limpar a casa todas as segundas-feiras e ficava lá quase o dia todo, aspirando os vários cômodos e restaurando um certo grau de limpeza, mas fazia quatro dias que a mulher havia estado lá. Sério, o marido estava dizendo que nada dele havia sido levado, ele tinha certeza. Olharia com mais atenção na manhã seguinte.

O marido falava irritado e de um jeito negligente, como se o assunto não merecesse sua preocupação. Mas pegara o iPad imediatamente e apagara a tela.

Onde estava o iPad? A esposa queria saber. Imaginava que o marido o deixasse lá embaixo, no escritório, com os outros equipamentos eletrônicos, mas quando fez essa pergunta ao marido, ele deu de ombros e disse que não fazia a menor ideia.

Não fazia a menor ideia? Como isso era possível?

"Já falei, Audrey. Não faço a menor ideia. Não olho para esse iPad há semanas. A menos que eu viaje, nem uso essa porcaria, como você deve saber."

"Mas... o que a moça estava fazendo com ele? Olhando seu e-mail? Ou... mandando mensagens?"

"Não sei. Tenho a impressão de que não fez nada."

"Mas... ela devia estar fazendo alguma coisa."

"É mesmo? Como você sabe? Podia ter acabado de ligar o iPad quando você a surpreendeu."

O marido estava se afastando. A esposa estava falando com as costas do marido.

A esposa se sentia desanimada porque, nesse momento crucial, quando ela e o marido deveriam se aproximar, o marido se mantinha um pouco distante dela, indiferente à situação, irritado, mas com um ar divertido. A esposa estava desanimada por seu desconforto emocional significar tão pouco para o marido, que comentava frequentemente que não gostava de gente "fraca", "emotiva", "carente".

O marido desceu. A esposa ficou lá em cima para olhar os outros quartos, que estavam escuros. Não parecia muito provável que a jovem tivesse entrado em um deles. (De manhã, quando examinasse os armários, ela descobriria que as roupas haviam sido afastadas para os lados, e que os calçados no chão pareciam ter sido movidos. Várias fotos emolduradas que ficavam guardadas em um closet foram examinadas. Mas se alguma coisa foi levada, a esposa não conseguia identificar o quê.)

"Audrey, querida, olha! A invasora devia estar com sede!"

Na cozinha, onde a luz estava acesa, o marido havia encontrado uma embalagem de suco de laranja aberta em cima da bancada.

Que estranho! A jovem chinesa havia tirado a embalagem da geladeira e, provavelmente, bebido em pé diante da porta aberta.

"Acho possível que um de nós tenha deixado a embalagem em cima da bancada", o marido opinou, e a esposa protestou: "É claro que não! Podemos ter tomado suco de laranja no café da manhã, mas isso foi há horas...". Teimoso, o marido insistiu: "É possível, Audrey. Você sempre deixa as coisas fora do lugar, depois se surpreende quando as encontra. E por que essa 'ladra chinesa' ia perder tempo bebendo suco de laranja?".

A esposa nem imaginava. Só conseguiu gaguejar que tinha certeza de que nenhum dos dois havia deixado o suco de laranja em cima da bancada...

Desde que tinham voltado da ópera inesperadamente cancelada, o marido alternava entre a irritabilidade e o humor. Foi atencioso com a esposa na presença do casal com quem haviam jantado, como sempre era, mas agora a tratava com uma negligência fria, com impaciência.

"Henry, olha!" Em outra bancada na frente do micro-ondas havia uma tigela com restos de sopa de missô e lámen. E na pia, uma embalagem aberta de iogurte natural desnatado com metade do conteúdo e uma colher.

"Nossa invasora devia estar com fome. Isso resolve o mistério, ela invadiu uma casa para encontrar o que comer."

O marido riu, isso era absurdo. Mas era uma explicação que ele aceitaria, em meio a tantos absurdos.

"Ela não parecia estar com fome, Henry. Não parecia ser *pobre*."

"Se ela parou para comer nessas circunstâncias, querida, é evidente que estava com *fome*."

Não havia como argumentar com o marido quando ele estava com esse humor.

A esposa achou estranho, Henry falava alto, como se esperasse que mais alguém o ouvisse. O cabelo estava despenteado, como se tivesse passado as mãos na cabeça. Ele havia afrouxado a bela gravata de seda. De um jeito negligente, abria os armários da cozinha, abria e fechava as portas fazendo barulho. "Não falta nada? Mais nada? Talvez a invasora misteriosa tenha deixado um cúmplice anão que vai sair do esconderijo depois que formos deitar e cortar nossa garganta."

A esposa se arrepiou. Por que isso era tão engraçado?

A esposa estranhou a disposição do marido, porque ele parecia fascinado pela invasora e ansioso para tratar tudo que se relacionasse a ela com pouca importância.

"Podemos olhar melhor de manhã", a esposa falou, tentando ser prática. "Hoje… é um alívio que nada terrível tenha acontecido."

"Praticamente nada aconteceu. Se chamarmos a polícia, o que vamos dizer? Eles acabariam *nos* culpando."

A esposa sentia os efeitos do choque. O coração ainda batia de um jeito estranho, como se a reprovasse.

"Fico pensando se ela não estava... 'chapada'... de drogas? A moça se comportava de um jeito estranho..."

"Estranho como?"

"O jeito como ela olhava para mim, como falava comigo... e as pupilas estavam dilatadas..."

"Se ela era chinesa, como você diz, os olhos deviam ser escuros. É muito difícil perceber a uma distância de alguns metros se estavam 'dilatados'." O marido falava num tom relaxado, com desdém.

Era isso, a esposa deduziu. Mas... que outra explicação havia para o comportamento da jovem?

"Olha, Henry... não sabemos com certeza o que ela levou. A moça passou por mim correndo, com uma grande bolsa de couro... Não pensei em perguntar o que tinha lá dentro."

Não era verdade, não completamente: a esposa havia pensado em perguntar, mas não tinha se atrevido. Mesmo em um momento como esse, quando um estranho violou a privacidade de sua casa, ela se sentia a anfitriã... contida, inibida. Polida.

"Não seja boba, Audrey, você surpreendeu a intrusa. Ela não teve tempo para esconder coisas na bolsa."

"Talvez tenha tido tempo antes de eu entrar. Como você sabe?"

"É verdade. Não sei. Não vi a 'intrusa', só acreditei no que você disse."

"Acreditou no que eu disse... como assim?"

"Exatamente assim. *Eu* não vi nenhuma garota chinesa, só *você* a viu."

A esposa queria protestar... e o iPad em cima da cama? E as botas no quarto?

O suco de laranja, a sopa de missô?

"E por que insiste em falar em 'chinesa'? Consegue realmente distinguir entre as nacionalidades asiáticas, querida? Coreanos, tailandeses, japoneses..."

No instituto, o marido trabalhava com vários cientistas asiáticos e asiáticos-americanos. A esposa tinha que reconhecer que, provavelmente, não conseguiria identificar um rosto chinês entre os de outros asiáticos. Se tivesse chamado a polícia, teria hesitado em identificar a invasora.

A esposa estava confusa com a atitude do marido. Não era incomum que ele, em um momento de crise, virasse a situação contra ela, se pudesse. O marido tinha um jeito brincalhão e ferino de punir a esposa por perturbar-se e perturbá-lo. Ao longo do casamento, a esposa havia se condicionado a guardar para si as crises moderadas, encobrir "más notícias" quando podia, e nunca reclamar para o marido, se pudesse evitar.

Choramingar. Reclamar. Isso não é muito atraente em uma mulher.

Por favor, vamos deixar isso pra lá.

Mas agora a esposa estava pensando no engano que cometera ao entrar em uma casa que havia sido invadida sem saber se o invasor ou os invasores ainda estavam lá dentro. E Henry não a impedira, até a incentivara a encontrar um jeito de entrar na casa.

Se o invasor fosse um homem, ou mais de um homem, armado! A esposa podia ter sido morta.

Doía saber que Henry era indiferente ao perigo a que ela se expusera por ele.

Ela pensou: *Mas por que ele não está abalado? Por que não se importa?*

Como se só agora pensasse nisso, o marido foi olhar o escritório. O escritório que o marido mantinha em casa era um aposento grande e espaçoso na parte de trás da residência, uma sala cuja porta ficava trancada de vez em quando. (Para impedir a entrada da esposa? Mas a esposa nunca teria entrado no escritório do marido sem ser convidada. E a sala estava escura. O marido acendeu a luz e olhou em volta com um ar intrigado: "Não parece que alguém esteve aqui".

"Tem certeza, Henry? Sua mesa..."

A tela do computador do marido estava escura, mas as gavetas da mesa estavam meio abertas. O marido costumava mantê-las uniformemente fechadas e tentava manter a mesa limpa e arrumada. Seu sucesso como administrador, Henry costumava brincar, se baseava na insistência em responder e-mails diariamente, se não assim que os recebia.

Era possível que a invasora tivesse visitado aquela sala. A esposa ouviu o marido xingar baixinho. Mas depois ele riu como se a situação fosse absurda, ridícula. Não ficaria indignado. Não ficaria perturbado. Examinaria o escritório mais minuciosamente na manhã seguinte, ele disse. "Agora não tem pressa, é óbvio. A 'invasora' já foi embora."

A esposa respondeu hesitante: "Tem certeza de que não devemos chamar a polícia, Henry? Talvez...".

"Não. A última coisa que queremos é a polícia vasculhando nossa casa e nos culpando por termos uma porta destrancada."

Fechar a casa era responsabilidade da esposa, e era verdade, às vezes Audrey não se preocupava em trancar uma porta durante o dia, se não ia passar muito tempo fora. Mas deixar a casa à noite era outra história. A esposa tinha certeza de que havia trancado as portas. Era automático, para ela, verificar se a casa estava toda fechada, da mesma forma que tomava o cuidado de trancar o carro.

Meio irônica, ela perguntou: "O que devo fazer com as botas?".

"Deixa do lado de fora amanhã de manhã. Não na frente da porta, mas na entrada da garagem. Talvez a 'chinesa' misteriosa venha buscá-las."

Era típico do marido dar ordens com um sorriso. E acrescentar depois de uma pausa, como se só então pensasse nisso: "*Por favor*".

A esposa achou estranho, mas natural, tratar uma invasora com tanta atenção. Porque era óbvio que a jovem chinesa não era uma assaltante, não era uma criminosa. Nem era uma sem-teto. Ter chamado a polícia para prendê-la teria sido cruelmente punitivo, e a esposa não queria prejudicá-la. Pensava: *Ela devia estar desesperada para agir daquele jeito.*

A esposa também tinha consciência de que o marido a estava observando e julgando. Ao longo do casamento de menos de oito anos, ela teve consciência da observação e do julgamento do marido, sempre severos. Entendia que algo no fundo de sua alma havia sido diminuído, empobrecido. Mas agora estava decidida a se comportar como o marido queria, surpreendê-lo com sua tranquilidade.

E assim, bem cedo na manhã seguinte, a esposa levou as belas botas de couro para fora da casa, como o marido a havia instruído. A casa de tijolos vermelhos era recuada no grande terreno arborizado. Da porta da frente, mal dava para ver a rua no fim da entrada da garagem. Ninguém podia ver as botas no gramado ao lado da alameda, a menos que decidisse entrar na propriedade dos Wheeling e procurá-las. A esposa pensava que era improvável que a jovem chinesa voltasse para buscar suas botas, mas estava determinada a acatar a sugestão do marido.

Na noite anterior, a jovem devia ter entrado na casa deles por acaso. Era muito provável que estivesse andando pelo bairro de terrenos de grande profundidade e muitas árvores altas, sem saber muito bem para onde estava indo. Havia preterido casas mais iluminadas em favor da casa escura dos Wheeling. Era impossível pensar que a moça tinha ido ali com a intenção de invadir a casa deles, mas, de algum jeito, ela havia conseguido entrar. A esposa imaginou a voz suave, clara, melódica: "Oi? Oi? Tem alguém em casa?".

Além disso, a esposa não conseguia imaginar mais nada.

Foi puro acaso ela ter vindo aqui.

Não significa nada!

Durante toda a manhã, as botas ficaram ao lado da alameda, intocadas. Quando olhou para fora, a esposa se assustou ao vê-las lá como uma coisa viva que, atacada, tinha caído na grama.

Na hora do almoço, a esposa teve que sair por algumas horas. Quando voltou, as botas continuavam no mesmo lugar, no gramado da frente. E depois ela as esqueceu, e no início da noite, quando o marido voltou do trabalho no instituto, ele foi lá fora olhar e anunciou animado que as botas haviam desaparecido.

A esposa ficou perplexa, mas tinha certeza de que a jovem nunca teria se atrevido a voltar para buscar as botas. Como ela poderia ter imaginado que os Wheeling as deixariam do lado de fora?...

"Henry, tem certeza? As botas... *sumiram*?"

"Sumiram, querida. Sumiram."

O marido riu, como se a aventura tivesse tido um fim apropriado. A esposa tentou rir, apesar de estar ferida. Depois de ter tratado a invasora com generosidade, a jovem nem havia pensado em agradecer.

Está envergonhada, acho. A única coisa que ela quer é nunca mais nos ver de novo.

O marido parecia satisfeito com essa conclusão. O marido beijou a esposa nos lábios com suavidade. Estava animado, a pele corada e com um brilho de alerta nos olhos, e a esposa sentiu um aroma fraco de álcool em seu hálito, porque havia acontecido uma elegante recepção no instituto naquela tarde.

"Foi muito generoso de sua parte, Audrey. Você é uma pessoa superior... sempre soube disso. Amo você."

A esposa ficou radiante com a repentina felicidade. O beijo arderia para sempre em seu coração. Numa reação extravagante, pensou: *Ele me ama! Nunca mais vou duvidar dele.*

5. A sombra do predador

Ela.

Foi no terceiro dia da excursão pelas Galápagos que a esposa viu, com grande choque, a jovem chinesa de cabelos pretos e lisos do outro lado do lounge do navio, em um grupo majoritariamente masculino.

A esposa ficou olhando, incrédula. O coração disparou assustado — *Não. Não aqui. Henry não...*

O marido havia saído da cabine antes dela para tomar alguns drinques com colegas do instituto antes do jantar. A esposa ficara para tentar superar uma dor de cabeça. Os passeios do dia haviam sido exaustivos: de manhã, um "desembarque molhado" na praia rochosa de Pitt Point, na Ilha San Cristóbal, e duas horas de caminhada até o topo de uma elevação vulcânica. À tarde, outro "desembarque molhado" em Gardner Bay e uma caminhada ao longo de uma praia arenosa entre colônias de leões-marinhos, falcões-das-galápagos e tartarugas-marinhas. Embora ainda mancasse, o marido havia conseguido completar as duas caminhadas com a ajuda da bengala. A esposa também tinha começado a andar apoiada em uma bengala. Rapidamente, tornara-se dependente dela.

O marido perguntava muitas vezes à esposa se ela estava bem. Se os passeios não eram demais para ela. Porque Henry podia ser gentil, solícito. Às vezes, a esposa acreditava que o marido sentia um pouco de... culpa, talvez? Remorso? Nesses momentos, ele a olhava com atenção. E estava impressionado, ela pensava, com a forma como ela havia se adaptado bem aos passeios nas Galápagos. Teve apenas um enjoo moderado no *Floreana* e nunca reclamava, nem mesmo quando cambaleava de exaustão em um passeio. Sua admiração pela beleza inóspita e revolta das Galápagos parecia ser sincera. Havia até passado um tempo na biblioteca do navio, lendo sobre a história das Galápagos para poder conversar sobre ela de maneira inteligente com Henry e os outros passageiros.

Não se arrependeu de ter vindo, Audrey?

De jeito nenhum! Estou adorando... é a aventura da minha vida.

A esposa estava determinada a ser *positiva*. A esposa estava determinada a *sobreviver*!

Tentava não pensar na estranha e assustadora experiência no Convés da Lua na noite anterior. Como tentava não pensar no estranho e assustador incidente na escada de pedra em Quito.

Nos dois casos, havia reagido com exagero, sabia disso. Sentia-se meio envergonhada por ter se comportado daquele jeito tão infantil.

Felizmente, Henry parecia tê-la perdoado pela atitude no Convés da Lua, bem como pela escadaria de pedra em Quito. Distraído, ele havia recebido com leveza seu envergonhado pedido de desculpas — "Querida, não seja boba! Estava muito escuro no convés, qualquer um teria ficado com medo. Vamos tentar de novo amanhã à noite, quando a lua estiver cheia".

A esposa sentiu um arrepio ao pensar em voltar ao terrível Convés da Lua. Mas era possível que o marido não estivesse falando sério.

Naquela tarde, o marido havia ido mergulhar nas águas profundas de Gardner Bay. A esposa ficara na praia com o restante do grupo dos Albatrozes. Estava um pouco aflita pelo marido, que mergulhava com um grupo de pessoas mais jovens, mas Henry nadava bem. Mergulhava com frequência, dissera. A esposa não era uma nadadora confiante e nunca teria ousado nadar no oceano, perto de pedras, em águas tão cheias de vida marinha (inclusive arraias e tubarões, às vezes). A esposa se lembrou de ter visto uma nadadora na água, a única mulher, uma jovem esguia que não fazia parte dos Albatrozes, mas de outro grupo. A mergulhadora podia ser a chinesa de cabelos pretos? Henry havia orquestrado para que mergulhassem juntos?

Não é possível! Henry não me enganaria tão abertamente.

É uma jovem parecida com a invasora. Não é ela.

Mas lá estava o marido, alto e grisalho, com o grupo de que fazia parte a jovem chinesa, obviamente seus colegas no instituto. A esposa ficou parada, olhando indecisa para o grupo.

Perto da porta do salão havia um bar em torno do qual os passageiros se reuniam. A esposa não conseguia enxergar além do grupo, e estava escondida por ele, caso o marido olhasse em volta procurando por ela.

Era um momento festivo! Drinques depois dos rigores do dia. O interior decorado do navio depois do exterior primitivo durante o dia. A música era alta. A esposa segurou a cabeça tentando pensar.

Vai embora. Você não viu. Ele não viu você. Não aconteceu nada irrevogável.

Henry não a esperava antes do jantar na mesa habitual do restaurante, no andar de baixo. Se a jovem jantasse em uma das mesas do mesmo restaurante, devia ser em uma das mais afastadas, porque a esposa não a tinha visto antes.

Ela agora raciocinava de um jeito mais razoável — *Mas essa jovem é uma das colegas de Henry no instituto. Não é a outra...*

A jovem de cabelos pretos e lisos que tinha invadido a casa deles não podia ser a mesma jovem de cabelos pretos e lisos com quem Henry estava conversando. A esposa censurou-se por pensar o contrário.

Era como o episódio no Convés da Lua. A esposa havia pensado: *É claro, ele quer me matar.* E, ao mesmo tempo: *Isso não é possível. Ele me ama.*

"Bebida, senhora?" Um dos garçons equatorianos sorria para ela mostrando os dentes brancos. Aos olhos dos tripulantes, ela era *senhora*, e não atraía mais interesse que o pequeno grupo de mulheres mais velhas, vovós grisalhas entre os passageiros do navio.

Discreta, a esposa seguiu em frente. O coração batia acelerado como se estivesse diante de um terrível perigo. Os olhos se encheram de lágrimas de tristeza e humilhação. Ela viu que Henry conversava com a jovem alta de cabelos pretos e lisos, entre outras pessoas. Todos estavam relaxados, rindo juntos. Eram colegas de Henry no instituto, gente que Audrey não conhecia, ou não se lembrava de ter conhecido, porque eram muitos colegas, e a esposa não comparecia a todos os eventos do instituto. O que ela sentia agora era quase alívio: se Henry tivesse algum envolvimento romântico com essa mulher, eles estariam juntos em público, tão abertamente?

Queria saber se a jovem tinha um acompanhante no navio. Um dos homens? Nesse caso, era bem possível que ela e Henry Wheeling tivessem um caso. Era possível, mas improvável.

Improvável e detestável.

A jovem de cabelos pretos e lisos era asiática, certamente, e muito atraente, e devia ter vinte e poucos anos, menos de trinta, mas a mulher que a esposa viu descendo a escada de sua casa não era tão alta, estava certa disso. (Mas a mulher que via agora estava de salto alto?) Ela usava um vestido chinês justo de seda com estampa floral, uma confecção que caía nela como uma luva, combinado com um vibrante xale de seda verde. E em volta do pescoço delicado, um colar de pérolas cor de ardósia. A invasora tinha a pele mais branca e boca muito vermelha, enquanto essa jovem nem parecia estar usando batom. E seu cabelo não passava dos ombros, alcançava apenas a ponta das orelhas. Teria cortado o cabelo? *Era* a mesma pessoa?

A esposa viu o marido rir, e a jovem ria com ele. A esposa viu o marido tocar de leve o ombro da jovem, ajustando o xale de seda. Era um gesto inocente, tinha certeza.

Eles eram colegas, Henry e a jovem asiática de cabelos pretos e lisos. Só isso.

Corajosa, a esposa decidiu se aproximar, juntar-se a eles. Levava na mão um drinque equatoriano com vodca, uma bebida que nem lembrava de ter pedido. E não lembrava de ter bebido, embora a garganta queimasse de um jeito agradável.

Quando se aproximou de Henry e seus colegas, o salto do sapato da esposa enroscou no tapete e ela quase tropeçou. Henry virou, a viu e sorriu. "Querida! Bem na hora... quero que conheça Steffi Park, uma de nossas mais novas e brilhantes neurobiólogas."

A esposa foi apresentada a outras pessoas, que (ela supunha) já havia conhecido antes, embora não conseguisse lembrar os nomes. Todo mundo, inclusive a jovem asiática, a chamava de "sra. Wheeling", e todos a tratavam com muita educação.

O aperto de mão de Steffi Park era franco. Steffi Park não era acanhada. E não era tão jovem. Devia ter trinta anos, pelo menos. A pele era bonita, mas levemente amarelada, e linhas finas e brancas contornavam os olhos. Mas os olhos escuros cintilavam com uma espécie de entusiasmo intelectual. Ela e Henry Wheeling eram bons amigos, dava para ver. E a fragrância dos brilhantes cabelos pretos da mulher era tão intensa que a esposa ficou meio tonta.

Henry sorria, e Steffi Park sorria. Era uma performance conjunta impressionante — o marido apresentando à esposa exatamente a pessoa que tinha invadido a casa deles alguns meses antes, a mulher que a esposa havia surpreendido. *E eles me desafiam a reconhecê-la. A acusá-los.*

A esposa viu o arrogante casal olhando para ela de um jeito debochado, a menos que aquilo fosse pena. Viu as bocas se movendo, mas não conseguia ouvir as palavras. Sentia-se fraca. Uma sensação de frio a invadiu. Um dos guias das ilhas descrevera como a sombra dos tubarões, projetada inclusive sobre criaturas adultas das Galápagos, como as tartarugas-gigantes, provocava pânico entre elas. Era o que sentia agora. A sombra de um tubarão predador projetada sobre ela.

Atordoada, pensou: *Eles vão me matar. Não posso impedir, estou indefesa.*

6. "Maçãzinhas da morte"

"Por ser nativo, posso tocar nas folhas. Mas não façam isso, a pele de vocês vai queimar."

Eduardo parou para falar aos ouvintes sobre a macieira venenosa ao lado da trilha íngreme da ilha de Santa Cruz — as "maçãzinhas da morte" — que parecia uma macieira comum, mas com frutos anões e amarelo-esverdeados. Cuidadoso, Eduardo tocou uma folha com o dedo indicador. Não a arrancou, nem a esfregou. "A folha pode queimar um pouco até em mim. Mas se um de vocês tocar essas folhas, vai ter uma urticária dolorosa, e se tocar nos olhos depois... bom, ninguém vai querer fazer isso!"

Se fosse arrancar a folha, Eduardo continuou, o que não faria, surgiria uma seiva branca, leitosa, que dava a sensação de "fogo na pele". As "maçãzinhas da morte" eram tão venenosas que um pedaço da fruta é capaz de iniciar um processo que destrói o trato digestivo da pessoa e, depois de um tempo, provoca uma morte agonizante.

"Depois que o processo começa, nada pode interrompê-lo. Pode ser erroneamente diagnosticado como um problema estomacal. Crianças, por favor, fiquem longe da árvore. E pais, por favor, cuidem de seus filhos!"

Havia algumas maçãzinhas espalhadas no chão, inclusive na trilha. A esposa estremeceu ao pensar naquelas frutas de aparência inofensiva que mais pareciam peras deformadas do que maçãs.

Ela tomaria cuidado para não pisar em uma das maçãs envenenadas porque a polpa grudaria na sola de seus calçados de caminhada e depois poderia contaminar alguma roupa em sua mala e entrar em contato com a pele...

Como sempre, Henry estava na frente do grupo na trilha, e Audrey estava atrás de todos. Como várias outras mulheres, não se esforçava para acompanhar os caminhantes mais ágeis. Ela viu, aliviada, que Henry tinha se adiantado e passado pela fruta caída, seguindo Eduardo de perto. Estava agitado, com uma atitude brusca, e ainda usava a bengala, embora o tornozelo tivesse melhorado. Naquela manhã, ele disserá enquanto se barbeava: "Bem, chegamos ao nosso último dia nas Galápagos! E sobrevivemos". Ele havia piscado para Audrey pelo espelho, e ela tentara sorrir animada.

E pensara: *Se eu conseguir voltar para casa, nunca mais vou me expor a um risco desse tipo!*

Sob o brilhante sol matinal equatorial, seus medos da noite anterior começaram a parecer sem fundamento. Já não tinha tanta certeza de que Steffi Park, a jovem de cabelos pretos e lisos, pudesse ser a intrusa atrevida que havia invadido a casa deles meses antes...

Mesmo assim, era provável que o marido e a "neurobióloga" de cabelos pretos e lisos estivessem tendo um caso. Havia entre eles uma descontração sexual inconfundível que desanimava a esposa, que nunca havia compartilhado tal sensação com Henry Wheeling, nem mesmo no romântico início do relacionamento.

Inconfundíveis também eram os olhares de piedade dos colegas de Henry do instituto. *Pobre mulher! Tão ingênua, boba... tão cega...*

No entanto, eles não imaginavam que a vida dela estivesse em perigo. Não imaginavam como Henry Wheeling podia ser implacável, calculista, cruel.

Conversando com uma passageira na biblioteca do navio, ela ficara sabendo que os navios de cruzeiro em águas estrangeiras ou internacionais não precisavam acatar as leis dos Estados Unidos. De fato, não havia "lei dos Estados Unidos" fora do território dos Estados Unidos. O *Floreana* era registrado no Equador. Outros navios de cruzeiro com passageiros predominantemente americanos eram registrados em países tão distantes quanto a Libéria! Quaisquer crimes cometidos nos navios podiam ser investigados e processados somente pelas autoridades desses países, que eram notoriamente abertas a suborno. Nem havia nenhuma probabilidade de processos legais bem-sucedidos movidos por passageiros que, por motivos justos, se sentiam insatisfeitos ou lesados. Horrorizada, a esposa havia escutado a outra passageira, uma mulher americana mais ou menos de sua idade, contar sobre incidentes de roubo, assédio, vandalismo, extorsão, abuso sexual e estupro, agressão e até assassinato em alto-mar, e como era raro que qualquer agressor fosse preso.

A esposa estremeceu novamente. Como havia sido ingênua, e em vários sentidos!

Sentia-se fraca de medo. Podia ser vítima de um acidente no navio... Na noite escura e sem luar, poderia cair — poderia ser empurrada — do barco, e seu corpo nunca seria encontrado. Se desaparecesse da cabine, o marido relataria seu desaparecimento, ficaria "inconsolável".

Sua família poderia suspeitar de que o marido a havia matado, ou abandonado em algum lugar distante para que ela morresse. Nunca confiaram nele, e ela não dera ouvidos à família. O amor a havia isolado como uma doença. Amava muito o marido e não tinha mais ninguém em quem confiar.

Em sua imaginação, ela havia começado cartas para a irmã Imogene, de quem se afastara desde o casamento com Henry Wheeling.

Querida Imogene:

Você nem imagina onde eu estou! Em águas equatoriais, nas famosas Ilhas Galápagos, na costa do Equador.

É um lugar muito bonito e "primitivo". No começo Henry não queria que eu viesse, teve receio de que eu não fosse forte o bastante para as exaustivas caminhadas, mas estou indo bem, acho. Nunca visitei lugar mais fascinante em minha vida.

Mas essa era uma voz falsa. Era a voz da "esposa", uma invenção.

Querida Imogene:

A verdade é que estou muito envergonhada. Temo por minha vida. Tenho medo de Henry. Acho que ele está envolvido com outra mulher, uma bela neurobióloga chinesa que deve ser uns trinta anos mais nova que Henry. Ele a contratou para trabalhar no instituto. Ela esteve em nossa casa, esteve em nosso quarto! Acho que Henry espera que sua esposa, a atual esposa, desapareça de sua vida.

Aconteceram quase-acidentes. "Acidentes" que poderiam ter sido fatais.

Lembro de como você e os outros tentaram me prevenir contra Henry Wheeling. Estou doente de vergonha por não ter ouvido vocês. Porque temo que estavam certos, e se nunca mais os vir... amo vocês.

Não deixe meu marido herdar meus bens! Eu imploro.

Mas a verdade é mais complicada. Eu amo Henry. Minha desconfiança é como uma paralisia ou um veneno. Tenho medo de que tudo isso seja um engano, de que minhas desconfianças sejam um erro e eu tenha julgado mal um homem inocente. Porque acredito que a qualquer momento o homem que tanto me amava vai voltar e que seremos felizes de novo.

Sua irmã querida
Audrey

Ela escreveria essa carta rapidamente, assim que tivesse algum tempo e privacidade a bordo do *Floreana* mais tarde, e a deixaria com o diretor do cruzeiro — "Para o caso de acontecer alguma coisa comigo".

Agora, enquanto os outros passavam cuidadosos pela árvore venenosa, a esposa parou para amarrar o sapato. Ninguém olharia duas vezes para ela, agachada, amarrando o sapato. Nos bolsos profundos da calça cargo, ela havia guardado maços de lenços de papel. Com cuidado, usou esses lenços para pegar várias maçãzinhas murchas no chão, embrulhou-as e guardou nos bolsos.

Um dedal de veneno. *Se eu morder uma maçã, vai ser o fim.*

A esposa lembrou o fim terrível de *Madame Bovary*, de Flaubert. O romance era um de seus favoritos, mas ela nunca havia se conformado com o fato de Emma Bovary não ser uma heroína, mas uma vítima tola de mentalidade romântica. Infeliz no amor, completamente endividada, a pobre Emma imaginou um lânguido adormecer, mas morreu de um jeito horrível, vomitando e sofrendo convulsões depois de ter engolido arsênico.

A esposa nunca se comportaria com tanto desespero. Nunca tomaria veneno, tinha certeza. Mas... há um consolo melancólico em ter à mão um veneno tão poderoso...

Ela correu para alcançar os outros, que já desciam a encosta para uma área mais verde e pantanosa daquela ilha povoada por tartarugas-gigantes. Ali acontecia o ponto alto da aventura nas Galápagos — as famosas tartarugas-gigantes, as maiores da espécie. Vistas de uma pequena distância, essas criaturas pré-históricas não pareciam excepcionalmente grandes, porque o olho humano, ou o cérebro, "corrigia" seu tamanho. Mas quando se chegava mais perto delas, dava para ver que eram enormes e se moviam com lentidão glacial e dignidade, como Volkswagens feitos de casco de tartaruga. As pernas eram grandes, escamosas e de aparência emborrachada. A cabeça era careca e impassível. Os olhos eram redondos e imóveis, assustadores de olhar.

Também estou viva, como você. Mas vou viver mais que você.

"Por favor, não se aproximem das tartarugas. Elas podem parecer sonolentas, mas têm muita consciência da nossa presença. Seus sentidos são aguçados."

Em um campo lamacento havia várias das enormes tartarugas. Cada uma pesava, de acordo com a avaliação de Eduardo, mais de trezentos e cinquenta quilos. Podiam ter um século de idade, pelo menos. O coração batia muito devagar. Elas conseguiam prender o fôlego embaixo d'água por oito horas. Moviam-se lentamente, mas com deliberação. Podiam levar até dois meses para chegar no mar, mas chegariam lá e voltariam. Não tinham predadores naturais, exceto, quando filhotes recém-saídos do ovo, o falcão-das-galápagos.

Eduardo avisou que, se você chegasse muito perto de uma tartaruga, ela demonstraria desagrado emitindo um som rouco, uma fungada, e recolhendo pescoço, cabeça, patas e cauda no casco — "E aí você só vai ter o casco para olhar".

Era um casco estranhamente bonito, a esposa pensou. Em transe, a esposa olhava, enquanto os outros tiravam fotografias.

... viver mais que você. Que todas vocês.

Criaturas pequenas e bobas que ficam em pé e desejam, desejam, desejam.

Navegantes matavam as grandes tartarugas desde o século XVI. Comida, óleo, casco. A humanidade era o predador mais voraz e impiedoso. Na metade do século XX, as criaturas caminhavam para a extinção. Na década de 1970, restavam menos de três mil nas Galápagos. Felizmente, o governo do Equador interferiu e criou o Parque Nacional Galápagos.

E a história da matança se repetiu. Espécies não nativas erradicadas em massa para assegurar um ambiente estável para as tartarugas. A esposa entendia a lógica, é claro. Mas... era muito derramamento de sangue a serviço da ecologia!

Foi reveladora para a esposa a demonstração de como a vida é precária. Essas grandes tartarugas, que pareciam imunes ao mal humano, eram altamente vulneráveis, na verdade. Bodes podiam dominar suas ilhas e devorar seus suprimentos de comida. Em poucos anos, elas desapareceriam completamente da terra. Subespécies inteiras de tartarugas já haviam desaparecido, para aparecer de forma modificada em pentes e armações de óculos. Era uma coisa horrível, a vida devorando a vida. Mas o desaparecimento, a extinção, isso parecia ainda mais terrível.

A esposa considerava a precariedade da própria vida. Para sobreviver, teria que ser muito vigilante. Não tinha sido treinada para isso, havia vivido uma vida protegida por mais de quarenta anos, mas agora teria que tomar decisões.

Desespero, astúcia.

Adaptar-se a circunstâncias que mudavam.

Você pode acreditar que é relativamente forte e autossuficiente, mas sua sobrevivência (física) depende de uma feliz confluência de temperatura, chuva e comida. Chuva demais, ou de menos — você morre. E ninguém vive além do que permite seu suprimento de comida, por mais que tenha um cérebro desenvolvido, ou que seja uma boa pessoa.

A maior parte das criaturas das Galápagos, os grandes répteis, viviam em um torpor de semiconsciência. O tipo mais primitivo de vida, de vertebrados. Não tinham ideia de quanto estavam "ameaçados".

"Aqui dá para ver o interior do casco. Estão vendo? Não é um casco 'destacável', como as pessoas às vezes pensam, mas parte da coluna da criatura." Eduardo os havia levado a uma área gramada embaixo de um toldo, onde havia um casco de tartaruga em exposição. Era uma imagem chocante — o casco grande, bonito, sem a criatura dentro dele. Quando Eduardo o levantou com algum esforço, foi possível ver os restos cartilaginosos da coluna do animal. Eduardo convidou algumas crianças a engatinhar para debaixo do casco para que fossem fotografadas pelos pais.

A esposa sentiu uma espécie de mágoa, um insulto — a gigantesca tartaruga era uma criatura nobre demais para ter seu casco fotografado desse jeito!

"Acho que você não devia fazer isso", disse Audrey. "Acho... é como um sacrilégio com o animal..."

Várias pessoas concordaram. Mas Eduardo não ouviu, ou fingiu não ouvir. Uma a uma, as crianças engatinhavam para baixo do enorme casco, e os pais tiravam fotos.

Os olhos da esposa se encheram de lágrimas. Ah, isso era ridículo! Não era razoável ficar triste pela carapaça de uma tartaruga, um vazio...

O marido apareceu ao lado dela como se sentisse compaixão. Ele também havia se incomodado com a apropriação indevida do casco, o qual vinha fotografando até Eduardo fazer o convite às crianças.

"Tudo bem, querida? A trilha de hoje foi difícil. O sol está forte."

O marido tocou seu pulso. A esposa sorriu para ele, ofuscada pela luz.

Tomada por uma onda de alívio, ela pensou: *É claro que esse homem não está tentando me matar. Ele é meu marido e me ama, não quer que eu morra.*

7. Convés da lua revisitado

“Querida? Hoje tem lua, finalmente. Lua cheia.”

Era a última noite deles no *Floreana*. Músicos itinerantes divertiam os passageiros durante o jantar, e toda a tripulação e os guias das Galápagos usavam festivos figurinos equatorianos. Até o respeitável Eduardo usava um chapéu de papel machê e uma camisa colorida, e posava para as fotos dos passageiros.

“Obrigada, Eduardo!” A esposa também tirou uma foto, embora agora estivesse secretamente decepcionada com ele.

Durante o jantar, a esposa tomou duas taças de vinho, e normalmente ela não bebia nenhuma. O marido havia providenciado para que alguns colegas do instituto sentassem à mesa deles, gente com quem ele podia conversar sobre assuntos científicos. Os estranhos simpáticos que dividiam a mesa com eles desapareceram, a esposa não sabia para onde.

O marido frequentemente se comportava desse jeito. Nos bastidores, ele bania, demitia, “encerrava” — às vezes empregados, assistentes, amigos e conhecidos. Esposas.

Se a esposa perguntasse o que havia acontecido com seus companheiros de mesa, ele responderia sorrindo: “Quem?”.

Pelo menos, o marido não havia colocado Steffi Park à mesa deles. Ou Steffi Park havia recusado o convite por consideração à esposa.

Como a esposa, oito anos atrás, várias vezes se recusara a acompanhar Henry Wheeling em eventos por consideração à sra. Wheeling da época.

Boa parte do jantar passou como um borrão para a esposa. Não estava acostumada a beber, e o ar de festividade frenética era desnorteante. Não conseguia deixar de olhar pela sala cheia tentando localizar a bela jovem asiática de cabelos pretos que viu, ou pensava ter visto, em um canto afastado.

O assunto durante a refeição foi o projeto das Galápagos de manutenção de espécies ameaçadas por intermédio da “erradicação” de espécies indesejadas. No começo o projeto havia provocado controvérsia entre os grupos de defesa dos direitos dos animais, mas o sucesso havia feito dele um modelo ecológico para agências do mundo todo.

É claro, Henry e seus colegas cientistas estavam totalmente de acordo com o projeto de matança para a manutenção de espécies privilegiadas. Era um princípio científico, não um tema aberto a debate. Em silêncio, a esposa ouviu até que, finalmente, tomada de coragem por causa do vinho, protestou: "Mas as espécies 'introduzidas' também evoluíram, não? Elas não têm nenhum interesse biológico?".

Os homens olharam para ela como se fosse uma criatura treinada, um papagaio, talvez, que falava seu idioma de maneira quase incoerente.

"Audrey, querida, os bodes não atraem nenhum interesse ecológico, não são uma espécie em perigo de extinção! Várias espécies das Galápagos estavam em risco e agora foram estabilizadas. Se as espécies 'introduzidas' não tivessem sido erradicadas, as espécies das Galápagos teriam desaparecido. Não haveria Galápagos agora, só ilhas de bodes." Henry falava com simpatia, como se explicasse o assunto para um indivíduo de pouca inteligência cujos sentimentos ele não deveria ferir. Os outros homens riram. "Os bodes dominaram algumas ilhas e devoraram a maior parte da vegetação, e as tartarugas precisam dela para sobreviver. E os gatos comiam as aves..."

"Mas o guia disse que eles não 'ajudam' os animais. Não 'interferem'. Mas é evidente que sim, interferem e ajudam."

"O objetivo era restaurar as ilhas ao estado pré-intervenção humana. Esse era o objetivo, e parece ter funcionado bem."

"Parece errado matar seres vivos. É só matança... um terrível banho de sangue, e ninguém se incomodou."

A esposa falava sem controle. O vinho parecia ter banido sua reticência natural. Os homens ouviam com respeito, e só o marido respondia: "Indivíduos não importam, querida. Espécies importam. Ninguém matou espécies inteiras, só as subespécies nas ilhas. Talvez devêssemos mudar de assunto agora, pois parece que você está se emocionando demais".

A esposa insistiu com teimosia: "Mas no século XX, os bodes também teriam sido uma espécie estabelecida. Foram 'introduzidos' por seres humanos como as espécies foram 'introduzidas' por aves, pelo vento ou por outros animais... Não é isso que significa evolução?".

"Não! Os bodes não estavam entre as espécies originais."

"Mas... não foi isso que os nazistas disseram sobre os judeus e ciganos? Não eram arianos, não eram espécies nativas, e por isso tinham que ser erradicados."

Henry agora estava furioso com ela. Os colegas dele desviavam os olhos, constrangidos.

"Acho que devemos mudar de assunto, Audrey. Você não sabe do que está falando e está fazendo papel de boba."

"Mas... eu só estava defendendo os bodes. Por que os bodes das Galápagos não eram uma subespécie interessante de *bode*? Estavam aqui havia trezentos anos. Por que nenhum biólogo se importou com eles?"

Mas era inútil. Os bodes (dizimados, banidos) eram indefesos. Como uma voz solitária e erguida entre os teóricos do nazismo — *E os judeus, os ciganos, as minorias "desprezadas", o reconhecimento dessas raças não nativas, o reconhecimento do horror da "mistura de raças" e a "mongrelização"... ninguém defenderia essas subespécies? Nenhum biólogo? Ninguém?*

Ninguém.

A sobremesa foi servida. E, com a sobremesa, um vinho doce.

Tinha mousse de framboesa e uma torta cremosa amarela-esverdeada. Tinha um doce que era uma espécie de ambrosia de banana com manga. As sobremesas no *Floreana* eram exóticas, deliciosas. O marido apreciava sobremesas requintadas como essas, mousses, *crème brûlée*. A esposa havia aprendido a preparar essas sobremesas para ele e para os jantares festivos; sentia-se grata pelos elogios do marido, que não eram fáceis.

Com cuidado, ela removeria as "maçãzinhas da morte" dos lenços de papel em que haviam sido embrulhadas. Viu-se amassando as pequenas maçãs até fazer um purê na privacidade da cozinha de casa. Se despachasse a mala maior, as maçãs não seriam detectadas. Embrulharia as frutas em camadas de roupa, roupas íntimas. Não as tocaria com os dedos desprotegidos.

Usaria o liquidificador para bater o purê amarelo-esverdeado e transformá-lo em líquido. Adicionaria creme e uma colher de chá de licor. Serviria o doce em uma taça especial de sobremesa, que o marido admirava especialmente, parte de um jogo de cristal que era herança de família e havia sido presente de casamento.

Para si mesma, faria uma sobremesa que imitasse a aparência da iguaria do marido. Como os iguanas-marinhos que eram tão parecidos com seu habitat de rocha vulcânica que mal podiam ser diferenciados, a sobremesa da esposa (iogurte, banana) imitaria a sobremesa (letal) do marido.

O marido confiava totalmente na esposa. Porque ela jamais dera motivos para desconfiar dela. Ele comeria a sobremesa sem fazer perguntas, nunca desconfiaria. Mesmo quando começasse a passar mal, e quando começasse a passar muito mal, o marido nunca desconfiaria.

"Querida? A lua finalmente apareceu. Vamos!"

Sem muita firmeza, a esposa tentou resistir com a desculpa de estar se sentindo meio tonta depois de um dia inteiro sob o sol equatorial, e de várias taças de vinho, mas o marido disse: "É nossa última noite no *Floreana.* Nossa última noite nestas 'ilhas encantadas'. Amanhã vamos para casa".

A palavra *casa* pronunciada de um jeito que rimava com *morte*.

O marido segurava a mão da esposa como alguém pode segurar um passarinho agitado para imobilizá-lo. Mão cativa. A esposa pensou: *Não escrevi para Imogene. Ela jamais vai saber.*

Era tarde: quase meia-noite. No convés do segundo andar, na proa iluminada do navio, passageiros riam e dançavam. Músicos equatorianos tocavam alto.

"Não, querida... o Convés da Lua. Mais um andar."

A esposa não tinha escolha senão acompanhá-lo. Não podia gritar, ninguém a ouviria. E por que gritaria? Não havia perigo, Henry segurava sua mão de um jeito protetor.

Eles subiram ao Convés da Lua. Ventava muito ali, e o cheiro de óleo ainda era forte. Estava muito escuro. Antes, a esposa tinha visto uma lua cheia pálida, mas agora, estranhamente, a lua parecia ter desaparecido.

Nuvens da cor de asfalto cobriam o céu por todos os lados, como uma tenda bem presa ao chão. Quando o vento soprava mais forte, a esposa não conseguia respirar.

A esposa se preparava para virar à direita, em direção às luzes na proa deserta do navio, mas o marido a segurou pelo braço com delicadeza e disse: "Por aqui, Audrey", e a conduziu para a esquerda, para a escuridão profunda.

05

Mãezona

"Droga, Violet... você é uma *mentirosa* sem-vergonha."

A mãe estava aborrecida com ela de novo. Mas como a mãe *adivinhava* que Violet não estava dizendo a verdade? Ela conseguia *ler sua mente*?

Sim, havia tirado alguns dólares da carteira da mãe. Não as notas de valor alto (vinte, cinquenta), mas as pequenas (um, cinco), e tinha deixado muito mais do que levado. A mãe usava cartões de crédito, raramente dinheiro. Mas lá estava ela, furiosa e criando confusão como se ela tivesse roubado mil malditos dólares.

"Foi ao shopping? Com quem? Como chegou lá? Pegou o ônibus? Alguém deu carona pra você? Quem? Como voltou? Onde esteve? Já passa das seis."

Já passa das seis. E daí? Violet fez uma careta que, por sorte, a mãe não viu, ou teria levado uma bofetada.

Na presença quente e vibrante da mãe, Violet exibia a expressão mal-humorada. Era uma máscara hermética de algum tecido como cetim ou seda, que podia usar para cobrir o próprio rosto. Como no Halloween. Naquela manhã, na escola, havia tomado emprestado o batom novo da amiga Rita Mae, um batom marrom-escuro, quase preto, que dava à boca uma aparência muito sexy (ela achava), e por isso havia sido seguida pelo olhar dos garotos mais velhos depois da aula.

O problema era que havia esquecido de limpar o batom antes de voltar para casa. A primeira coisa que a mãe disse ao vê-la foi: "Você! Na sua idade! Parece uma... uma...". A voz dela fraquejou, incapaz de pronunciar a palavra que Violet temia ouvir.

E a segunda coisa: "Como se atreve a pegar meu dinheiro? Quanto pegou?".

Por trás da máscara mal-humorada, Violet murmurou alguma coisa que soou como *Não sei* ou *Não peguei nada*.

"Não sabe que o shopping é *perigoso*? Que ficar lá é *perigoso*?"

Por trás da máscara, Violet resmungou alguma coisa incompreensível. Podia ser *Aham*, ou OK, ou *Nem*.

"Eles não avisam na escola? Ou você não *escuta*? Crianças foram 'raptadas' aqui... uma de dois anos foi levada do quintal de casa, com a mãe do outro lado de uma porta de tela falando ao telefone. E tem uma menina de cinco anos desaparecida há uma semana, a mãe estava comprando alguma coisa na JCPenney e, quando virou, *a menininha tinha sumido*. E antes de nos mudarmos pra cá, um garoto de três anos sumiu *de dentro da própria casa* a três quarteirões daqui. Todos eles... *desapareceram sem deixar rastro*."

"Caramba, mãe! Essas crianças eram *pequenas*."

"Como assim, 'eram'? Por que diz que 'eram'?"

"Quero dizer... são *crianças bem pequenas* que alguém pegou e levou embora, foi bem fácil. Não é como..."

"E você é muito 'grande'... *você*? Tem treze anos e pesa... quanto? Quarenta quilos?"

O rosto de Violet ficou vermelho como se a mãe lhe tivesse dado uma bofetada. Ela era *baixinha para a idade* e *gorda para sua altura*. Na verdade, Violet pesava quarenta e três quilos. E media só um metro e quarenta e oito centímetros. Era uma das meninas mais baixas do oitavo ano.

Pior ainda, estava desenvolvendo seios e quadril, carne macia e esponjosa que ela *simplesmente odiava*, e invejava as meninas magricelas que a olhavam com desprezo, quando não pena. Até Rita Mae, que era praticamente sua única amiga, tinha pena dela.

Envergonhada, furiosa, Violet subiu correndo. Passos pesados na escada para mostrar à mãe o que pensava dela. Nada a incomodava tanto quanto seu *peso*, sua mãe cruel não sabia disso?

A mãe gritava ao pé da escada: "Sei que pegou dinheiro e quero de volta, Violet, *cada centavo, eu quero de volta*".

Violet bateu a porta do quarto. O coração batia muito acelerado. Sentia os lábios inchados como se tivesse realmente levado um tapa.

"Odeio, odeio, odeio você. Queria estar morta." E, pensando melhor: "Queria que *você estivesse morta*".

Não conseguia parar de chorar, lágrimas quentes e rápidas, porque ir ao shopping depois da aula com Rita Mae Clovis e Carliss LaMotte havia sido uma ideia idiota, já que as outras meninas tinham ainda menos dinheiro que Violet e pediram "emprestado" para ela. Por isso, na verdade, Violet havia pegado o dinheiro — só dezessete malditos dólares! —, porque Rita Mae tinha sugerido. "Sua mãe nem vai perceber. Lá em casa, só meu pai tem dinheiro na carteira, mas ninguém consegue tirar a carteira *dele*." Violet queria tanto agradar a Rita Mae e à outra garota, amiga de Rita Mae, que havia seguido seu conselho. Agora, a mãe nunca mais confiaria nela.

Não foram de ônibus ao shopping depois da escola. Pegaram uma carona com um aluno do último ano do ensino médio, um garoto que Carliss conhecia e que trabalhava no New Liberty Mall. Na volta, pegaram carona com alguns caras mais velhos que Rita Mae disse conhecer, duas delas (Violet e Carliss) espremidas no fundo da perua que cheirava a cerveja derramada, cigarros velhos e roupas de ginástica sujas, e o espaço era tão apertado que Carliss (rindo como uma idiota) teve que sentar no colo de um dos garotos, e Violet ficou esmagada contra a porta, ignorada. Todo mundo ria alto e se comportava como idiota, menos Violet, que olhava pela janela e queria estar em qualquer outro lugar, inclusive morta, porque era evidente que os caras não tinham nenhum interesse *nela*.

Na South Valley Middle School, Violet Prentiss era "nova": uma aluna transferida.

Ela odiava South Valley! Duas vezes maior que sua antiga escola, onde tinha três boas amigas, pelo menos, meninas que conhecia desde o jardim da infância. Na escola nova, a menos que usasse batom Beijo da Meia-Noite e pintasse as unhas de marrom, desenhasse uma tatuagem falsa na parte interna do braço, uma rosa preta, e "furasse" a orelha com um grampo prateado como Rita Mae Clovis havia lhe ensinado, Violet era totalmente invisível.

Mudaram-se para aquela cidade a apenas vinte e oito quilômetros ao sul de sua antiga cidade porque o Wells Fargo transferiu a mãe dela, que não teve opção senão mudar de endereço. A mãe disse que foi uma sorte não ter sido *cortada*, só *transferida* para uma agência do banco em um bairro que crescia rapidamente, muito mais rápido do que jamais havia crescido o lugar onde Violet e a mãe moravam desde que ela conseguia lembrar.

(Se Violet tentasse lembrar antes disso, as coisas ficavam confusas e nebulosas, como aquarela deixada na chuva. A memória do homem de cara engraçada, barbuda e com cheiro de cerveja que era seu pai fazia Violet sufocar e querer *chorar*.)

Era verdade o que a mãe de Violet dissera, que crianças pequenas *desapareciam* naquela região. Duas meninas, um menino — só nas últimas seis semanas —, e ninguém tinha ideia do que havia acontecido com eles. A polícia local e estadual "investigava todas as pistas", mas ainda "não tinha feito nenhuma detenção". Estranhamente, também haviam desaparecido animais de estimação — gatos, cachorros, coelhos. Na verdade, os animais começaram a sumir há um ano, pelo menos, e sumiram em número muito maior do que as crianças. Assim que Violet e a mãe se mudaram para o novo apartamento, elas começaram a ver cartazes tristes nas lojas, nos muros e cercas, fotos de crianças desaparecidas, gatos desaparecidos, cachorros desaparecidos, coelhos desaparecidos com títulos como DESAPARECIDO ou VOCÊ ME VIU?

Algumas fotos dos cachorros, gatos e coelhos eram tão *fofas* que Violet sentia vontade de chorar por pensar que estavam perdidos. As fotos das crianças ela nem olhava com muita atenção.

Pessoas mais velhas, como a mãe de Violet, diziam que era estranho não haver mais *sequestros* nos Estados Unidos, apenas *raptos*. Violet perguntou qual era a diferença entre *sequestro* e *rapto*, e a mãe respondeu: "Se uma criança é sequestrada, os sequestradores entram em contato com os pais para pedir um 'resgate'. E a criança pode ser devolvida. Era assim nos velhos tempos! Agora, a criança é simplesmente levada...".

E nunca mais se ouve falar dela, Violet pensou com um arrepio de animação.

Na South Valley Middle School as *crianças desaparecidas* eram mencionadas com o mesmo tipo de arrepio animado. Ninguém sabia nada sobre as crianças e suas famílias, e eram só as "crianças pequenas" que estavam em risco, não as mais velhas, por isso os garotos mais cruéis faziam piadas sobre os raptos. (Violet se incomodava com essas piadas. Mas, algumas vezes, ela se envergonhou por rir com os outros.)

Na assembleia da escola, a diretora (uma mulher atarracada e agitada chamada sra. Flanagan) se dirigiu aos alunos com uma voz grave, avisando para não se deixarem "atrair" para um carro com um estranho, e não voltarem para casa sozinhos, se fosse possível evitar. "Usem o bom senso, crianças! Vocês já têm idade suficiente para ficarem vigilantes. Se perderem o ônibus escolar, informem à secretaria imediatamente. Não andem sozinhos pela rota de caminhões em nenhum horário. *Não saiam depois que escurecer, nem mesmo com um amigo.*"

A polícia tinha uma teoria sobre os raptos serem obra de caminhoneiros de fora do estado, homens que dirigiam veículos enormes pelo Ajax Boulevard e entravam na estadual 103 além dos limites da cidade. Isso explicaria como as crianças haviam simplesmente desaparecido. Seria fácil carregar as vítimas dentro de um caminhão de armazenamento.

(Principalmente se o freezer fosse grande! — os meninos riam.) A polícia relatava "tentativas de rapto" por caminhoneiros no Ajax Boulevard, mas infelizmente as vítimas não conseguiram ver as placas do caminhão, só notaram que, pela cor, eram placas de *outros estados*.

(Violet descobriria que o irmão mais velho de Rita Mae Clovis, Emile, era uma das testemunhas que havia relatado à polícia o que viu, ou quase viu: um caminhão parou em um farol vermelho, e o motorista abriu a porta e tentou "arrastar um menino para dentro do caminhão" antes de o farol abrir. Mas o farol ficou verde antes que ele conseguisse puxar o garoto para dentro da cabine, e o motorista, que "devia ter quase dois metros e pesar uns cem quilos, com um daqueles bigodes caídos como os homens usavam no México e pele escura", como Emile dissera, teve que ir embora.)

As pessoas discutiam se os *animais desaparecidos* tinham alguma coisa a ver com as *crianças desaparecidas*. Não era provável que os caminhoneiros (se é que os caminhoneiros raptavam as crianças) se incomodassem com cachorros, gatos e coelhos, se podiam levar crianças. Mas seria coincidência que crianças, gatos, cachorros e coelhos de estimação fossem levados ao mesmo tempo por pessoas diferentes?

Até então tinham sido oito gatos, cinco cachorros, uma dúzia ou mais de coelhos, todos *desaparecidos*. Cada um deixava para trás uma família desolada, inclusive crianças.

Ao falar sobre os *desaparecimentos*, Rita Mae dissera com um arrepio: "Fico pensando onde eles *estão*. Parece que os pobrezinhos podem estar todos no mesmo lugar".

"Em algum tipo de paraíso, você acha?", Violet perguntou.

Rita Mae riu: "Ou inferno".

VALLEY GARDEN APARTMENTS era a inscrição na placa que ficava na frente do prédio onde Violet e a mãe dela moravam, um lugar que parecia um hotel de dois andares com o reboco cor de laranja desbotado. "Garden" devia ser algum tipo de piada, porque não havia nenhum jardim que Violet conseguisse ver das janelas do primeiro andar, só um estacionamento com luzes de lasers que ultrapassavam as cortinas do quarto dela e mantinham Violet acordada à noite. A mãe dizia que o apartamento "era bom" e, de qualquer maneira, era "só temporário", e Violet nem se incomodava em contradizê-la, porque era muito deprimente.

Só temporário? Tipo, para o resto da vida delas?

A mãe de Violet podia deixá-la na escola (cinco quilômetros de distância) antes de ir trabalhar, mas voltar para casa da escola era um problema. Que ônibus comuns ela pegaria se perdesse o ônibus escolar das 15h30 de cuja lista fazia parte? (Violet nunca havia "perdido" o ônibus escolar, exceto de propósito. Já na primeira semana de aula, havia passado a temer e odiar o ônibus escolar, porque o motorista era indiferente aos garotos mais velhos que importunavam crianças menores e meninas. O motorista parecia nem notar como Violet havia se tornado alvo de vários garotos do nono ano, que a atormentavam por ser nova e fácil de intimidar. *Eles estão só brincando, se não aguenta uma piada, como vai sobreviver no mundo real?* O fato de a motorista ser uma mulher tornava tudo pior, de algum jeito.)

Violet sabia que não devia se queixar com a mãe, que ficaria histérica e ligaria para ameaçar a diretora da escola ou quem a atendesse. Se o bullying parasse, seria apenas por alguns dias, e depois eles começariam tudo de novo, e seria ainda pior.

Então, quando Violet "perdia" o ônibus escolar, tinha que pegar um ônibus comum, o que significa andar até a Meridian Avenue e pegar o ônibus que passava a cada vinte minutos. A menos que fosse até o Curtiss Boulevard, onde um ônibus passava a cada trinta minutos. Mas, às vezes, ela ficava confusa, ou com medo, e acabava pegando um ônibus que a deixava a quinhentos metros de casa, do outro lado de uma rua movimentada. Era tudo muito exaustivo!

A mãe não gostava que Violet pegasse os ônibus comuns e não queria que ela fosse pegar o ônibus no Curtiss Boulevard, que tinha um tráfego de caminhões quase tão intenso quanto o Ajax Boulevard. Então, Violet deixava a mãe acreditar (não era exatamente mentir, certo?) que ela voltava para casa quase sempre no ônibus escolar, sem nenhum problema.

Quando o tempo piorasse no inverno, ela ia sofrer muito, Violet imaginava, mas a verdade é que algo tão maravilhoso aconteceu na última semana de setembro que ela nunca mais teve que se preocupar com aqueles malditos ônibus velhos.

Estava andando em direção à Meridian Avenue, quando ouviu: "Violet! Ei! Quer carona?". Ela olhou em volta e viu uma menina de sua turma na escola acenando para ela da janela de uma perua com para-choques sujos de lama e riscos nas laterais, um carro que parecia bem velho.

Que bela surpresa! Violet nem acreditava na própria sorte. Tinha notado Rita Mae Clovis na escola, mas era tímida demais até para sorrir para a menina magra que usava piercings prateados nas orelhas, sobrancelhas e no nariz, e batom marrom. No oitavo ano!

É claro que Violet *aceitou*. Subiu no banco de trás da perua e sentiu um cheiro delicioso — rosquinhas cobertas de açúcar e hambúrguer com ketchup. (Tinha embalagens de comida no chão.)

"Oi, 'amiga da Rita Mae', eu sou o pai da Rita Mae, Harald Clovis."

O sr. Clovis sorria para Violet pelo espelho retrovisor. Ele era um homem de aparência simpática com cabelos claros e ondulados na altura dos ombros, e sobrancelhas tão grossas que faziam Violet pensar em lagartas em um livro infantil para colorir, uma coisa que faz sorrir, e não se afastar assustada.

Era estranho e maravilhoso como, desde o começo, Violet não se sentia acanhada com os Clovis. Sorria e dava risada e se sentia *muito grata* por estar onde estava, não na gelada Meridian Avenue esperando uma porcaria de ônibus.

Rita Mae era muito mais simpática com Violet do que jamais havia sido na escola. Ela disse ao pai que Violet era "a garota mais esperta" do oitavo ano, o que fez Violet rir, porque não era verdade, mas a ideia por trás do comentário era generosa, embora meio boba. Violet riu e ficou vermelha como se Rita Mae tivesse se debruçado sobre o encosto do assento para fazer cócegas nela. E lá estava o sr. Clovis olhando para ela pelo retrovisor, sorrindo.

"Bem, espero que Violet se torne sua amiga, Rita Mae. Você precisa de influência inteligente, não de mais burrice."

Violet descobriria que toda a família Clovis falava daquele jeito, fazendo comentários engraçados como se participassem de uma conversa num programa de TV que se mantinha sempre e aparentemente sem nenhum esforço. Era de se esperar muitas risadas com esse tipo de conversa.

O sr. Clovis perguntou a Violet sobre a família dela, e Violet contou poucas coisas de um jeito constrangido. Mas ela não revelou que ninguém a esperava dentro do apartamento no Valley Garden e que a mãe só voltava para casa às sete da noite. Em algumas noites, ela só chegava às dez, e quando isso acontecia, seu hálito tinha um cheiro que misturava alho, cerveja e fumaça de cigarro. Nojento!

O sr. Clovis conseguiu arrancar de Violet a informação de que a mãe a criava sozinha e de que ela era filha única. Ele deve ter achado essa informação valiosa, porque sorriu e piscou para Violet pelo retrovisor como se ela tivesse dado as respostas certas para questões difíceis.

"Rita Mae, ainda sobrou alguma rosquinha? Oferece pra sua amiga Violet."

Violet havia jurado não comer coisas que engordam, coisas deliciosas como rosquinhas com cobertura de canela, especialmente entre as refeições, mas não podia recusar a generosidade do sr. Clovis.

"Ah, *obrigada*, sr. Clovis!"

"Não tem de quê, 'amiga da Rita Mae'."

No começo havia parecido uma feliz coincidência — "Sincronicidade", o sr. Clovis havia chamado — que Violet estivesse andando pela rua quando a perua do sr. Clovis se aproximava, pelo menos duas vezes por semana. Então, um dia na escola, Rita Mae disse a Violet que ela podia pegar carona para casa sempre que precisasse. "Meu pai gosta muito de você, Violet. Ele diz que você é *especial*." Aquilo foi tão incrível que Violet teve que enxugar as lágrimas dos olhos. Rita Mae parecia constrangida, mas satisfeita. Na perua, o sr. Clovis disse com seu sorriso radiante: "Ei, não é trabalho nenhum, Violet. É nosso caminho mesmo".

Às vezes, havia mais um ou dois filhos da família no carro com Rita Mae, e foi assim que Violet conheceu Trissie e Calvin, ambos mais novos que Rita Mae. Depois de um tempo ela conheceu Eve, que era mais velha e estava no ensino médio, e Emile, que era o mais velho e tinha desistido do South Valley High um ou dois anos atrás.

Todos os filhos dos Clovis eram simpáticos, e todos se interessaram por *ela*.

E de repente Violet também tinha amigas na escola, as amigas de Rita Mae, pelo menos, com quem podia sentar no refeitório e almoçar, em vez de se encolher sozinha em uma mesa de canto, torcendo para alguém se juntar a ela e, ao mesmo tempo, morrendo de medo disso.

Quase da noite para o dia, Violet parou de odiar a escola. De fato, começou a esperar com entusiasmo pela escola todas as manhãs.

"Está fazendo amizades, não está? Eu falei que isso aconteceria."

A mãe de Violet era muito *convencida*. Mas Violet estava feliz demais para se incomodar.

Uma vez, quando estavam a caminho de sua casa e eram só ela e Rita Mae na perua, e Violet estava no banco da frente ao lado de Rita Mae, o sr. Clovis levou as meninas ao Edgewater Park, onde comprou sorvete para os três. Violet hesitou por uma fração de segundo, porque se desesperava com o fato de ser *tão gorda*, comparada às meninas que mais admirava na escola, mas acabou aceitando — "Sr. Clovis, obrigada!".

Quando Rita Mae foi ao banheiro do parque, o sr. Clovis disse a Violet num tom terno: "Qualquer amiga da minha filha é minha amiga. Sem dúvidas!".

Aquilo quase partiu o coração de Violet, aquelas palavras que eram quase como uma letra de música. E o jeito como o sr. Clovis tocou sua nuca de leve, como se afagasse um gato nervoso. Teria se afastado, mas... *estava muito feliz.*

Em outubro, como a mãe de Violet nunca estava em casa, Violet era convidada frequentemente para ir à casa de Rita Mae, algumas vezes para ficar para o jantar.

Violet tinha motivos para acreditar que a mãe também fazia novas amizades. Tinha escutado a mãe cantando no banheiro e sentido o cheiro do perfume novo, e havia percebido que ela se maquiava com mais capricho.

Acha que me importo? Não me importo.

Odeio você.

Os Clovis começavam o jantar cedo, entre cinco e cinco e meia da tarde. Na maioria dos dias havia muito movimento na cozinha, até a refeição ser servida. Era comum a família entrar e sair da cozinha até o início da noite — ninguém tinha pressa de tirar a mesa ou lavar a louça, nem mesmo de levar os pratos para a pia, como a mãe de Violet fazia questão de fazer, com a ajuda da filha, depois de cada refeição. ("Minha mãe diz que uma cozinha suja 'cria bactérias'", Violet falou para Rita Mae, esperando que a amiga risse debochada. Mas Rita Mae respondeu séria: "Ai, *nojento*. Vi na televisão uma vez como é uma *esponja de cozinha* vista pelo microscópio. Senti ânsia de vômito". Mas ninguém se incomodava muito com as condições higiênicas da cozinha dos Clovis, ou de qualquer lugar da casa deles.)

Faltava alguma coisa ou alguém na casa dos Clovis — no começo, Violet não conseguiu pensar o que era. *Ou quem.*

Diferentemente da mãe de Violet, que estava sempre resmungando sobre "nutrição", "comida orgânica", "gordura ômega", o sr. Clovis deixava os filhos comerem o que quisessem, e quanto quisessem. *Ele* não resmungava. Para o sr. Clovis, uma "refeição gourmet" era pizza comprada a caminho de casa, em vez de pizza congelada aquecida no micro-ondas. Uma refeição "ultragourmet" era comida pedida no Tong Lee Chinese Kitchen, embalagens pingando molho cheio de óleo e açúcar e arroz branco grudento e biscoitos da sorte em pacotes de celofane. O sr. Clovis levava para casa pacotes grandes do McDonald's, Kentucky Fried Chicken, Taco Bell, Wendy's e Dunkin' Donuts, que colocava em cima da mesa da cozinha com um sorriso e comentários como: "Oi, crianças! Hora do rango". E ao ver Violet ali ao lado de Rita Mae, ele piscava e acrescentava: "*E* Violet. Eu acabei adotando você, benzinho?".

Adoção era uma palavra carregada na casa dos Clovis. Porque alguns filhos eram *adotados*, Violet tinha motivos para crer. Outros, como Rita Mae, eram *naturais*.

Mas onde estava a mãe das crianças? Violet não queria perguntar com medo de que houvesse uma história triste e trágica por trás da ausência. Com o tempo, acabaria sabendo.

Violet ficou fascinada com a possibilidade de ser *adotada*. Isso explicaria muita coisa, como por que ela e a mãe não se davam bem. "É como se tivéssemos sequências de DNA diferentes. Mas acho que sou filha biológica do meu pai."

"Como pode saber?" Rita Mae olhava para ela com um sorriso cético.

"Sei lá, é só uma ideia. Uma *intuição*."

"Violet, você é esquisita. Mas maravilhosa."

Esquisita, mas maravilhosa. Violet, que sempre se achou completamente comum, embora meio "rechonchuda" e não muito bonita, ficou vermelha de alegria.

E assim, um dia, o mistério foi resolvido. Ou reconhecido, de algum jeito.

Da mesma maneira que o pai de Violet havia desaparecido da vida dela quando Violet era pequena, a mãe de Rita Mae também havia sumido quando ela era apenas uma garotinha. Nesse instante Violet sentia quanto elas eram próximas, como irmãs. E perguntou: "Você sente falta da sua mãe?". E Rita Mae respondeu, fungando: "Eu *não*. Ela abandonou *a gente*. Meu pai diz que foi isso".

Violet estava impressionada. "Que legal! Meu pai *abandonou a gente*, ou é o que minha mãe fala."

"Não acredita nela?"

"Você acredita no seu pai?"

"Sim! Meu pai nunca mente." Rita Mae falava com tanta veemência, com um olhar tão firme, que Violet se sentiu advertida e envergonhada. Não havia tentado insinuar nada com a pergunta boba. Mas estava impressionada com a maneira como Rita Mae afirmava que o pai nunca mentia, como dizia que o pai dela era *o melhor pai que existia, que ele faria tudo pela família.*

Violet teve que admitir que não sabia se acreditava na mãe na maior parte do tempo, ou em parte dele, ou em algum momento. Simplesmente *não sabia*.

Mas achava que não amava a mãe como Rita Mae e os outros filhos amavam o sr. Clovis. O jeito como eles olhavam para Harald Clovis, com uma mistura de avidez e ansiedade, como se houvesse alguma coisa que não era dita entre eles, algo que ninguém ousava mencionar.

"Você não fica se perguntando pra onde sua mãe foi?" Violet não resistiu à vontade de perguntar a Rita Mae.

"Já falei que *não*. Meu pai disse que ela 'traiu' a família quando nos deixou, e isso é tudo o que eu sei. Ninguém mais pensa nela."

"Há quanto tempo ela foi embora?"

Rita Mae deu de ombros. Como se dissesse *Por que está me perguntando? Quem liga?*

Diferentemente do bairro residencial sem graça onde Violet morava, os Clovis viviam em um lugar que o sr. Clovis chamava de "retiro rural". A casa deles era ampla, uma velha casa de fazenda na periferia da cidade, em um campo aberto que já havia sido um "pasto", como Rita Mae contava orgulhosa.

Atrás da casa havia galpões caindo aos pedaços — um celeiro de feno, um galpão de armazenamento, galinheiro, silo. Havia o que restou de um pomar de macieiras e, no fundo da propriedade, um bosque de árvores decíduas. Não dava nem para ver a casa do vizinho mais próximo — "Muita privacidade para a minha prole", o sr. Clovis disse com uma piscada.

(*Minha prole*. Violet queria saber o que isso significava! Fazia a gente pensar em uma galinha com seus pintinhos.)

Rita Mae disse a Violet que achava que o pai tinha "herdado" a propriedade, e que um dia ela havia sido muito maior — "Acres e mais acres. Agora são só dois acres."

Rita Mae não lembrava se a mãe havia morado naquela casa, ou se tinha "desaparecido" antes de o sr. Clovis se mudar para lá com a família quando Rita Mae ainda começava a andar.

Violet achava que era legal morar em uma casa tão antiga e tão grande, um lugar onde era possível encontrar um cômodo para ficar sozinha, se precisasse ficar sozinha. Embora a maior parte dos cômodos do segundo andar estivesse vazia, sem móveis, e houvesse sujeira e bolas de poeira no chão, teias de aranha por todos os lados e insetos mortos no assoalho, além de um cheiro penetrante de sujeira, ela preferia a casa dos Clovis ao apartamento apertado de dois quartos no Valley Garden. Lá Violet estava sempre sozinha, solitária. E mesmo quando a mãe estava em casa, Violet se sentia sozinha.

Dava para perceber que a casa original era simples e utilitária, como uma caixa quadrada de dois andares. Havia adições dos dois lados, alas que ficavam um pouco inclinadas, como se a fundação embaixo delas não fosse sólida.

Logo atrás da casa havia fileiras de gaiolas fedidas de arame, que Rita Mae dizia que eram "casas de coelho". No geral, devia haver mais de uma dúzia delas. Violet não sabia se havia coelhos naquelas gaiolas, ou se elas estavam vazias. Ou se havia lá dentro restos de coelho que nunca foram limpos.

"Tudo bem, Violet", disse Rita Mae ao ver Violet torcendo o nariz para o cheiro, "*você* não precisa limpar as gaiolas. Não é da família... ainda."

A parte de baixo da casa dos Clovis cheirava a comida queimada e derramada, e tinha também um cheiro desagradável de fruta passada. A cozinha era quente, até fumegante. Em uma tarde, a irmã mais velha de Rita Mae, Eve, estava preparando o jantar, cozinhando molho de macarrão em uma panela grande. O sr. Clovis entrava na cozinha toda hora para experimentar o molho e acrescentar pitadas de tempero — "Gosto do molho italiano *picante e temperado*. E você, Violet?". Eve havia despejado o conteúdo de latas de molho de tomate na panela, depois tinha adicionado tomates, cebolas, pimentões vermelhos e um pouco de carne moída que parecia carne de hambúrguer. (Que carne era aquela? Violet não queria comer carne, teria preferido ser vegetariana, mas era difícil demais resistir! A boca ficava cheia de água com o cheiro.)

É claro, Violet foi convidada para jantar. O sr. Clovis disse para ela telefonar para o celular da mãe e pedir permissão — "É uma questão de educação, Violet". Mas Violet sabia que, se telefonasse para a mãe desconfiada, ela diria *não* só por maldade.

Discretamente, Violet foi telefonar de outro aposento para os Clovis poderem ouvir sua voz animada — "Ah, oi, mãe! Escuta, o pai da Rita Mae me convidou pra jantar com eles, depois ele vai me levar pra casa. Tudo bem? Aqui é muito legal, mãe, é um 'retiro rural'". Ela parou e respirou rapidamente. Depois: "Obrigada, mãe".

Quando voltou à cozinha, o sr. Clovis disse com tom de aprovação: "É sempre assim que se faz, querida Violet, *deve ser sempre educada com seus mais velhos*".

E ele piscou de novo para Violet. Aquela piscada! Violet se agitava e ria, e sentia arrepios, e desviava o olhar rapidamente. Sentia-se um pouco culpada por enganar o sr. Clovis, bem... mentir para ele. Mas ele nunca saberia, tinha certeza disso.

Violet queria que o sr. Clovis tocasse sua nuca como fazia de vez em quando, que a afagasse como se afaga um gato. Mas o sr. Clovis nunca a tocava, exceto quando estavam sozinhos, o que não acontecia com frequência. Eram muitos Clovis na casa!

Estava acontecendo alguma coisa na casa dos Clovis? Violet percebeu que os filhos mais novos estavam agitados, rindo. E Emile chegou em casa animado. Violet estava olhando por uma janela e viu quando Emile desceu da perua carregando um volume embrulhado em lona, um pacote com um formato estranho que parecia se mexer, mas depois, quando entrou na cozinha, Emile já não carregava o embrulho.

Emile era o mais velho dos filhos que Violet havia conhecido, devia ter pouco mais de dezoito anos, Rita Mae acreditava, talvez até vinte e dois. (Para Violet e Rita Mae, ambas com treze anos, isso era ser *velho*.) Emile tinha desistido do colégio para ir trabalhar na "prefeitura", que era onde o sr. Clovis trabalhava: reparo de vias, construção, remoção de neve, limpeza depois de tempestades e inundações. Ele usava camisetas coloridas, jeans rasgados e botas grandes e altas como os cascos de um cavalo. A cabeça raspada parecia pequena em cima dos ombros, embora fosse sexy, e usava brincos de ouro nas orelhas. Os braços musculosos tinham várias tatuagens. Da cintura para cima, Emile tinha uma aparência normal, mas quando ele ficava em pé, dava para ver que as pernas eram estranhamente curtas. Não era muito mais alto que Violet e Rita Mae. Quando andava depressa, Emile parecia dar uns passinhos rápidos como um caranguejo, como se uma perna fosse um pouco mais curta que a outra. Emile era detentor do "recorde familiar" da pizza. Uma vez ele comeu três inteiras, sem pausa, e tomou várias Cocas de meio litro. Violet ficava vermelha quando Emile piscava para ela, porque, apesar de todas as brincadeiras que fazia com ela e Rita Mae, era óbvio que ele tinha sentimentos especiais por ela.

Naquele dia, Violet viu Rita Mae cochichando com Eve e Emile. E lá estava o sr. Clovis sorrindo para ela. Rita Mae disse a eles em voz alta o suficiente para Violet ouvir: "Ei, está tudo certo. Violet é legal".

O que era aquilo? Violet ficou nervosa, queria saber de que estavam falando. Estavam falando sobre *ela*?

"Quer conhecer a mãezona, Violet? Antes de sentarmos para jantar?"

Violet sorriu, insegura. Olhou para Rita Mae, que disse: "É claro que ela quer, pai!".

O sr. Clovis segurou a mão de Violet e a levou por um corredor até o fundo da casa. Ela nunca estivera naquela parte da casa dos Clovis antes. As narinas começaram a arder com o cheiro novo, estranho.

O sr. Clovis disse: "É uma surpresinha. Temos um animal de estimação especial... não mostramos a ninguém. Mãezona é o nome dela".

"Que tipo de animal?" O coração de Violet batia depressa.

"Não é um animal comum."

O sr. Clovis tirou uma chave do bolso e destrancou uma porta muito pesada que parecia ter sido reforçada com aço. Quando levou Violet para dentro da sala, Rita Mae e os outros os seguiram, e a porta foi fechada assim que todos passaram por ela.

"Mãezona, olha quem está aqui! Violet, nossa nova amiga."

De início Violet não conseguiu identificar o que era a coisa, a criatura do outro lado de uma barreira de vidro. Era uma *cobra*? Uma *cobra enorme?* A maior cobra que já tinha visto, mesmo em fotografias, repousava lânguida e imóvel no chão dentro de um grande cercado, uma espécie de aquário, só uns três metros distante do outro lado do vidro. Palavras estranhas passaram pela cabeça dela, como se gaguejasse... *jiboia cumpridora? jiboia cuspidora?* A cobra imensa tinha a grossura do corpo de um homem grande, com uma pele brilhante e escamosa estampada com manchas em forma de diamante, marrom e amarela como uma banana podre. O ar na sala sem janelas era úmido como em uma selva. O cheiro ali era de fruta podre e de alguma coisa mais forte, mais salgada.

O coração de Violet batia tão depressa que ela quase desmaiou.

"Ah, isso é... uma c-cobra?"

"Píton."

"Píton-*reticulada*."

Os Clovis falavam orgulhosos sobre a Mãezona, que devia ter mais de dez anos e pesava mais de cento e cinquenta quilos — "Essa é só a nossa estimativa. Ninguém jamais a pesou". Mãezona tinha uns seis metros de comprimento quando ficava esticada, o que raramente acontecia. Na maior parte do tempo, Mãezona ficava *enrolada*.

Rita Mae falou animada: "Eu sabia que ia gostar dela, Violet! Todo mundo aqui acha que ela é *muito legal*. Papai comprou de um circo quando a gente morava na Flórida. O circo ia acabar, e papai pagou barato por ela. Naquela época não era muito grande, acho. Uma píton é muito, muito maior que uma jiboia-constritora. Ela ganhou o nome de 'mãezona' porque simplesmente foi *crescendo*".

Um dos Clovis empurrou Violet delicadamente para a frente, posicionando-a para ver melhor a píton.

Os olhos da cobra se moveram languidamente, como se Violet, ao dar um passo à frente, tivesse se colocado em seu campo de visão. A cabeça era tão *grande*! Violet olhava para a cobra enorme que, calma, olhava para ela.

Era enervante, a cobra tinha olhos muito grandes. Olhos inteligentes e atentos que pareciam ser amarelados, tinham o tamanho de laranjas e fendas escuras no lugar de pupilas.

E a cobra tinha cílios? Violet arrepiou ao ver que sim.

Então Violet notou que o corpo cilíndrico da cobra estava distendido a mais ou menos um metro e meio da cabeça. Alguma coisa bem grande havia sido engolida inteira.

Os Clovis continuavam falando animados da Mãezona, de que se orgulhavam muito.

"Mãezona foi alimentada há alguns dias. Ela não come com frequência, só come *muito*. Depois descansa."

"Parece que Mãezona dorme muito. Mas, na verdade, ela não está *dormindo*. Está *observando*."

"Mãezona não tem dentes como nós para triturar a comida. Ela engole a comida inteira."

"Ela enrola a comida e aperta até paralisar, mas não gosta de comida morta. Ela come tudo *vivo*."

"A boca abre muito, como se desencaixasse, você nem acredita no quanto ela abre a boca pra engolir a comida... É incrível."

"Só parece que ela está dormindo. Mas se você entrar lá, ela *acorda depressa*."

Os Clovis riram. A ideia de entrar no cercado deixou Violet em pânico. Um apito ecoava dentro de sua cabeça, e tinha dificuldade para ouvir os Clovis. Viu o sr. Clovis olhando para ela com os ternos olhos castanhos e o sorriso simpático, e Rita Mae, e Emile... todos queriam ver como ela estava reagindo à Mãezona. Era um teste? Queriam ver se Violet era uma deles, ou uma covarde?

Violet perguntou: "Com o que vocês... a alimentam?".

"Coelhos. Muitos coelhos."

"Às vezes ratos."

"Muitos e muitos ratos!"

"Muitos *coelhos*."

Violet comentou em tom de dúvida: "Aquilo não parece ser do tamanho de um coelho".

"Bom, pode ser uma *lebre*. Elas são bem grandes."

Os Clovis riram entusiasmados. Violet viu Emile abrindo e fechando as mãos. O rosto dele brilhava de orgulho.

Violet notou que havia jaulas ao longo das paredes da sala, jaulas do tamanho das gaiolas para coelhos do lado de fora da casa. Felizmente, essas jaulas estavam vazias. Em um canto havia um machado, e no chão tinha folhas de jornal encharcadas de manchas escuras.

"Onde vocês conseguem os c-c-coelhos?" Violet tentava não gaguejar.

"Onde conseguimos os coelhos, pai?" Emile perguntou como se não conseguisse lembrar.

"Em lojas de animais, filho. No Ajax Boulevard."

"Você acha a Mãezona bonita, Violet?" O hálito de Rita Mae era morno no rosto de Violet.

"S-sim. Mãezona é bonita..."

Violet falou num tom tão indeciso que todos os Clovis riram. Era como se estivessem brincando com ela, Violet sabia disso.

Significava que gostavam dela, se brincavam com ela? Violet achava que sim!

O sr. Clovis passou a mão de leve na nuca de Violet. Ela se arrepiou e não se afastou.

"Na próxima vez que formos alimentar a Mãezona, Violet, você pode ajudar. Vai gostar?"

Hesitante, Violet assentiu para dizer que *sim*.

Naquele dia, o restante da visita à casa dos Clovis foi meio nebuloso.

O molho de tomate temperado, generosamente misturado ao espaguete, foi o mais delicioso que Violet já havia comido. Depois de ver a Mãezona no cercado de vidro, ela estava *faminta*.

Estava agitada, nervosa e aflita, e *faminta*. Embora odiasse alho e nunca comesse o pão de alho preparado pela mãe, ela comeu vários pedaços de pão de alho no jantar.

Durante a refeição, o sr. Clovis olhava para todos os rostos em volta da mesa com uma espécie de atenção divertida, como se tivesse o poder de ler pensamentos. Era assim que o sr. Clovis — o "patriarca residente", como ele mesmo se chamava — havia se comportado na maioria das refeições a que Violet estivera presente.

Ela temia e ao mesmo tempo queria que o olhar do homem se voltasse para ela, porque isso a deixava muito *constrangida*, mas é claro que não havia como escapar: "Violet! Sabe, Mãezona é o segredo da nossa família. Não pode contar para ninguém. Promete?".

"Ah, sim, sr. Clovis. Prometo."

"Mas eu nem precisava avisar, não é? Você já sabia."

"Ah, sim, sr. Clovis. Eu sabia."

"E sabe, Violet, você seria muito mais bonita se sorrisse mais, em vez de franzir a testa."

O sr. Clovis se inclinou por cima de Rita Mae, que estava sentada entre eles, e alisou a testa de Violet com o polegar. Foi um gesto tão repentino que Violet nem teve tempo de se afastar. Ela ficou vermelha ao perceber que franzia a testa, como a mãe sempre fazia.

"Não esquece, Violet: seu pai adotivo Clovis prefere que você *sorria*. Cada vez que perceber que está franzindo a testa, pense: *Papai adotivo Clovis prefere quando eu sorrio*."

Violet ruiu em risadinhas incontroláveis que fizeram todo mundo rir com ela. E continuaram rindo mais *e mais*.

Quando o sr. Clovis e Rita Mae levaram Violet para casa, já era muito tarde, mais de oito horas. Felizmente, a mãe de Violet ainda não estava em casa.

Tinha uma panela com macarrão com queijo na geladeira. A comida preferida de Violet!

Ou melhor, era sua comida preferida.

Violet ficou enjoada ao pensar em comer de novo, mas esquentou o macarrão no micro-ondas para deixar o cheiro de comida no ar para quando a mãe chegasse. A maior parte do conteúdo da panela foi para o lixo. O queijo derretido e amarelo com manchas marrons despertava nela alguma lembrança... Ela riu nervosa e pressionou o dorso gelado da mão contra a testa. Estava se sentindo meio enjoada.

Isso era estranho: Violet precisava se esforçar para lembrar a coisa mais especial que tinha visto na casa de Rita Mae naquele dia. A *píton-reticulada.*

A *píton-reticulada* insistia em rastejar para fora de sua consciência como uma tela de televisão que se apagava. Violet engolia várias vezes, sentia a boca muito seca. Estava sonolenta.

No sofá, com a TV ligada e sem som, e com folhas impressas da lição de matemática no colo, ela dormiu e acordou com uma mão estranha tocando seu ombro às 22h55.

"Violet? Meu bem? Você está *dormindo*?"

Não era claro se a mãe de Violet estava brava, irritada ou intrigada. Ela entrou na sala meio escura tropeçando no salto alto, com a mão sobre a boca como se não quisesse que Violet sentisse seu hálito.

A mãe de Violet agora tinha mechas loiras no cabelo e desenhava as sobrancelhas com lápis. Ela se desculpava, dizia a Violet que não pretendia voltar para casa tão tarde, mas que houvera "um problema" no escritório e ela teve que ficar até mais tarde do que planejava.

"Não sabia que bancos abrem à noite, mãe." Mas Violet bocejava para mostrar que não se importava.

"Não seja boba, bancos *não abrem à noite*. Não ao público. Mas o mundo das finanças nunca dorme. Quem trabalha no mundo das finanças não pode dormir. Vejo que comeu o macarrão, benzinho. Tudo?"

Violet havia jogado todo o conteúdo da panela no lixo. E tinha feito um trabalho de heroína tirando todos os restos da panela com palha de aço antes de colocá-la na lava-louças.

"Ficou na escola depois da aula, Violet?"

"Não."

"Eu liguei, você não atendeu. Por quê?"

"Acho que fiquei sem bateria." Violet bocejou.

"Você não mente para a sua mãe, mente, benzinho?"

"*Você* mente?"

"Violet! Eu fiz uma pergunta pra você."

Mas Violet bocejava tanto que as mandíbulas doíam com o esforço, e ela não conseguia prestar atenção em nada do que a mãe estava dizendo.

"Benzinho, eu amo você. Sabe disso, não sabe?" A mãe de Violet se aproximou para ajudá-la a ficar em pé e ir para o quarto, para a cama. Eram só onze horas, pouco tempo havia passado.

Quando Violet deitou, sua mãe beijou sua testa com os lábios de batom que deixaram uma marca, embora nem Violet nem a mãe tivessem notado naquele momento.

"Macarrão com queijo ainda é sua comida favorita, Violet?"

Violet assentiu: *sim*.

"Sabe que sua mãe ama muito você, não sabe, Violet?"

Violet assentiu: *sim*.

"Vamos ouvir a Violet, a garota mais esperta da South Valley Middle School."

Violet ficou vermelha. Sabia que o sr. Clovis estava só brincando, mas era uma brincadeira doce e terna como um flerte, algo que iluminava seu coração como as luzinhas de uma árvore de Natal.

Ela havia pensado que não aceitaria mais carona do sr. Clovis e de Rita Mae, mas alguns dias depois da última visita, lá estava ela na Meridian Avenue, andando meio distraída e sem pressa sob uma chuva fina, quando ouviu o chamado bem-vindo: "Violet! Por que não me esperou depois da aula? *Quer uma carona pra casa?*".

E Violet não teve escolha senão correr para a beirada da calçada e entrar na perua preta e brilhante. Ela pensou na mãe com uma ponta de satisfação — *Não preciso de você. Odeio você.*

Na casa dos Clovis, ela havia quase esquecido o que ficava trancado na sala no fim do corredor. Ninguém falou da M___, e quando Violet tentou pensar em quem ou no que era a M___, seu cérebro ficava vazio como a tela de um computador sem conexão com a internet.

O que Violet mais amava na casa dos Clovis, depois da forma como eles pareciam gostar dela, era como todo mundo *falava* e todo mundo *ouvia.*

Todas as coisas sérias eram discutidas por eles. Coisas como a existência de Deus, e se os animais têm alma. Se a vida tem "algum significado especial", e se existe um "paraíso onde as pessoas vão encontrar aqueles que amam". No começo prevaleciam as vozes mais altas, mas depois o sr. Clovis batia no copo com água e pedia *Silêncio!*, e então Violet podia falar.

Ela disse, torcendo o nariz: "E se a gente não tem ninguém que ama? Ou se as pessoas que amamos não se gostam muito?". E todo mundo em volta da mesa riu, principalmente o sr. Clovis, que admirava *presença de espírito*. Violet corou de satisfação.

"Sempre vai ter alguém que gosta de *você*, Violet", Emile falou com uma voz tão baixa e mansa que Violet pensou que ia desmaiar.

Depois do jantar, Rita Mae abriu um jornal sobre a mesa, e alguns Clovis espiaram o anúncio de ANIMAIS DESAPARECIDOS que ocupava duas páginas. Os registros começavam no outono do ano anterior, antes de

Violet e a mãe terem se mudado para Valley Garden. "Que triste", Rita Mae falou, roendo uma unha. "Aqui diz que foram *dezenove animais desaparecidos* desde a última segunda-feira."

Fotos de gatos, cachorros, coelhos de aparência solitária — essas criaturas melancólicas pareciam saber, quando foram fotografadas, que acabariam como acabaram, como ANIMAIS DESAPARECIDOS em um jornal semanal.

"Se uma criança pequena desaparece, você pode culpar os pais. A mãe, pelo menos. Mas se um animal desaparece, é diferente. Não é a mesma coisa."

Rita Mae falava com um ar pensativo. Violet olhava para as fotos tentando selecionar que gato, cachorro ou coelho ela escolheria salvar se pudesse.

Fofo. Ivor. Orelhão. Bola de Neve. Scottie. Fiji. Sr. Ruff. Otto.

"Sinto pena dessas famílias que ainda procuram seus animais. Ou os filhos delas."

"Eu não! Eles precisam ser realistas."

"Que coisa mais dura para se dizer. *Você* é realista?"

"Sim. Eu tento ser. Tento não acreditar no coelhinho da Páscoa!"

"E se uma criança maior desaparece, alguém que já devia saber se cuidar, você pode pôr a culpa *nela*."

"Como acha que sua mãe se sentiria, Violet, se você 'desaparecesse'?"

"Ela não sentiria nada. Ou sentiria *regozijo*."

Violet acreditava nisso? Não tinha certeza.

Naquela noite, o sr. Clovis levou Violet para casa tarde. Eram quase dez horas. Rita Mae quase não foi com eles, mas mudou de ideia no último minuto. No caminho, Rita Mae afagou a mão de Violet. Estava com pena dela, pelo que Violet dissera mais cedo sobre a mãe? A palavra *regozijo* era só uma... uma palavra... Violet não tinha certeza do que significava, no momento em que a disse.

No Garden Apartments, Violet ficou sentada no carro, quase sem conseguir se mover. As pernas pesavam como chumbo. Podia ver que as janelas do apartamento estavam escuras, o que significava que a mãe estava "trabalhando até mais tarde".

"Ah, sr. Clovis... queria poder morar com *vocês*."

Rita Mae disse: "Eu também queria, Violet. Por que não pede pra sua mãe?".

Rápido, o sr. Clovis falou em seu tom mais terno: "Acho que não é uma boa ideia, Rita Mae. Vai colocar sua amiga em uma encrenca se convencê-la a fazer uma coisa dessas. A mãe de Violet a ama, como eu amo você e seus irmãos. Não pode roubar uma garota da mãe dela".

"Queria poder!", Rita Mae protestou.

Violet enxugou os olhos. Estava profundamente emocionada.

Uma coisa era certa: em toda a vida de Violet Prentiss, ninguém jamais havia falado *dela* desse jeito.

"Do jeito que está se comportando ultimamente, alguém vai acabar levando você embora."

A mãe de Violet falava com aquele tom agudo de alerta. Era hora do café da manhã, e Violet não queria cereal açucarado e melado. Estava tentando não encarar a mãe, não olhar nos olhos que eram como adagas cravadas nela. No bolso de sua jaqueta jeans tinha um batom Beijo da Meia-Noite que Rita Mae lhe emprestara, e, embrulhados em lenços de papel, havia argolas prateadas para prender na orelha e uns "piercings" de pressão para o nariz ou sobrancelha.

"Mãe, você é bem confusa. Do jeito que você me odeia, ninguém vai *me* querer."

A mãe riu assustada. Estava acendendo um cigarro (mas ela não tinha parado de fumar antes de se mudarem para esta cidade nova? Não era esse um dos objetivos da mudança, a mãe dela se *reinventar e começar de novo*?) e parou para olhar Violet com uma expressão doída, como se Violet a houvesse agredido.

"Meu bem, nããão. Eu não odeio você. Isso não é... não é certo."

"Não é!"

"É claro que não. Só porque tenho que chamar sua atenção às vezes, para o seu próprio bem... É como os problemas de matemática que você traz de lição de casa, Violet. Há regras para os triângulos que não podem ser modificadas. Um triângulo 'isós-celis'..."

"Isósceles."

"É diferente de um triângulo 'equi-largo'..."

"Equilátero. Mãe! Caramba."

"Bom, o que estou dizendo é que, às vezes, os pais têm que ser duros para o próprio bem dos filhos. Isso não significa que *eu odeio você*, pelo amor de Deus!"

"Ei, tudo bem me odiar, mãe. Porque eu *odeio você*."

Violet riu para mostrar que não estava falando sério. A mãe de Violet olhava para ela sem saber em que pensar.

"Violet, não tem graça. Por que está dizendo essas coisas?"

"Não estou dizendo 'essas coisas'. Só estou dizendo a coisa que eu disse. Não 'essas coisas'."

Violet enxugou os olhos e se esquivou quando a mãe tentou tocá-la. Especialmente, Violet não queria que a mãe beijasse sua testa e manchasse sua pele de batom. *Não queria.*

Depois da aula, Violet andava apressada na chuva pelo Ajax Boulevard, onde não devia andar. Tinha um ônibus que parava ali? Alguém dissera que *sim*. Mas fazia quarenta minutos que não passava ônibus nenhum.

Fazia três dias que evitava Rita Mae na escola. Por alguma razão, ela não sabia qual...

Mas lá vinha a perua respingada de lama em meio ao trânsito da avenida. Teimosa, Violet ficou olhando para o asfalto molhado, sem levantar a cabeça, quando ouviu o chamado: "Violet! Ei, entra aqui! A gente leva você pra casa!".

Tinha um motivo para Violet não entrar de novo naquele carro. Havia jurado em sonho (talvez). Mas havia jurado.

Mas estava se sentindo sozinha e fraca. E de algum jeito aconteceu, ela saiu correndo e, rindo, Rita Mae a ajudou a entrar na perua.

"Violet, você está *ensopada*. É melhor a gente levar você pra casa para se enxugar."

Era dia de alimentar a Mãezona. Violet podia saber disso, mas tinha esquecido. Na casa dos Clovis, todos pareciam animados, inquietos. Emile sorria e piscou para ela — "Oi, Violet! E aí?".

Pela segunda vez, o sr. Clovis levou Violet pelo corredor até a sala secreta, mas ela sentia que estivera lá muitas outras vezes.

De novo o cheiro de selva, o ar úmido. Violet sentia os joelhos fracos, e o sr. Clovis passou um braço em torno de sua cintura para ajudá-la a andar.

Com que frequência a *píton-reticulada* era alimentada? Mãezona era uma bonita cobra de pele lisa com estampas brilhantes em forma de diamante espalhadas pelo corpo, e ela parecia deslizar pelo chão lentamente, mas alerta em cada centímetro musculoso. Seis metros. Comprida demais, tanto que mal dava para ver a ponta da cauda, se você estivesse olhando para a cabeça grande e aparentemente dura. Os olhos de cílios espessos estavam particularmente alertas, vivos e famintos. Violet pensou se não havia nada naquele cérebro, exceto, em uma pequena molécula, uma imagem invertida dela, como em um pequeno espelho? *Mãezona a reconhecia da outra visita?*

Não queria pensar que Mãezona era só um gigantesco trato digestivo dentro daquela linda pele. Não queria pensar que nada mais acontecia ali, nada além da Mãezona abrindo a boca em uma amplitude de... quantos centímetros? Um metro? Os ossos fortes se desencaixando, se encaixando de novo, enquanto a presa se contorcia e era engolida centímetro por centímetro.

"Hora dos ratos. Coelhos. Muitos ratos e muitos coelhos." Emile ria de um jeito estranho.

"Isso não tem graça, Emile. Você não é engraçado."

"Ratos e coelhos são melhores. Odeio ter que usar aquele machado para 'desmembrar'."

"Emile, *cala a boca*." O sr. Clovis falou num tom duro, de um jeito como Violet nunca havia escutado o "patriarca residente" falar.

"O negócio é que Mãezona não come nada que não esteja vivo. Você acha o quê? Que Mãezona é uma carniceira nojenta?"

"Mãezona não é tão seletiva."

"Mãezona é, *sim*."

O sr. Clovis deu a Violet uma de suas bebidas especiais, uma mistura que ele preparava no liquidificador da cozinha. Suco de romã, suco de damasco, gotas de iogurte, tudo batido até espumar.

Talvez ele tivesse colocado mais alguma coisa na mistura, um pó branco granulado, para "acalmar" os nervos tensos de Violet. Ela esperava que sim!

O cercado da Mãezona tinha um desenho muito inteligente, Violet notou. Estava nervosa demais para perceber na primeira vez, mas havia um cercado interno, que era o espaço maior, onde a cobra gigante estava agora. E havia um cercado externo, muito menor, separado do maior por uma divisória de vidro que corria sobre trilhos e era operada por uma alavanca. Assim, era possível entrar nessa área externa e deixar comida fresca e água para Mãezona enquanto ela ficava fechada no cercado interno. Depois a divisória interna era aberta por uma alavanca, e Mãezona podia rastejar para ir buscar a refeição.

O sr. Clovis fazia isso agora, abria a porta externa de vidro. Era um lugar totalmente *seguro*, desde que o vidro interno permanecesse fechado. Mesmo que a *píton-reticulada* estivesse desesperada de fome, não conseguiria quebrar a grossa placa de vidro, que estava lambuzada com a saliva da cobra e o óleo que vertia de suas grandes voltas.

Apesar de todo seu tamanho, Mãezona era uma *cativa*.

O sr. Clovis disse com voz mansa: "Rita Mae estava certa sobre você, querida Violet. Você é *especial*. Não vamos esquecê-la tão cedo".

Ela sentiu uma onda de orgulho. Mas as pálpebras estavam pesadas, e era como se estivesse deitada no sofá com a televisão ligada no mudo. *Muito. Difícil. Ficar. Acordada.*

"É sua vez de alimentar a Mãezona, Violet. Quer ir?"

"Eu... não sei."

"Mãezona fica muito agradecida quando é alimentada. Você ainda não viu, mas é uma imagem inesquecível."

Violet estava sonolenta. Os ouvidos zumbiam. Queria fechar os olhos e descansar a cabeça. O que havia no suco espumante do sr. Clovis? Era cremoso e doce, delicioso. Mas deixava um gosto de giz na boca.

Rita Mae não estava lá. Violet sentia falta de Rita Mae! Tinha escutado o sr. Clovis e os outros falarem para ela num tom ríspido: *Fica longe, então. Não precisamos de você.*

"Violet, essa vai ser sua única chance de alimentar a Mãezona. Se não for, vou ter que levar você pra casa... é isso."

O protesto de Violet foi fraco. Qualquer coisa, menos o apartamento solitário!

"Não! Eu... posso alimentar a Mãezona."

A atmosfera ali era quente, úmida, como o interior de uma entranha. A poucos metros do outro lado do vidro lambuzado, Mãezona esperava tensa e trêmula, muito diferente da criatura lânguida que ela havia visto na primeira visita. Violet cambaleou quando o sr. Clovis a levou para o cercado externo e a deitou no chão, onde ela pôde fechar os olhos. Ele depositou um beijo suave em sua nuca, onde os cabelos arrepiaram.

"Diga oi para a Mãezona."

"O-oi..."

Tão perto, a centímetros do outro lado do vidro, Mãezona esperava. Os olhos da Mãezona agora estavam alertas, olhavam diretamente para Violet como se a reconhecessem, afinal. As pálpebras de Violet pesavam muito. A visão estava turva e enfraquecia aos poucos, como se anoitecesse. Sentia-se tranquila e havia esquecido — seja lá o que fosse, era alguma coisa no apartamento do primeiro andar sobre o estacionamento.

"Bom, benzinho! Durma. Aqui é gostoso e quente, você pode dormir a noite toda." O sr. Clovis deixou Violet e saiu tão silenciosamente que ela mal se deu conta de que ele havia deixado o cercado.

Violet estava deitada de lado no chão. Um dos braços estava esticado, solto. Os dedos se moviam suavemente, como se ela tentasse pegar alguma coisa... o quê? Nem imaginava.

Podia sentir, sem saber como nomear ou identificar, alguma coisa como um zumbido vibratório através do vidro no qual estava encostada. Podia ser a Mãezona respirando, ou tremendo, ou se enrolando...

Era tão confortante que os olhos de Violet se encheram de lágrimas. Mas antes que as lágrimas corressem, ela se encolheu e aproximou os joelhos do peito. Segundos depois, em uma vertigem da mais doce rendição, ela adormeceu.

06

Jardim das Bonecas

JOYCE CAROL OATES

Mystery, Inc.

Estou muito animado! Porque finalmente, depois de vários alarmes falsos, escolhi o cenário perfeito para a minha biblioteca de mistério.

É a Mystery, Inc., uma linda e antiga livraria em Seabrook, New Hampshire, uma cidade de menos de dois mil habitantes com vista para o Oceano Atlântico ao sul de New Castle.

Para quem nunca visitou essa lendária livraria, um dos tesouros da Nova Inglaterra, ela fica na área histórica da High Street em Seabrook, sobre o porto, em um quarteirão de casas de pedras elegantemente reformadas e construídas originalmente em 1888. Ali tem escritórios de um arquiteto, um advogado, um cirurgião-dentista. Ali tem lojas e butiques, produtos de couro, joias de prata feitas à mão, a Tartan Shop, Ralph Lauren, Esquire Bootery. No número 19 da High Street, uma velha placa em preto e dourado range ao vento acima da calçada:

MYSTERY, INC. LIVREIROS

Livros Novos e Antigos, Mapas, Globos, Arte

Desde 1912

A porta da frente, laqueada num tom escuro de vermelho, não fica no nível da calçada, mas vários degraus acima dela. Tem um patamar largo de pedra e uma grade preta de ferro. Assim, quando você para na calçada para olhar a vitrine da livraria, tem que olhar *para cima*.

A Mystery, Inc. tem quatro andares com vitrines panorâmicas em cada um deles, todas dramaticamente iluminadas quando a loja está aberta à noite. No primeiro andar, os livros são expostos na vitrine com uma (evidente) intenção de exibir as capas atraentes. Edições encadernadas em couro de clássicos do século XIX, como *A pedra da lua* e *A mulher de branco*, de Wilkie Collins, *A casa soturna* e *O mistério de Edwin Drood*, de Charles Dickens, *As aventuras de Sherlock Holmes*, de Doyle, e também ficções clássicas de crime e mistério do século XX escritas por Raymond Chandler, Dashiell Hammett, Cornell Woolrich, Ross Macdonald e Patricia Highsmith, além de vários e populares contemporâneos americanos, britânicos e escandinavos. Tem até um título do qual nunca ouvi falar, *O caso da mulher desconhecida: a história de um dos mais intrigantes casos de assassinato do século* XIX, em uma encadernação que parece ter décadas de idade.

Quando entro na Mystery, Inc., sinto um pouco de inveja. Mas no instante seguinte esse sentimento é superado pela admiração, porque inveja é para as pessoas de mente pequena.

O interior da Mystery, Inc. é ainda mais bonito do que eu imaginava. As paredes são revestidas em mogno com estantes embutidas do chão até o teto. As mais altas são acessadas por uma escada com rodinhas de metal, e os degraus são de madeira polida. O teto é feito de quadrados de estanho trabalhado. O assoalho é de tacos e coberto com pequenos tapetes. Como colecionador de livros e livreiro, noto como os livros são exibidos de forma atraente, sem sufocar o cliente. Percebo que são posicionados em pé para intrigar o olhar. O cliente se sente em casa, como se estivesse em uma antiga livraria com cadeiras de couro e sofás espalhados casualmente. Aqui e ali, perto das paredes, armários com portas de vidro guardam primeiras edições raras, sem dúvida trancadas à chave. Sinto uma pontada de inveja, porque nenhuma das minhas livrarias de mistério, que considero meu modesto império de livrarias de mistério na Nova Inglaterra, tem a classe da Mystery, Inc., nem chegam perto disso.

Além disso, são as vendas on-line da Mystery, Inc. que representam a competição mais séria para um livreiro como eu, que depende tanto das vendas...

Programei com astúcia minha chegada na Mystery, Inc. para meia hora antes do fechamento, o que acontecia às sete da noite às quintas-feiras, quando dificilmente o lugar estaria lotado. (Acho que só tem mais alguns poucos clientes, pelo menos no primeiro andar, onde posso ver.) No inverno, a noite começa a cair cedo, por volta das 17h30. O ar é úmido e frio, e as lentes dos meus óculos estão embaçadas. Estou limpando as lentes vigorosamente quando uma jovem vendedora com cabelos dourados na altura dos ombros se aproxima e pergunta se estou procurando alguma coisa específica, e eu respondo que estou só olhando, obrigado — "Mas gostaria de conhecer o proprietário desta bela loja se ele estiver no local".

A jovem educada informa que seu chefe, o sr. Neuhaus, está na loja, mas no escritório lá em cima. Se eu estiver interessado em alguma das coleções especiais ou peças de antiquário, ela pode chamá-lo...

"Obrigado! Estou interessado, sim, mas acho que, por enquanto, vou só dar uma olhada em tudo."

Que coisa especial é a *abertura de uma loja*. A Mystery, Inc. pode conter centenas de milhares de dólares em mercadorias preciosas, mas a porta fica aberta e qualquer pessoa pode entrar na loja praticamente deserta com uma pasta de couro na mão, sorrindo com simpatia.

Ajuda, é claro, o fato de eu ser obviamente um cavalheiro. E, pode parecer, um colecionador e amante dos livros.

Quando a jovem confiante volta ao seu computador no balcão do caixa, fico à vontade para andar por ali. É claro, vou evitar os outros clientes.

Fico impressionado por ver que os pisos são conectados por escadas em espiral, e não por escadas comuns e utilitárias. Tem um pequeno elevador no fundo que não me atrai, já que sofro de moderada claustrofobia. (Ficar trancado em um armário empoeirado na infância, obra de um irmão mais velho sádico, certamente é a raiz da fobia, que tenho conseguido disfarçar para a maioria das pessoas que me conhecem, inclusive meus funcionários na livraria que me respeitam, acredito, por ser o tipo de homem franco, direto e sensato, livre de qualquer tipo de compulsão neurótica!) O primeiro andar da Mystery, Inc. é reservado aos livros americanos. O segundo é dos livros britânicos e de língua estrangeira, e dos Holmesianos de Sherlock (uma parede do fundo inteira). O terceiro andar é das primeiras edições, edições raras e coleções de capa de couro. No quarto andar há mapas, globos e obras de arte antigas associadas a caos, assassinato e morte.

É ali no quarto andar, tenho certeza, que Aaron Neuhaus mantém seu escritório. Posso imaginar as janelas com vista para o Atlântico, perto dali, e o escritório revestido e mobiliado com bom gosto.

Sinto saudade do velho hábito do *roubo de livros* — de quando eu era um estudante pobre décadas atrás, apaixonado por livros. A excitação do roubo, e a recompensa específica, um *livro*! De fato, durante anos, meus bens mais valiosos foram livros roubados de livrarias de Manhattan ao longo da Fourth Avenue, edições sem grande valor monetário, valiosas só pela satisfação de terem sido *roubadas*. Ah, aqueles dias antes das câmeras de segurança!

É claro, há câmeras de segurança em cada andar da Mystery, Inc. Se meu plano for executado com sucesso, vou remover e destruir a fita; se não, não vai fazer diferença minha imagem preservada na fita por algumas semanas, e então destruída. Na verdade, estou *levemente disfarçado*, as costeletas não são minhas, e os óculos de moldura preta de plástico são muito diferentes dos que costumo usar.

Pouco antes da hora em que a Mystery, Inc. é fechada, há poucos clientes na loja, e pretendo ficar depois que todos forem embora. Um ou dois no primeiro andar, um indivíduo solitário no segundo andar estudando as prateleiras de Agatha Christie; um casal de meia-idade no terceiro andar procurando um presente de aniversário para alguém da família; um homem idoso no quarto andar analisando a arte nas paredes, reproduções de xilogravuras alemãs do século XV intituladas A *Morte e a Donzela*, *A dança da Morte* e *O triunfo da Morte*, litografias macabras de Picasso, Munch, Schiele, Francis Bacon, reproduções de *Saturno devorando um filho*, *O Sabá das Bruxas* e *O cachorro*, de Goya. (Pena que seria imprudente começar uma conversa com esse cavalheiro, cujo gosto pela arte macabra é muito semelhante ao meu, considerando como está compenetrado nas *Pinturas Negras* de Goya!) Estou admirando de verdade — é impressionante que Aaron Neuhaus possa vender obras de arte tão caras neste lugar fora de mão em Seabrook, New Hampshire, na baixa temporada.

Quando desço ao primeiro andar, a maioria dos clientes tinha ido embora. O último está pagando pela compra no caixa. Para ganhar tempo, eu me sento em uma das poltronas de couro caro que parecem quase feitas sob encomenda para o meu traseiro. É uma poltrona tão confortável que eu poderia jurar ser minha, e não de Aaron Neuhaus. Perto dela há um armário de porta de vidro com as primeiras edições de romances de Raymond Chandler, uma verdadeira arca do tesouro! Meus dedos *coçam* quando fico perto desses livros.

Estou tentando não me sentir amargurado. Estou tentando me sentir apenas *competitivo* — esse é o jeito americano!

Mas é uma verdade dolorosa, nenhuma das minhas seis livrarias de mistério é tão bem abastecida quanto a Mystery, Inc., ou tão acolhedora aos visitantes. Pelo menos duas das lojas adquiridas mais recentemente têm lâmpadas fluorescentes muito feias que me dão dor de cabeça e me enchem de desânimo. Praticamente nenhum dos meus clientes tem a aparência abastada dos clientes da Mystery, Inc., e seu gosto pela ficção de mistério se limita primariamente a best-sellers de fórmulas comuns, previsíveis. Você não veria prateleiras dedicadas a Ellery Queen em uma livraria como a minha, nem um armário inteiro com porta de vidro repleto de primeiras edições de Raymond Chandler, ou uma parede Holmesiana. Minhas melhores lojas têm apenas algumas poucas primeiras edições e livros de antiquário, e certamente não há nenhuma obra de arte! E aparentemente, não sou capaz de contratar funcionárias atraentes, educadas e inteligentes como essa jovem, talvez por não poder pagar a elas mais que um salário mínimo, o que as faz se demitir repentinamente sem nenhum escrúpulo.

Em minha poltrona confortável, é gratificante ouvir a conversa amistosa entre o cliente e a jovem funcionária, cujo nome é Laura, porque, se eu adquirir a Mystery, Inc., certamente vou querer manter a jovem e atraente Laura no quadro de funcionários. Se for necessário, pagarei um pouco a mais do que ela ganha atualmente para garantir que não se demita.

Quando Laura termina de atender o cliente, pergunto a ela se posso examinar uma primeira edição de *Adeus, minha adorada*, de Raymond Chandler. Ela destranca o armário com cuidado e pega o livro para mim. A data de publicação é 1940, a sobrecapa está em boas condições, se não perfeitas, e o preço é mil e duzentos dólares. Meu coração dá um salto. Já tenho uma cópia desse romance de Chandler, pela qual paguei muito menos anos atrás. No momento, em uma das minhas melhores lojas, ou on-line, eu poderia revendê-la por mil e quinhentos dólares...

"É muito bonito. Obrigado! Mas tenho algumas perguntas, gostaria de falar com..."

"Vou chamar o sr. Neuhaus. Ele vai querer conhecer *você*."

Invariavelmente, nas livrarias independentes, os proprietários podem querer conhecer clientes como *eu*.

Estou fazendo um cálculo rápido: quanto a viúva de Aaron Neuhaus pediria por esta propriedade? Na verdade, quanto vale esta propriedade em Seabrook? New Hampshire sofreu os efeitos da longa recessão na Nova Inglaterra, mas Seabrook é uma afluente comunidade litorânea cuja população mais que quadruplica no verão, e assim a livraria pode valer até oitocentos mil dólares... Depois de ter pesquisado um pouco, fiquei sabendo que Aaron Neuhaus não tem nenhuma hipoteca ou financiamento associado à propriedade. É casado há mais de três décadas e não tem filhos. A viúva vai herdar seus bens. Como aprendi por experiências passadas, viúvas são notoriamente vulneráveis a ofertas de compra. Exaustas com as responsabilidades legais e financeiras que seguem a morte do marido, ficam aflitas para se ver livres das incumbências, especialmente se sabem pouco sobre finanças e negócios. A menos que tenha filhos e amigos que a acolham, uma viúva especialmente abalada é capaz de tomar decisões bem pouco sábias.

Perdido no devaneio, estou segurando a primeira edição de Raymond Chandler sem realmente vê-la. Os pensamentos me invadem: *Preciso ter a Mystery, Inc. Vai ser a joia do meu império.*

"Olá?" Ali está Aaron Neuhaus, em pé na minha frente.

Rápido, me levanto e estendo a mão para cumprimentá-lo. "Olá! É um grande prazer conhecê-lo. Meu nome é..." Quando digo meu nome falso, sinto uma onda de calor invadindo meu rosto. Quase receio que Neuhaus tenha me observado de longe, lido meus pensamentos secretos enquanto eu não percebia sua presença.

Ele me conhece. Mas... não pode me conhecer.

Enquanto Aaron Neuhaus me cumprimenta com entusiasmo, fica claro que o proprietário da Mystery, Inc. não desconfia do estranho que se apresentou como "Charles Brockden". Por que desconfiaria? Não existem fotos minhas recentes, e nenhuma reputação suspeita é associada ao meu nome inventado; de fato, nenhuma reputação suspeita se associa ao meu nome verdadeiro de proprietário de várias pequenas livrarias de mistério na Nova Inglaterra.

É claro que estudei fotos de Aaron Neuhaus. Estou surpreso por ele ser tão jovem e ter um rosto tão livre de rugas aos sessenta e três anos.

Como um livreiro entusiasmado, Neuhaus responde com prazer às minhas perguntas sobre a primeira edição de Chandler e sua extensiva coleção do autor. Desse assunto, nossa conversa passa naturalmente a outros, todos relacionados ao inventário da livraria — primeiras edições de romances clássicos de crime e mistério de Hammett, Woolrich, James M. Cain, John D. MacDonald e Ross Macdonald, entre outros. Sem arrogância, mas de um jeito prático, Neuhaus me conta que é dono de uma das duas ou três coleções mais completas de trabalhos publicados pelo pseudônimo "Ellery Queen", inclusive romances publicados sob outros pseudônimos e revistas nas quais histórias escritas por Ellery Queen foram publicadas pela primeira vez. Fingindo ingenuidade, pergunto quanto valeria uma coleção como essa, e Aaron Neuhaus franze a testa e responde de forma evasiva dizendo que o valor depende do mercado, evitando anunciar um número.

É uma resposta razoável. O fato é que qualquer objeto de colecionador vale o que um colecionador pagar por ele. O mercado pode estar inflacionado, ou o mercado pode estar desaquecido. Todos os preços de todas as coisas — ou de coisas inúteis, pelo menos, como livros raros

— são inerentemente absurdos, baseados na imaginação e na propensão absolutamente humana de querer desesperadamente o que outros valorizam muito, e desdenhar do que os outros não valorizam. Diferentemente de muitos livreiros em nossa área financeiramente perturbada, Aaron Neuhaus tem mantido um negócio tão lucrativo que não precisa vender em um mercado desaquecido, mas pode preservar suas valiosas coleções, mesmo que indefinidamente!

E elas também serão herdadas pela esposa. É o que estou pensando.

As perguntas que faço a Aaron Neuhaus não são falsas, mas sinceras, embora pareçam ingênuas, porque estou muito interessado nos tesouros da livraria de Aaron Neuhaus, e estou sempre disposto a ampliar meu conhecimento bibliográfico.

Logo Neuhaus está colocando em minhas mãos títulos como *Uma bibliografia de crime e ficção de mistério: 1749-1990*; *Malice Domestic: Selected Works of William Roughead, 1889-1949*; *Minha vida no crime: memórias de um livreiro antiquário londrino (1957)*; *The Mammoth Encyclopedia of Modern Crime Fiction*, e uma antologia editada por Aaron Neuhaus, *As 101 melhores histórias noir americanas do século* XX. Conheço todos eles, embora não tenha lido nenhum por inteiro. O livro de Neuhaus é um dos títulos mais vendidos na lista de edições mais antigas na maioria das minhas livrarias. Para adular Neuhaus, digo que quero comprar sua antologia, bem como a primeira edição de Chandler — "E talvez mais alguma coisa. Porque, preciso confessar, acho que me apaixonei por sua loja".

Meu comentário provoca um leve rubor no rosto de Neuhaus. A ironia é que minhas palavras são sinceras, embora friamente planejadas para manipular o livreiro.

Neuhaus olha para o relógio, não por esperar que sejam quase sete da noite e hora de fechar a loja, mas porque quer ter mais tempo com esse cliente tão promissor.

Como é comum entre os livreiros, logo Aaron Neuhaus vai perguntar se seu cliente altamente promissor pode ficar mais um pouco, depois do horário em que a loja é fechada. Podemos ir ao escritório dele para conversar com mais conforto e, talvez, tomar um drinque.

Foi assim em todas as vezes. Embora tenham ocorrido variações, e minha primeira tentativa em cada livraria nem sempre tenha sido bem-sucedida, provocando a necessidade de uma segunda visita, esse tem sido o padrão.

Isca, joga a isca.

Presa capturada.

Neuhaus vai mandar a atraente vendedora para casa. A última imagem que Laura terá de seu (amado?) chefe será agradável, e sua lembrança do último cliente do dia (o último cliente da vida de Neuhaus) será nítida talvez, mas ilusória. *Um homem de costeletas claras, óculos de moldura preta de plástico, quarenta anos, talvez, ou cinquenta... Não alto, mas não baixo... Muito simpático.*

Não que alguém vá desconfiar de *mim*. Até as iniciais de bronze na minha pasta, CB, foram escolhidas para despistar.

Em algum momento desta noite Aaron Neuhaus será encontrado morto em sua livraria, muito provavelmente em seu escritório, de causas naturais, presumivelmente um ataque cardíaco, se houver uma autópsia. (Ele vai demorar para chegar em casa: a esposa vai telefonar preocupada. Vai dirigir o carro até a Mystery, Inc. para ver o que aconteceu com ele e/ou vai ligar para a polícia para registrar uma emergência muito tempo depois de a "emergência" ter deixado de existir.) Não vai haver motivo para pensar que um cliente de aparência comum que esteve na livraria e saiu de lá horas antes possa ter alguma coisa a ver com essa morte.

Embora eu seja uma pessoa inteiramente racional, estou entre os que acreditam que alguns indivíduos são pessoalmente vis, insuportáveis, e fazem do mundo um lugar menos agradável, e é quase nosso dever erradicá-los. (Porém, ainda não agi em resposta a esse impulso, minhas erradicações são unicamente em nome dos negócios, porque sou uma pessoa de mentalidade prática.)

Infelizmente para mim, porém, Aaron Neuhaus é uma pessoa muito agradável, exatamente o tipo que eu gostaria de ter como amigo, se pudesse me dar o luxo de fazer amigos. Ele tem voz mansa, mas fala com ardor. Sabe tudo sobre ficção de crime e mistério, mas não é arrogante. Ouve com atenção e nunca interrompe. Ri com frequência. Tem estatura mediana, mais ou menos um metro e setenta e cinco, ou um e oitenta, um pouco mais alto que eu, e não tão pesado quanto eu. As roupas são de excelente qualidade, mas ligeiramente gastas e sem combinação: paletó esporte Harris de tweed marrom-escuro, colete vermelho de cashmere e camisa bege, calça de veludo cotelê castanho-avermelhado. Sapatos mocassins. Na mão esquerda, uma aliança de casamento. Ele tem um sorriso doce que desarma e desencadeia, em certa medida, alguma coisa fria e nórdica em seus olhos verde-acinzentados, algo que a maioria das pessoas (eu acho) não perceberia. O cabelo é cinza-metálico, mais ralo no topo da cabeça e enrolado nas laterais, e o rosto é agradavelmente jovem. Ele tem as costas eretas e é um pouco rígido, como alguém que se machucou e se move com cuidado para evitar as dores. (Provavelmente, ninguém notaria esse detalhe, exceto alguém como eu, naturalmente atento e vítima de dores nas costas.)

É claro, antes de subir a costa a caminho de Seabrook, New Hampshire, no meu carro (comum, discreto), com a pasta no banco do passageiro e planos de eliminar um importante concorrente decorados em todos os detalhes, fiz uma pequena pesquisa sobre o sujeito, que tem fama nos círculos de livreiros e antiquários de ser uma pessoa simpática e sociável, mas que valoriza muito sua privacidade. Considera-se quase perverso que muitos amigos de Neuhaus não tenham conhecido a esposa dele, uma professora de escola pública em Glastonberry, New Hampshire, há tantos anos. (Convites para Neuhaus e a esposa irem jantar com residentes de Seabrook são invariavelmente recusados "com pesar".) Dizem que Neuhaus namora a esposa desde o colégio, onde se conheceram em 1965, e que eles se casaram em 1977 em Clarksburg, Carolina do Norte. Tantos anos de fidelidade a uma mulher! Pode ser louvável em um homem, ou pode revelar falta de imaginação e coragem, mas em Aaron Neuhaus isso me irrita, como o sucesso de Neuhaus com sua livraria, como se o homem tivesse a determinação de nos fazer parecer ineptos.

O que me causa especial ressentimento é o fato de Aaron Neuhaus ter nascido em uma família rica em 1951, ter herdado grandes propriedades e muitos bens em Clarksburg County, Carolina do Norte, além do dinheiro mantido em um fundo no nome dele até os vinte e um anos, valor que ele usou para financiar suas livrarias sem o medo da falência que assombra todos nós.

Neuhaus também não foi obrigado a frequentar uma grande universidade pública no horrível e plano Ohio, mas estudou na respeitada Universidade da Virginia, onde se especializou em assuntos tão diletantes como clássicos e filosofia. Depois da formatura, Neuhaus continuou na Virginia, onde fez mestrado em inglês com uma tese intitulada *A estética da decepção: raciocínio, loucura e o gênio de Edgar Allan Poe*, que foi publicada pela Editora da Universidade da Virginia. O jovem Neuhaus poderia ter se tornado professor universitário, ou escritor, mas escolheu ser aprendiz de um tio que era um (renomado e muito respeitado) livreiro antiquário em Washington, D.C. Depois de um tempo, em 1980, tendo aprendido muito com o tio, Neuhaus comprou uma livraria na Bleecker Street, Cidade de Nova York, que conseguiu revitalizar. Em 1982, com a venda dessa livraria, comprou uma loja em Seabrook, New Hampshire, que ele renovou e transformou em uma livraria chique, cara, mas "histórica", na afluente comunidade litorânea. Tudo que aprendi sobre o empresário Neuhaus é que ele é "pragmático" e "visionário", uma contradição irritante. O que me deixa ressentido é que Neuhaus parece ter superado crises financeiras que levaram outros livreiros ao desespero e à falência, tanto como resultado de astúcia comercial quanto, mais provavelmente, pela vantagem injusta que um livreiro rico tem sobre outros como eu, com uma magra margem de lucro e medo do futuro. *Embora eu não odeie Aaron Neuhaus, não aprovo uma vantagem tão injusta, isso contraria a Natureza.* A essa altura, Neuhaus poderia estar fora do ramo, forçado a lutar pela sobrevivência depois de, por exemplo, um daqueles furacões que destruíram recentemente a costa do Atlântico e arruinaram tantos pequenos comerciantes.

Mas se a Mystery, Inc. sofrer danos materiais, ou se o proprietário perder dinheiro, não importa, sempre existe a *vantagem injusta* dos ricos sobre todos nós, os outros.

Quero acusar Aaron Neuhaus: "Como acha que estaria se houvesse igualdade de condições, se você não pudesse financiar sua livraria em tempos difíceis, como a maioria não pode? Acha que estaria vendendo litografias de Picasso lá em cima, ou primeiras edições de Raymond Chandler? Acha que teria essas lindas estantes cobrindo as paredes, poltronas e sofás de couro? Acha que seria um anfitrião tão ingênuo e gracioso, abrindo a loja para receber um predador de costeletas claras?".

Mas é difícil ficar indignado com Aaron Neuhaus, porque o homem é muito *simpático*. Outros livreiros concorrentes não foram tão agradáveis, ou, se foram, não eram tão inteligentes e bem-informados sobre seu comércio, o que tornou minha tarefa menos desafiadora no passado.

Um pensamento me ocorre: *Podemos ser amigos? Sócios? Se...*

São só sete horas. Ouço ao longe um sino de igreja, ou é o barulho tedioso das ondas do Atlântico a quatrocentos metros dali.

Aaron Neuhaus pede licença e vai falar com sua jovem funcionária. Sem demonstrar que estou atento, ouço Neuhaus dizer que a moça pode ir para casa, que ele mesmo fechará a loja esta noite.

Exatamente como eu planejei. Mas essa *isca* já foi usada antes.

Como qualquer predador, estou animado, uma agradável descarga de adrenalina me invade diante da possibilidade do que virá a seguir, muito provavelmente dentro da próxima hora.

O tempo é essencial! Todos os predadores/caçadores sabem disso.

Mas também sinto uma onda de pesar. Vendo como a jovem loira sorri para Aaron Neuhaus, percebo que ela respeita muito seu chefe — talvez o ame? Laura tem vinte e poucos anos, pode ser uma universitária trabalhando em meio período. Embora seja clara a inexistência de uma intimidade (romântica, sexual) entre eles, ela deve admirar Neuhaus como um homem mais velho, uma presença paternal em sua vida. Vai ser muito perturbador para ela se alguma coisa acontecer com ele... Quando eu comprar a Mystery, Inc., certamente vou querer passar um tempo nesta loja. Não é absurdo pensar que posso ocupar o lugar de Aaron Neuhaus na vida da jovem.

Como novo proprietário da Mystery, Inc., não usarei as costeletas claras. Nem os incômodos óculos de moldura preta. Vou parecer mais jovem, mais atraente. Já me disseram que pareço o grande ator de cinema

James Mason... Talvez use tweeds Harris e coletes vermelhos de cashmere. Talvez faça uma dieta e corra na praia todas as manhãs, posso perder uns seis quilos. Vou ter compaixão por Laura. *Não conheci seu antigo chefe, mas "Aaron Neuhaus" era o mais respeitado dos livreiros — e dos cavalheiros. Lamento muito por sua perda, Laura!*

Certamente, vou querer alugar um lugar para morar em Seabrook, ou até comprar uma propriedade neste belo lugar. No momento, eu me mudo de um lugar para o outro como um caranguejo-eremita que ocupa as conchas vazias de outras criaturas do mar, sem residência fixa. Depois de comprar uma antiga, quase lendária livraria em Providence, Rhode Island, há alguns anos, morei em Providence por um tempo enquanto supervisionava a loja, até encontrar um gerente de confiança para cuidar dela. Depois de adquirir uma loja parecida em Westport, Connecticut, morei lá por um tempo. Mais recentemente, tenho vivido em Boston, tentando ressuscitar uma antes respeitada livraria de mistério na Beacon Street. É de se pensar que a Beacon Street pode ser uma excelente localização para uma livraria de mistério de qualidade, e é — teoricamente. Na verdade, há muita concorrência de outras livrarias na área. E, é claro, há muita concorrência com as vendas on-line, como faz a maldita e indizível Amazon.

Gostaria de perguntar a Aaron Neuhaus como ele lida com o roubo de livros, a praga das minhas lojas em áreas urbanas, mas sei que a resposta seria desanimadora. Os afluentes clientes de Neuhaus não precisam roubar.

Quando Aaron Neuhaus retorna, depois de mandar a jovem para casa, ele me convida para conhecer seu escritório no último andar. E eu gostaria de uma xícara de cappuccino?

"Como vê, não temos um café aqui. A pessoas sugeriram que um café ajudaria a aumentar as vendas, mas eu resisti, acho que sou muito antiquado. Mas temos café e cappuccino para os clientes especiais, e são muito bons, garanto."

É claro que fico encantado. A surpresa e o prazer que sinto diante do convite do meu anfitrião não são fingidas.

Na vida há predadores e presas. Um predador pode precisar de *isca*, e uma presa pode confundir *isca* com alimento.

Tenho um arsenal de artilharia sutil dentro da minha pasta. É uma verdade que o mais habilidoso assassinato não é detectado como *assassinato*, mas como *morte natural*.

Para essa finalidade, tenho cultivado toxinas como as menos evidentes e incômodas armas de assassinato, e elas são, se corretamente usadas, as mais confiáveis. Sou avesso a derramamento de sangue e a qualquer tipo de violência. Sempre achei a violência *vulgar*. Não gosto de barulho alto, e testemunhar os estertores da morte de um inocente seria traumático para mim. Dependendo da toxina, não estou nem perto da presa quando ela morre, mas a quilômetros de distância, e horas, até dias. Nunca houve nenhuma conexão aparente entre mim e o sujeito de minha campanha — é claro, sou astuto demais para deixar "pistas". Em lugares quase públicos como livrarias, as impressões digitais são muitas e nunca poderiam ser rastreadas ou identificadas. Mas, se for preciso, limpo minhas digitais com um pano embebido em álcool. Não sou obsessivo ou compulsivo, certamente, mas sou *meticuloso*. Desde que comecei minha campanha (secreta, furtiva) de eliminar livreiros concorrentes na área da Nova Inglaterra há nove anos, usei seringas hipodérmicas envenenadas, velas envenenadas, charutos (cubanos) envenenados, xerez, licor e uísque envenenados, *macarons* envenenados e chocolates envenenados, todos com variados graus de sucesso.

Isto é, cada uma das minhas campanhas foi um sucesso. Mas várias exigiram mais de uma tentativa e produziram uma tensão nervosa que já era grande em razão de preocupações econômicas. Em um caso desafortunado, depois que consegui me livrar do livreiro, os herdeiros se recusaram a vender a propriedade, embora eu tenha feito excelentes ofertas. É desesperador pensar que alguém investiu tanta energia em um projeto inútil, e que alguém inocente morreu em vão. Também não tive coragem de voltar àquela maldita livraria em Montclair, Nova Jersey, e dar aos herdeiros arrogantes o que eles mereciam.

O método que escolhi para me livrar do proprietário da Mystery, Inc. já funcionou bem no passado: trufas de chocolate nas quais injetei um veneno raro extraído de uma planta florida da América Central que dá frutinhas vermelhas parecidas com cranberries. O suco dessas frutinhas é altamente tóxico, não se deve nem tocar na parte externa das frutas. Se o suco toca sua pele, provoca um ardor intenso, e se atinge os olhos, a íris é terrivelmente queimada e a consequência é a cegueira total. Ao preparar os chocolates, nos quais injetei a substância cuidadosamente com uma seringa hipodérmica, usei dois pares de luvas cirúrgicas. A operação foi executada em uma pia profunda no porão, que depois foi lavada com desinfetante e água quente. Mais ou menos três quartos dos chocolates de luxo foram injetados com veneno, e os outros permaneceram intocados na embalagem da Lindt, caso o portador seja obrigado a provar uma porção do presente.

Essa toxina específica, embora muito potente, praticamente não tem sabor, nem cor visível a olho nu. Assim que ela entra na corrente sanguínea e é levada ao cérebro, começa um poderoso e irreversível ataque ao sistema nervoso central: minutos depois a vítima começa a sofrer tremores e paralisia moderada, a consciência regride para um estado comatoso e, aos poucos, ao longo de um período de várias horas, os órgãos do corpo param de funcionar. Primeiro devagar, depois rapidamente, os pulmões entram em colapso e o coração para de bater. Finalmente, o cérebro é aniquilado. Para um observador, a impressão é de que a vítima teve um infarto ou derrame. A pele fica meio pegajosa, mas não febril, e não há demonstração de dor ou desconforto, porque a toxina é paralisante e, portanto, misericordiosa. Não há dores estomacais devastadoras, vômitos horrendos, como no caso do cianeto ou de venenos que afetam os órgãos gastrointestinais, e não resta conteúdo no estômago para fornecer informações, em caso de autópsia. O predador pode observar sua presa ingerindo a toxina e pode fugir bem antes de testemunhar até o mais brando desconforto. Aconselha-se o predador a levar com ele o presente envenenado, de forma a evitar detecção. (Embora esse veneno específico seja praticamente indetectável por peritos e patologistas. Só um químico que saiba exatamente o que está procurando pode descobrir e investigar esse veneno raro.) As velas aromáticas de lavanda envenenadas que deixei para minha única vítima mulher, uma livreira irritantemente afeita ao flerte em New Hope, Pensilvânia, teve que executar sua magia das trevas na minha ausência e pode ter enjoado, ou até matado, mais vítimas do que era necessário. Nenhum charuto envenenado extra deve ser deixado no local, é claro, e bebidas alcoólicas envenenadas devem ser removidas. Apesar de ser improvável que o veneno seja descoberto, não faz sentido ser incauto.

Meu elegante anfitrião Aaron Neuhaus me leva ao quarto andar da Mystery, Inc. no pequeno elevador no fundo da loja que se move com a lentidão antiquada de um elevador europeu. Respirando fundo e tentando não pensar na terrível escuridão do armário em que meu irmão cruel me trancou há muito tempo, consigo superar um ataque moderado de claustrofobia. Só uma fina camada de suor em minha testa poderia trair meu desconforto físico, se Aaron Neuhaus estivesse prestando atenção. Mas ele está me contando com aquele jeito simpático a história da Mystery, Inc. — "Uma história fascinante, de fato. Um dia vou escrever uma biografia na linha do clássico *Minha vida no crime*".

No quarto andar, Aaron Neuhaus me pergunta se consigo adivinhar qual é a porta do escritório, e no começo fico confuso, olhando de uma parede para outra, porque não há nenhuma porta evidente. Só calculando em termos arquitetônicos onde poderia haver um cômodo extra, foi que consegui deduzir corretamente: entre reproduções das *Pinturas Negras* de Goya, instalado discretamente na parede, há um painel branco que imita com exatidão as paredes brancas e que Aaron Neuhaus empurra para dentro da sala com um sorriso juvenil.

"Bem-vindo ao meu *sanctum sanctorum*! Tem outro escritório lá embaixo, onde os funcionários trabalham. Poucos visitantes são convidados a entrar *aqui*."

Sinto um arrepio que pode ser de medo, e é delicioso sentir medo passando tão perto dos ícones do Inferno de Goya.

Mas o escritório de Aaron Neuhaus tem iluminação acolhedora e lindos móveis, como a escrivaninha de um cavalheiro da área rural inglesa. Tem até um fogo brando ardendo na lareira. Assoalho de madeira parcialmente coberto por um tapete chinês velho e gasto, mas ainda elegante. Uma parede é coberta de livros, mas são livros de antiquário bem-preservados e muito especiais. Outras paredes são cobertas por obras de arte emolduradas, inclusive uma pintura a óleo de Albert Pinkham Ryder que deve ter sido um estudo para o famoso *The Race Track (Death on a Pale Horse)* do artista — uma pintura a óleo escura, sombria mas bonita, do mais excêntrico artista do século XIX. Uma janela alta deixa ver ao longe as águas agitadas do Atlântico que, ao luar, parece uma folha trêmula de alumínio, exatamente a vista do mar que imaginei que Aaron Neuhaus deveria ter.

A mesa de Neuhaus é de mogno escuro, durável, com muitas gavetas e nichos. A cadeira giratória é antiga, com uma almofada carmesim bem gasta. A mesa está coberta de papéis, cartas, provas, livros. Em cima dela tem uma luminária da Tiffany de delicado vidro colorido e um corvo em tamanho natural entalhado em ébano, sem dúvida uma réplica do corvo de Poe. (Na parede sobre a mesa há um daguerreótipo de Edgar Allan Poe, pálido e dissoluto, com olhos melancólicos e um bigode caído. A legenda é *Edgar Allan Poe, Criador de C. Auguste Dupin, 1841.*)

Neuhaus usa canetas-tinteiro, e não esferográficas. Tem uma coleção de lápis coloridos e uma borracha antiquada. Tem até um abridor de cartas de bronze em forma de adaga. Em uma mesa como essa, o computador moderno parece tão deslocado quanto um reluzente monumento sintético em um cemitério histórico.

"Por favor, sente-se, Charles! Vou ligar a máquina de cappuccino e torcer para essa coisa funcionar. Ela é muito italiana, *temperamental*."

Sento na confortável cadeira de couro na frente da mesa de Neuhaus, com vista para a lareira. Deixo a pasta com as iniciais CB sobre os joelhos. Neuhaus mexe na máquina de cappuccino, que está sobre outra mesa atrás da mesa dele. Ele prefere cappuccino feito com café boliviano e leite desnatado, diz. "Devo confessar que é um vício. Tem uma Starbucks na cidade, mas o cappuccino deles não é como o meu."

Estou nervoso? Prazerosamente nervoso? No momento, queria mais um cálice de xerez que um cappuccino!

Sinto meu sorriso tenso, mas sei que Aaron Neuhaus o vê simpático, inocente. Esse é um dos meus estratagemas para encher um sujeito de perguntas, evitar qualquer suspeita sobre mim, e Neuhaus gosta de responder às minhas perguntas, que são inteligentes e bem-informadas, mas não excessivamente inteligentes e bem-informadas. O livreiro não tem a menor desconfiança de que está lidando com um rival ambicioso.

Ele está me contando que todos que o conhecem, inclusive um tio que é livreiro e antiquário em Washington, D.C., achavam que era uma ideia muito ingênua tentar vender livros de arte em uma livraria em New Hampshire — "Mas eu planejava tentar durante uns três ou quatro anos, como uma experiência. E a tentativa acabou me surpreendendo bem, especialmente as vendas on-line".

Vendas on-line. Essas são as vendas que diminuem as minhas. Educadamente, pergunto a Neuhaus que porção das vendas ele agora realiza on-line.

Neuhaus parece surpreso com a minha pergunta. É muito pessoal? Muito *profissional*? Espero que ele atribua a questão à ingenuidade de Charles Brockden.

A resposta é curiosa. "Tanto em inúteis e belos trabalhos de arte quanto para os livros, os valores sobem e descem de acordo com um algoritmo desconhecido e imprevisível."

É um comentário evasivo. A resposta é familiar para mim, mas não consigo lembrar por quê. Devo estar sorrindo como um idiota para Neuhaus, sem saber como responder. *Inúteis, belos... Algoritmo...*

Enquanto espera o cappuccino ficar pronto, Neuhaus alimenta o fogo na lareira e revira a lenha com uma ferramenta apropriada. O cabo da ferramenta é uma gárgula bizarra! Uma careta risonha de metal manchado. Neuhaus me mostra a peça com um sorriso. "Comprei num bazar em uma propriedade em Blue Hill, Maine, alguns verões atrás. Curioso, não é?"

"Sim, de fato."

Queria saber por que Neuhaus mostrou aquela careta demoníaca para *mim*.

Estou sentindo uma inveja enorme desse aconchegante e bem-decorado *sanctum sanctorum*! É doloroso lembrar dos escritórios em minhas lojas, tão práticos e simples, sem nada de sagrado neles. Computadores ultrapassados, lâmpadas fluorescentes, móveis sem charme herdados de inquilinos passados. Em uma das minhas lojas, é comum o escritório também ser um depósito lotado de arquivos, caixotes, até vassouras e rodos, baldes de plástico e escadas, e com um lavatório em um canto. Em todos os lugares, pilhas de livros se erguem do chão como estalagmites. Que vergonha eu teria se Aaron Neuhaus visse um desses lugares!

Estou pensando: *Não vou mudar nada aqui. Até as canetas-tinteiro em cima da mesa serão minhas. Vou simplesmente me instalar.*

Notando que tem um visitante muito curioso e admirado, Aaron Neuhaus fala com satisfação sobre seus bens. O orgulho do livreiro pelas circunstâncias privilegiadas de sua vida quase não tem vaidade, é como o prazer de alguém diante de um cenário natural, como o oceano além da janela. Além do grande e austero daguerreótipo de Poe, há outras fotografias menores do fotógrafo surrealista Man Ray, nus femininos em poses estranhas e desajeitadas. Alguns são troncos nus sem cabeça, muito pálidos, marmóreos como esculturas. O observador se pergunta incomodado: são seres humanos ou manequins? São *cadáveres* de mulheres? Neuhaus me conta que as fotos de Man Ray foram tiradas da série do fotógrafo chamada *Tresor interdite*, da década de 1930. "A maior parte do trabalho é inacessível, integra coleções particulares e nunca foi emprestada a museus." Além das fotografias elegantemente sombrias de Man Ray, e muito diferentes delas, há fotos grosseiramente sensacionais de cenas de crime do fotógrafo americano Weegee, tiradas nas décadas de 1930 e 1940: retratos de homens e mulheres nas crises de suas vidas, espancados, sangrando, presos e algemados, atingidos por tiros e caídos na rua, como um mafioso bem-vestido caído com o rosto no próprio sangue.

"Weegee é o mais rude dos artistas, mas é um artista. O que é notável nessa arte tão 'jornalística' é a ausência do fotógrafo de seu trabalho. Não dá para compreender o que o fotógrafo pensava sobre esses condenados, se é que pensava alguma coisa..."

Man Ray, sim. Weegee, não. Detesto grosseria, na arte como na vida. Mas é claro que não demonstro nada disso a Aaron Neuhaus, a quem não quero ofender. O homem se mostra tão jovialmente entusiasmado mostrando seus tesouros a um cliente em potencial!

Proeminente em um dos armários de porta de vidro de Neuhaus, vejo uma coleção completa de muitos volumes do famoso criminologista britânico William Roughead — "Cada um dos volumes assinados por Roughead". Também havia capas encadernadas de revistas americanas que publicavam histórias de detetive sensacionalistas : *Dime Detective, Black Mask*, e uma cópia de *The Black Lizard Big Book of Pulps.* Nessas revistas, grandes nomes como Dashiell Hammett e Raymond Chandler publicaram histórias, Neuhaus me conta, como se eu não soubesse.

De fato, estou mais interessado na coleção de grandes obras da "Era Dourada do Mistério", primeiras edições assinadas por John Dickson Carr, Agatha Christie e S. S. Van Dine, entre outros. (Penso que alguns desses exemplares devem valer mais de cinco mil dólares.) Neuhaus confessa que relutaria muito em vender sua primeira edição de 1888 de *Um estudo em vermelho* em sua capa original de papel (avaliada em cem mil dólares); ou uma primeira edição autografada de *O retorno de Sherlock Holmes* (avaliada em trinta e cinco mil dólares); e mais ainda, sua primeira edição de *O cão dos Baskerville*, dedicada e autografada, com belas ilustrações de Holmes e Watson (avaliada em sessenta e cinco mil dólares). Ele me mostra um de seus bens "sem preço", uma cópia encadernada da edição de fevereiro de 1827 da *Blackwood's Magazine* com o famoso ensaio de Thomas de Quincey, "Do assassinato como uma das Belas Artes". Ainda mais impressionante, ele tem os quatro volumes completos da primeira edição (1794) de *Os mistérios de Udolpho* (avaliado em dez mil dólares). Mas a joia da coleção, que ele diz que nunca vai vender, a menos que esteja absolutamente desesperado por dinheiro, é a primeira edição, de 1853, em encadernação original com "foto sépia do autor" de *A casa soturna*, de Charles Dickens (avaliada em setenta e cinco mil dólares), autografada por Dickens com sua caligrafia forte, segura, com uma tinta que quase não desbotou!

"Mas isto é algo que vai interessar especialmente a você, 'Charles Brockden'", Neuhaus ri, tirando com todo cuidado de uma prateleira um velho livro em uma caixa de plástico, com costura solta, desbotada, e páginas muito amareladas: *Wieland; or the Transformation: An American Tale*, 1798, de Charles Brockden Brown.

Extraordinário! Um livro tão raro deveria estar trancado nas coleções especiais de uma grande universidade, como Harvard.

Por um momento, não consigo pensar no que responder. Neuhaus quase dá a impressão de estar brincando comigo. A escolha do nome foi descuidada, imagino. "Charles Brockden". Se tivesse pensado melhor, teria percebido que um livreiro se lembraria de Charles Brockden Brown.

Para disfarçar a confusão, pergunto a Aaron Neuhaus quanto ele está pedindo pelo livro raro, e Neuhaus diz: "Pedindo...? Não estou pedindo nenhum valor. O livro não está à venda".

De novo, não sei o que responder. Neuhaus está rindo de mim? Ele percebeu que meu nome é fictício, viu que estou disfarçado? Acho que não, porque sua atitude não muda. Mas o jeito como ele sorri para mim, como se compartilhássemos uma piada, me deixa incomodado.

É um alívio quando Neuhaus devolve o livro à prateleira e tranca a porta de vidro dos armários. O cappuccino finalmente está pronto!

Durante todo esse tempo, o fogo na lareira me aquecia... aquecia demais.

As costeletas claras que cobrem meu rosto começavam a me dar coceira.

Os pesados óculos de plástico, muito mais incômodos que os de aro de metal, meus preferidos, deixavam marcas vermelhas sobre meu nariz. Ah, estou ansioso para tirar os óculos e as costeletas com um grito de alívio e vitória dentro de uma hora — ou noventa minutos —, quando sair de Seabrook no meu carro e seguir rumo ao sul pela estrada litorânea...

"Charles! Cuidado, está muito quente."

Aaron Neuhaus serve a bebida perfumada com o delicioso leite espumante não em uma xícara pequena de cappuccino, mas em uma caneca de cerâmica. O líquido denso e muito escuro estava escaldante como ele avisou. Estou pensando se devo tirar da minha pasta a caixa de chocolates Lindt para dividir com meu anfitrião, ou se ainda é cedo demais — não quero despertar suspeitas. Se — quando — Aaron Neuhaus comer um desses poderosos chocolates, vou querer sair em seguida, e nossa agitada hora juntos terá um fim repentino. É tolice minha, talvez, mas estou quase me convencendo... bem, não é muito realista, mas estou realmente pensando... *Por que não podemos ser sócios? Se eu me apresentar como um sério colecionador de livros, alguém com um gosto infalível (embora sem recursos ilimitados, como ele parece ter), Aaron Neuhaus não ficaria impressionado comigo? Ele já não gosta de mim e confia em mim?*

Ao mesmo tempo, meu cérebro persegue de forma pragmática os acontecimentos mais prováveis: se eu esperar até Aaron Neuhaus entrar em coma, vou poder levar comigo uma seleção de alguns de seus tesouros, em vez de esperar até poder comprar a Mystery, Inc. Não sou um *ladrão comum*, mas tem sido animador ver itens tão raros em exposição; de certa forma, quase agitados na minha frente por minha presa sem noção. Minha ousadia não iria além de uns vários itens menos raros, porque seria um risco desnecessário me expor, por exemplo, levando a primeira edição de Dickens avaliada em setenta e cinco mil dólares, o tipo de erro ganancioso que poderia me fazer cair em uma armadilha.

"Você vem sempre para essa região, Charles? Acho que nunca o vi em minha loja antes."

"Não, não frequentemente. No verão, às vezes..." Minha voz falha com a insegurança. É provável que um proprietário de livraria veja e registre cada cliente que entra em sua loja? Ou estou interpretando Aaron Neuhaus muito literalmente?

"Minha ex-esposa e eu às vezes íamos a Boothbay, Maine. Acho que passamos por esta bela cidade, mas não paramos." Minha voz é meio hesitante, mas sincera. Continuo às cegas: "Agora não sou mais casado, infelizmente. Minha esposa foi minha namorada no colégio, mas não compartilhava da minha predileção por livros velhos e preciosos, acho".

Tem alguma verdade nisso? Só espero que essas palavras tenham alguma nota de plausibilidade.

"Sou um velho amante dos mistérios... nos livros e na vida. É maravilhoso encontrar alguém que compartilhe desse entusiasmo, e em uma loja tão bonita..."

"Sim, é! Sempre uma maravilhosa descoberta. Também sou amante dos mistérios, é claro... na vida como nos livros."

Aaron Neuhaus ri expansivamente. Ele estava soprando sua caneca de cappuccino, que fumegava. Fico intrigado com a sutil distinção de seu comentário, mas levaria algum tempo para ponderar se é mesmo um comentário significativo, ou só uma piada casual.

Pensativo, Neuhaus continua: "É dos profundos mistérios da vida que surgem os 'livros de mistério'. E, por sua vez, os 'livros de mistério' nos permitem ver o mistério da vida mais claramente, de perspectivas diferentes da nossa".

Em uma prateleira atrás da mesa do livreiro há retratos que estou tentando ver com mais clareza. Um deles, em uma antiga moldura oval, é de uma mulher extraordinariamente bela, jovem, de cabelos pretos — pode ser a sra. Neuhaus? Acho que deve ser ela, porque em outro retrato ela e um jovem Aaron Neuhaus estão juntos em trajes de casamento, um casal muito atraente.

Tem algo de profundamente desanimador nessa imagem — uma mulher tão bonita casada com esse homem não muito diferente de mim! É claro (estou calculando rapidamente, buscando uma nova e mais objetiva perspectiva), a jovem noiva não é mais jovem, deve ter, como o marido, sessenta e poucos anos. Sem dúvida a sra. Neuhaus ainda é bonita. Não é impossível que, no período avassalador depois da perda do marido, a viúva considere, com o tempo, se casar novamente com um indivíduo que tenha tantos interesses em comum com seu falecido esposo e que comprou a Mystery, Inc. Outras fotos, certamente retratos de família, são menos interessantes, embora sugiram que Neuhaus seja um "homem de família" em alguma medida. (Se tivéssemos mais tempo, eu perguntaria sobre aquelas fotos pessoais. Mas suponho que vou acabar descobrindo quem são os familiares de Neuhaus.)

Também na prateleira atrás da mesa de Neuhaus há o que parece ser uma obra de arte doméstica, uma árvore bonsai (com a forma de um cabide de casaco?) na qual vários objetos foram pendurados: um anel de brasão masculino, um relógio de pulso masculino, uma fivela de bronze de um cinto, um relógio de bolso com corrente de ouro. Se eu não soubesse que Neuhaus não tem filhos, presumiria que a "arte" amadora encontrou um lugar entre os tesouros do homem mesmo sem ter o devido mérito.

Finalmente, o cappuccino não está mais escaldante. Ainda está quente, mas delicioso. Devia ter preparado uma caixa de *macarons*, seriam muito mais apropriados que as trufas de chocolate.

Como se só agora lembrasse disso, tiro a caixa da Lindt da minha pasta. Uma caixa fechada, sugiro a Neuhaus, recém-comprada e sem nenhum chocolate faltando.

(É verdade, reluto em apressar nossa fascinante conversa, mas... tenho um dever a cumprir aqui.)

Em uma demonstração de horror debochado, Neuhaus meio que esconde os olhos. "Trufas de chocolate, meus chocolates favoritos e minhas trufas favoritas! Obrigado, Charles, mas... não posso. Minha querida esposa espera que eu chegue em casa com algum apetite para jantar." A voz do livreiro oscila, como se ele esperasse ser incentivado.

"Só um chocolate não vai fazer diferença, Aaron. E sua querida esposa não vai saber se não contar a ela."

Neuhaus se mostra muito divertido ao pegar uma das trufas (da primeira fileira, a envenenada) com uma expressão de ganância juvenil e culpa. Ele a cheira com prazer e parece prestes a morder o chocolate, depois o deixa sobre a mesa temporariamente, como se demonstrasse virtude. E pisca para mim com um ar conspirador. "Tem razão, minha querida esposa não precisa saber. Tem muita coisa em um casamento que não precisa ser compartilhada com a cônjuge, para o próprio bem dela. Mas é possível que eu leve um desses bombons para a minha esposa, se você não se importar, Charles?"

"Ora, é claro que não, mas... pegue mais de um... Sirva-se... é claro."

É desconcertante. Mas não há como evitar, tenho que oferecer a caixa novamente a Neuhaus, dessa vez meio desajeitado, virando a caixa para induzi-lo a escolher uma trufa da fileira que não foi envenenada. E vou comer uma delas com vontade, para tentar Neuhaus a comer a dele.

Estou com calor! Essas malditas costeletas me dando coceira!

Como se só então pensasse nisso, Aaron pede licença para telefonar para a esposa em um antiquado telefone preto de disco, um talismã de outra era. Ele baixa o tom de voz por cortesia, e não porque não quer ser ouvido pelo visitante. "Querida? Só para avisar, vou me atrasar um pouco. Estou com um cliente fascinante que não quero deixar de atender bem." *Fascinante*. Fico lisonjeado com isso, embora triste.

Neuhaus fala com a esposa com tanta ternura que chego a sentir uma onda quase sufocante de pena dele, e dela. Porém, ainda mais forte é a onda de inveja, de raiva. *Por que esse homem merece uma linda mulher e seu amor, enquanto eu não tenho ninguém, nenhum amor?*

É injusto. É intolerável.

Neuhaus diz à esposa que acha que estará em casa às 20h30. De novo me sinto lisonjeado por Neuhaus pensar tão bem de mim. Ele não pretende me mandar embora senão em uma hora. Outra esposa poderia ficar aborrecida com esse telefonema, mas a bela (e misteriosa) sra. Neuhaus não reclama. "Sim! Em breve. Também amo você, querida." Neuhaus murmura essas palavras íntimas, como se não tivesse medo de reconhecer seus sentimentos.

A trufa de chocolate, como o cappuccino, é deliciosa. Minha boca se enche de água quando a como. Espero que Neuhaus devore a dele, como evidentemente deseja fazer. Mas ele não toca nas duas trufas, por ora, enquanto bebe o cappuccino. Tem algo de infantil na procrastinação, em resistir a uma tentação, mesmo que por um momento. Não vou me permitir pensar na horrível possibilidade de Neuhaus comer a trufa sem veneno e levar a envenenada para a esposa.

Para evitar que isso aconteça, posso oferecer a caixa inteira para Neuhaus levar para casa. Assim, tanto o proprietário da Mystery, Inc. quanto a herdeira da livraria deixarão este mundo. Comprar a loja de outro herdeiro, alguém menos envolvido pessoalmente, pode ser um estratagema mais fácil.

Perguntei a Aaron Neuhaus quem são seus clientes neste lugar afastado, e ele conta que tem uma clientela "surpreendentemente fiel, obstinadamente leal" que vem de Boston e até da Cidade de Nova York para visitar a loja, pelo menos quando o tempo está bom. Tem clientes locais, e tem os clientes de verão — "A Mystery, Inc. é uma das lojas mais populares da cidade, ficando apenas atrás da Starbucks". Ainda assim, a maioria das vendas nos últimos vinte e cinco anos foi feita por ordem postal e on-line. Os pedidos on-line são mais ou menos contínuos, e-mails que chegam durante a noite de sua "considerável clientela no exterior".

O golpe é cruel. Eu não tenho *nenhuma clientela no exterior*.

Mas é impossível ficar ofendido, porque Aaron Neuhaus não está se gabando, apenas relatando fatos. Triste, eu penso: *O homem não pode evitar o ar de superioridade. É irônico, ele tem que ser punido por algo que não é sua culpa*.

Como meu irmão, suponho. Que teve de ser punido por algo que não era culpa dele: uma alma cruel, invejosa e maliciosa *comigo*. Vou lamentar o destino de Aaron Neuhaus, mas jamais lamentarei o destino do meu irmão.

Aaron Neuhaus continua adiando o prazer de comer a trufa de chocolate com um controle admirável! Estou comendo a segunda, e ele prepara mais duas canecas de cappuccino. A cafeína está me deixando animado. Como um entrevistador que admira o entrevistado, estou perguntando de onde vem seu interesse pelo mistério, e Neuhaus responde que se encantou com o gênero ainda criança, bem pequeno. "Acho que tinha a ver com o espanto de olhar para fora do berço e ver rostos olhando para mim. Quem eram? Minha mãe, que eu ainda não sabia que era minha mãe, meu pai, que eu ainda não sabia que era meu pai? Aqueles indivíduos deviam parecer gigantescos para mim, figuras míticas, como na *Odisseia*." Ele faz uma pausa com uma expressão nostálgica. "Nossa vida é uma odisseia, obviamente, cheia de aventuras contínuas e sempre inesperadas. Mas não estamos indo para casa, como Ulisses, e sim para longe de casa, como o universo Hubble."

O que é isso? "Universo Hubble"? Não sei se entendo completamente o que Aaron Neuhaus está dizendo, mas não há dúvida de que ele fala com o coração.

Ainda menino, se encantou com a ficção de mistério — aventuras de meninos, Sherlock Holmes, Ellery Queen, *Pudd'nhead Wilson*, de Mark Twain — e aos treze anos ele começou a ler os autores de crimes verdadeiros (como o estimado Roughead), do tipo que muitos leitores não descobrem até a vida adulta. Embora tenha um profundo e duradouro amor pela ficção americana, tem preferência por Wilkie Collins e Charles Dickens — "Escritores que não temem o papel que a coincidência tem em sua vida, nem têm medo do melodrama exagerado".

Isso é verdade. A coincidência tem um papel maior em nossa vida do que nós (que acreditamos na vontade) queremos aceitar. E o melodrama exagerado, talvez uma raridade na vida da maioria das pessoas, é inevitável em um ou outro momento.

Em seguida, pergunto a Aaron Neuhaus como ele comprou a loja, e ele me conta com um sorriso nostálgico que, na verdade, foi um acidente — uma "maravilhosa coincidência" —, que um dia, quando ele passava de carro pelo litoral para ir visitar familiares no Maine, tenha parado em Seabrook. "E lá estava aquela joia de livraria, bem na High Street, em uma fileira de lindos prédios de pedras. A loja não era como é hoje, estava meio acabada e negligenciada, mas tinha uma placa intrigante na porta, *Mystery, Inc.: M. Rackham Books.* Em minutos eu vi o potencial da loja e da localização, e me apaixonei por alguma coisa indefinível no próprio ar de Seabrook, New Hampshire."

Naquela época, em 1982, Aaron Neuhaus era dono de uma pequena livraria especializada em ficção de crime e mistério no West Village, na Bleecker Street. Embora trabalhasse na loja por até cem horas semanais, com dois assistentes, era pressionado pela sobrecarga do espaço circunscrito, do aluguel alto e dos impostos, do incontrolável roubo de livros e de uma clientela que incluía moradores de rua e drogados que entravam na loja procurando um banheiro ou um lugar para dormir. A esposa queria sair da Cidade de Nova York e ir morar no campo — tinha um diploma e podia lecionar, mas não queria dar aulas no sistema público de ensino de Nova York, nem Neuhaus queria que ela fizesse isso. E assim, Neuhaus decidiu quase imediatamente comprar a livraria em Seabrook — "Se fosse possível".

Foi uma decisão totalmente impulsiva, ele disse. Nem havia consultado a querida esposa. Porém, foi algo inconfundível — "Como se apaixonar à primeira vista".

A fileira de prédios de pedras na High Street era impressionante, mas a *Mystery, Inc.: M. Rackham Books* nem tanto. Na vitrine do primeiro andar havia a previsível coleção de best-sellers que podia ser encontrada em qualquer livraria da época, mas que ali era cercada de moscas. Lá dentro, a maioria dos livros era comum, com horríveis capas de papel e pouca distinção literária. As belas estantes que iam do chão ao teto — marcenaria que custaria uma fortuna em 1982 — já estavam lá, o teto de estanho trabalhado, os assoalhos de madeira. Mas até onde o jovem livreiro podia ver, a loja não oferecia primeiras edições, livros raros ou incomuns, nem obras de arte; o segundo andar era usado como depósito, e os dois andares superiores estavam alugados. Mesmo assim, a loja ficava na rua principal de Seabrook, com vista para o porto, e era provável que os moradores de Seabrook fossem afluentes, bem-educados e perspicazes.

Não era tão animador, talvez, quanto uma loja na Bleecker Street, no West Village, mas essa animação toda pode ser uma experiência superestimada se você for um livreiro sério.

"Depois que passei alguns minutos na loja, porém, senti alguma coisa... um clima de tensão, como o ar antes de uma tempestade. O lugar estava praticamente deserto em um dia de primavera. Havia vozes altas no fundo. De repente o proprietário saiu de lá apressado para falar comigo, ansioso como um homem que está morrendo de solidão. Quando me apresentei como um colega livreiro da Cidade de Nova York, Milton Rackham apertou minha mão. Ele era um homem grande, de corpo flácido, um cavalheiro idoso e melancólico cujo filho adulto trabalhava com ele, ou para ele. No começo Rackham falou entusiasmado sobre livros — seus favoritos, que incluíam as grandes obras de Wilkie Collins, Dickens e Conan Doyle. Depois ele começou a falar com mais emoção de como havia sido um jovem professor de clássicos na Harvard, e como, com a jovem esposa que compartilhava de seu amor por livros e livrarias, tinha decidido abandonar o "estéril e autocentrado" mundo acadêmico para realizar o sonho de comprar uma livraria em uma cidade pequena e transformá-la em um "lugar muito especial". Infelizmente, sua amada esposa morreu depois de alguns anos, e o filho solteiro trabalhava com ele na loja. Nos últimos anos, o filho tinha se tornado "introvertido, problemático, imprevisível, estranho, uma *personalidade taciturna*".

Foi surpreendente para Neuhaus, e constrangedor, de certa forma, que o velho livreiro falasse tão abertamente com um estranho sobre esses assuntos pessoais e dolorosos. E o pobre homem falava de maneira desconexa, infeliz, baixando a voz para que seu filho corpulento, que usava um rabo de cavalo (e que Neuhaus viu arrumando livros nas prateleiras no fundo da loja com uma espécie de veemência, como se jogasse animais vivos em tanques de água escaldante), não pudesse escutar. Com um suspiro rouco, Rackham contou a Neuhaus que logo a loja seria posta à venda — "Para um comprador apropriado".

"Fiquei realmente chocado. Mas também... entusiasmado. Porque já estava apaixonado pelo lindo prédio de pedras, e lá estava o proprietário declarando que queria vender a loja."

Neuhaus sorri com um ar de nostalgia agridoce. É invejável que um homem possa olhar para trás e apresentar os episódios cruciais de sua vida, não com dor ou pesar, mas com nostalgia!

O jovem visitante pediu para falar em particular com Milton Rackham, no escritório dele. "Não aqui. O escritório de Rackham ficava no primeiro andar, um cubículo com um grande móvel, esta mesa de mogno, em meio ao caos de livros, provas, caixas, contas vencidas e faturas, poeira e desespero. Queria falar sobre a loja, quanto ela poderia custar com ou sem uma hipoteca, quando seria posta à venda, e quando o novo proprietário poderia tomar posse. Rackham brandiu uma garrafa de uísque e serviu a bebida em copos 'embaçados'. Procurou e acabou encontrando um pacote de celofane com balas azedas que ofereceu ao visitante. Era doloroso ver como a mão de Rackham tremia. E assustador notar como seu humor passava de amargurado a eufórico enquanto ele falava animado com o jovem visitante, interrompendo-se frequentemente para rir, como alguém que não conversa há muito tempo. Ele contou que não confiava no filho — 'Nem para cuidar das finanças, nem para cuidar dos pedidos, nem para manter a loja em ordem, nem para salvar minha vida'. Já havia sido próximo do menino, como o chamava, mas o relacionamento havia mudado muito desde o quadragésimo aniversário do filho, por nenhuma razão clara. Infelizmente, não havia alternativa senão manter o filho na loja, porque não tinha dinheiro para pagar um empregado com um salário competitivo, e o menino que havia abandonado o Williams College na metade do primeiro ano por problemas 'mentais' não arrumaria outro emprego — 'A paternidade é uma armadilha trágica! E minha esposa e eu éramos felizes em nossa inocência, há muito tempo'." Neuhaus se arrepia ao lembrar.

"Enquanto Rackham falava em voz baixa, tive uma fantasia súbita, imaginei o filho entrando no escritório com um machado... e fiquei absolutamente apavorado... juro... consegui até ver o machado... Era como se a loja fosse assombrada por alguma coisa que ainda não havia acontecido."

Assombrada por alguma coisa que ainda não havia acontecido. Apesar do calor da lareira, também sinto frio. Olho para trás, para a porta, ou para o painel móvel, que está fechado. Ninguém vai entrar correndo aqui no *sanctum sanctorum* de Aaron Neuhaus brandindo um machado...

Nervoso, bebi um gole do cappuccino, que já havia esfriado um pouco. Descubro que tenho alguma dificuldade para engolir, minha boca está estranhamente seca, talvez por causa dos nervos. O sabor do cappuccino é extraordinário: rico, escuro, delicioso. É a espuma do leite que torna o café tão especial. Neuhaus comenta que não é leite comum, mas leite de cabra, para dar um sabor mais intenso.

Neuhaus continua: "Foi de Milton Rackham que adquiri a coleção completa de William Roughead, que, por alguma razão excêntrica, ele mantinha em um armário no fundo da loja, trancado à chave. Perguntei por que aquela maravilhosa coleção de livros estava escondida, por que não era exibida com destaque para ser vendida, e Rackham falou com frieza, com um ar de reprovação: 'Nem todas as coisas na vida de um livreiro estão à venda, senhor'. De repente, sem aviso prévio, ele se tornou hostil. Fiquei chocado com seu tom de voz".

Neuhaus para, como se ainda estivesse chocado.

"Mais tarde, Rackham revelou que escondia outras primeiras edições valiosas, algumas eu já mostrei, os itens da 'Era Dourada', que comprei como parte do estoque da loja. E a primeira edição de *Os mistérios de Udolpho*, que ele praticamente me deu em seu desespero de vender. E uma coleção de mapas e globos antigos em uma confusão de objetos não catalogados no segundo andar — uma coleção que ele herdou, disse, do livreiro anterior. Por que alguém esconderia aqueles itens valiosos? Tive que perguntar, e Rackham respondeu novamente num tom hostil: 'Nós, cavalheiros, não mostramos tudo que temos, não é? *Você* mostra?'."

É sinistro quando Neuhaus imita a voz de seu antecessor, quase como se eu estivesse ouvindo a voz de outra pessoa.

"Que homem estranho! No entanto, de certa forma, de um jeito que nunca expliquei a ninguém até agora, Milton Rackham passou a ser uma espécie de *figura paternal* em minha vida. Ele cuidava de mim como de um filho, ou salvador, considerando que o próprio filho tinha se voltado contra ele."

Neuhaus parece pensativo, como se lembrasse de alguma coisa desagradável. E eu estou nervoso, querendo que meu companheiro coma logo a maldita trufa de chocolate, que ele claramente quer.

"Charles, só um péssimo contador de histórias se adianta, mas preciso contar antes de você ir que minha visão do filho 'taciturno' de Rackham matando o pai com o machado se mostrou profética, se concretizou. Aconteceu exatamente três semanas depois de eu ter entrado na livraria pela primeira vez, numa época em que Rackham e eu negociávamos a venda da propriedade, conversando praticamente tudo pelo telefone. Eu não estava em Seabrook e recebi um telefonema assombroso..." Neuhaus passa a mão sobre os olhos e balança a cabeça.

Essa é uma revelação surpreendente! Por alguma razão, estou chocado. Um livreiro foi assassinado neste prédio, talvez nesta mesma sala, e pelo próprio filho... isso é um choque.

"Então, de certa forma, a Mystery, Inc. é assombrada?" Minha pergunta é hesitante.

Neuhaus ri de um jeito debochado. "Assombrada? Agora? É claro que não. A Mystery, Inc. é uma livraria de muito sucesso, é até lendária entre as livrarias do gênero na Nova Inglaterra. *Você* não sabe disso, Charles, porque não é do ramo."

As palavras não são tão ríspidas quanto poderiam ser porque Neuhaus sorri para mim como alguém sorri para um indivíduo bobo ou desinformado por quem tem afeto e a quem perdoa rapidamente. E eu concordo depressa — não sou *do ramo*.

"A história é ainda mais horrível, porque o assassino, o 'garoto' perturbado, também conseguiu se matar no porão da loja, um lugar escuro e úmido que ainda hoje parece uma masmorra, e que eu tento evitar o máximo que posso. (Se quer falar em 'assombrado', esse é o lugar! Não a loja.) O machado não estava suficientemente afiado para a tarefa, parece, porque o 'garoto' cortou a própria garganta com um estilete, um desses objetos afiados que não podem faltar em nenhuma livraria." Casualmente, Neuhaus estende a mão e pega um estilete, que estava escondido embaixo das provas de um livro sobre a mesa. Como se, para alguém que "não era do ramo", um estilete tivesse que ser identificado. (Embora eu conheça bem um estilete, é meio desconcertante ver um em um escritório mobiliado com tanta elegância, em cima da mesa de Aaron Neuhaus!) "Depois dessa tragédia dupla, a propriedade passou para as mãos de uma financeira, e o valor da hipoteca era alto. Consegui concluir a compra em algumas semanas, e paguei um preço razoável, já que ninguém queria a loja." Neuhaus ri de um jeito sombrio.

"Como eu disse, me adiantei um pouco na história. Há mais coisas interessantes para dizer sobre o pobre Milton Rackham. Perguntei como ele ficara sabendo sobre a livraria aqui em Seabrook, e ele disse que 'por puro acaso' havia descoberto a loja no outono de 1957, quando passava de carro pelo litoral a caminho do Maine e parou em Seabrook, na

High Street, onde viu a livraria e papelaria Slater's Mystery, como era chamada — 'Foi uma visão e tanto, as vitrines brilhando ao sol, o quarteirão inteiro de prédios atraentes'. Boa parte do estoque da Slater's era de papelaria, coisas de qualidade, e outros suprimentos do tipo, mas também havia uma excelente coleção de livros, capa dura e brochura. Não só os habituais livros populares, mas títulos esotéricos também, obras de Robert W. Chambers, Bram Stoker, M. R. James, Edgar Wallace, Oscar Wilde (*Salomé*), H. P. Lovecraft. Slater parecia ter sido um admirador de Erle Stanley Gardner, Rex Stout, Josephine Tey e Dorothy L. Sayers, escritores que Milton Rackham admirava muito. As estantes de mogno já estavam lá, cobrindo as paredes do teto ao chão, marcenaria que devia ter custado uma fortuna na época, como Rackham repetiu. E havia coisas estranhas e interessantes guardadas na loja, como mapas e globos antigos — 'Uma espécie de arca do tesouro, como no sótão dos pais, onde você pode passar longas tardes de chuva como se estivesse enfeitiçado'. Rackham me contou que tinha andado pela loja com 'entusiasmo crescente', sentindo que já conhecia tudo ali, de alguma forma. Pela janela, ele viu o Oceano Atlântico e sentiu a 'empolgação de sua grande beleza'. De fato, Milton Rackham me diria que havia sido 'amor à primeira vista' assim que ele viu a livraria.

"Amos Slater estava pensando em vender a loja, que havia sido uma herança de família. Porém, como ele disse, continuava 'amando os livros e a venda de livros', mas não mais com a mesma paixão da juventude, e ele esperava se aposentar em breve. O jovem Milton Rackham ficou perplexo com sua sorte. Três semanas mais tarde, com o apoio entusiasmado da esposa, ele fez uma proposta a Amos Slater pela propriedade, e a oferta foi aceita quase imediatamente."

Neuhaus fala com admiração, como um homem que está contando uma história fantástica em que espera que os ouvintes acreditem, porque é importante que eles acreditem.

"'Minha esposa teve uma premonição', disse Milton Rackham, 'de que alguma coisa poderia estar errada, mas eu não dei atenção. Estava perdidamente apaixonado por minha doce e jovem esposa, e animado com a perspectiva de sair da Harvard (onde não havia nenhuma promessa de um cargo efetivo) para adotar uma vida mais pura, como eu pensava, no ramo das livrarias. E assim, Mildred e eu fizemos um financiamento de trinta anos e demos a entrada por intermédio do corretor, e em nossa primeira visita à loja como novos proprietários, quando Amos Slater nos deu as chaves do prédio, minha esposa perguntou inocentemente a Amos Slater como ele havia conhecido a loja, e Amos contou a ela uma história muito perturbadora, como se estivesse ansioso para desabafar...

"'A Slater's Mystery', disse Amos Slater, como Milton Rackham me contou, 'foi fundada por seu avô Barnabas em 1912. O avô de Slater amava mais os livros que a humanidade' — embora um de seus amigos literários fosse Ambrose Bierce, que supostamente encorajou os trabalhos de ficção de Barnabas. Slater contou a Rackham uma história bizarra, disse que aos onze anos teve uma 'visão poderosa'. Um dia, quando passou pela livraria do avô depois da aula, ele encontrou a loja vazia — 'Sem clientes, sem funcionários e sem o meu avô, ou foi o que eu pensei. Procurando meu avô, entrei no porão, acendi a luz e lá estava ele, enforcado em uma viga, o corpo estranhamente reto e muito quieto. O rosto estava virado para o outro lado, felizmente, mas não havia dúvidas, era ele. Por um longo momento fiquei paralisado, incapaz de acreditar no que via. Não conseguia nem gritar, tal o medo que sentia... Meu avô Barnabas e eu não éramos próximos. Ele parecia nem me notar, exceto para criticar e perguntar se eu era um menino ou uma menina. Meu avô Slater era um homem estranho, como as pessoas diziam, irritadiço, mas frio e distante, ao mesmo tempo passional em relação a algumas coisas, mas indiferente à maioria delas, determinado a fazer de sua livraria e papelaria um sucesso, mas desdenhoso com a maioria dos clientes, e muito cínico em relação à natureza humana. Aparentemente, ele havia arrastado uma escada para baixo da viga no porão, amarrado uma corda no pescoço, subido na escada e a chutado para longe. Devia ter sido uma morte horrível. Estrangulado, sem ar e esperneando e se debatendo por alguns minutos... Ver meu avô enforcado foi um dos terríveis choques da minha vida. Não sei exatamente o que aconteceu... desmaiei, acho, depois me obriguei a subir a escada rastejando e voltei à loja, pedi ajuda... lembro de ter gritado na High

Street... Pessoas correram para me ajudar, eu as levei para dentro da loja e para o porão, mas não havia ninguém lá. Não tinha corda na viga, nem escada no chão. Foi mais um choque na minha vida. Eu tinha só onze anos e não conseguia compreender o que estava acontecendo... Depois de um tempo, meu avô foi encontrado ali perto, no Bell, Book & Candle Pub, bebendo vinho do porto e almoçando joelho de porco e chucrute. Ele havia passado a maior parte do dia fazendo inventário, disse, no segundo andar da loja, e não ouviu minha comoção'.

"O pobre Amos Slater nunca se recuperou completamente do trauma de ver o avô enforcado no porão da livraria, ou da visão do corpo enforcado, como todo mundo que o conhecia acreditava...

"Como Milton Rackham me contou, ele soubera por intermédio de Amos Slater que o avô Barnabas havia sido uma pessoa 'diabólica', que roubava sócios, seduzia e traía mulheres ingênuas e virginais de Seabrook, e foi condenado mais de uma vez por roubar suas economias. Ele havia reunido uma coleção de primeiras edições e livros raros, inclusive uma cópia de *Wieland*, de Charles Brockden Brown — tesouros que devia ter comprado em leilões e liquidações, mas alguns observadores acreditavam que ele havia conseguido tirando proveito de viúvas abaladas e herdeiros enlutados, ou roubado mesmo. Barnabas tinha casado com uma mulher rica local vários anos mais velha que ele, com quem era cruel e coercivo, e que havia morrido aos cinquenta e dois anos de causas 'suspeitas'. Nada foi *provado*, como Amos Slater foi informado. 'Quando era pequeno, vi como meu pai era intimidado por meu avô Barnabas, que debochava dele e o acusava de não ser homem, porque meu pai não o enfrentava: *Onde está o filho e herdeiro que eu mereço? Quem são esses fracos que me cercam?*, o velho bradava. O avô Barnabas gostava de fazer brincadeiras com amigos e inimigos, tinha uma piadinha particularmente horrível, que consistia em dar às pessoas doces com laxante. Uma vez, o ministro em nossa igreja Episcopal aqui em Seabrook teve uma terrível diarreia durante o culto, consequência das tortas de ameixa que Barnabas havia oferecido para ele e sua família. Outra vez, minha mãe, que era nora de Barnabas, passou muito mal depois de beber sidra com inseticida que meu avô supostamente havia aplicado na plantação.

(No fim, meu avô admitiu que tinha adicionado *só algumas gotas* de DDT na sidra que a nora beberia. Ele não sabia que era DDT, disse, imaginava que fosse um líquido laxante. *De qualquer maneira, não queria que fosse fatal.* Ele esticou os dedos e riu. Foi assustador ouvi-lo.)' Mas Barnabas Slater tinha um 'amor obsessivo' pelos livros — de crime e mistério — e havia tentado escrever ficção como Edgar Allan Poe.

"Amos Slater contou a Rackham que queria ir embora de Seabrook e fugir do terrível legado de Barnabas Slater, mas, de algum jeito, não tinha opção, foi forçado a assumir a livraria do avô. 'Quando meu avô morreu, fui designado seu herdeiro no testamento. Meu pai estava doente naquela época e não sobreviveria por muito tempo. Eu me resignei e aceitei minha herança, mesmo sabendo que ela era como uma lápide — se a lápide caísse e você não conseguisse sair do túmulo em que havia sido enterrado prematuramente, como uma daquelas vítimas de Poe... Outra crueldade de que meu avô se gabava (ninguém sabe se era verdade, ou se ele só queria perturbar os ouvintes) eram experiências com toxinas exóticas: extrair veneno de sapos, um líquido leitoso que era incolor e sem sabor e podia ser misturado a bebidas como chocolate quente e café sem ser detectado... Nos Estados Unidos, os sapos venenosos são encontrados nos Everglades, na Flórida, diziam...

"'O veneno do tal sapo era tão raro que nenhum perito ou patologista conseguia identificá-lo, mesmo que houvesse alguma suspeita de atentado, o que era pouco provável que houvesse. Os sintomas da vítima não despertavam suspeitas. Em minutos (como meu avô dizia), o veneno começava a atacar o sistema nervoso central, e o afligido tremia, tremia muito, e não conseguia engolir, porque a boca ficava muito seca. Logo começavam as alucinações, a paralisia e o coma. Em oito ou dez horas, os órgãos do corpo começavam a enfraquecer, lentamente no início, depois rapidamente, e a essa altura a vítima estava inconsciente, sem saber o que acontecia com ela. Fígado, rins, pulmões, coração, cérebro, tudo entrava em colapso. Para um observador, a vítima parecia estar sofrendo um ataque cardíaco ou um derrame, *desmaiando*, não havia sintomas gastrointestinais, nem horríveis ataques de vômito. Se o estômago fosse esvaziado, não haveria nada, nem *intoxicação alimentar*. A vítima simplesmente apaga... é uma morte misericordiosa.'" Aaron Neuhaus faz uma pausa, como se as palavras que repetia, com aparente precisão, de lembranças muito antigas fossem demais para ele absorver.

"Então, Milton Rackham continuou: 'A ironia, como disse Slater, é que depois de uma vida longa e surpreendentemente bem-sucedida como vendedor de livros de qualidade em uma cidade pequena, Barnabas Slater tenha se enforcado, supostamente de tédio e desgosto por si mesmo, aos setenta e dois anos no porão da Slater's Mystery, exatamente como seu neto Amos havia visto. Espalhadas embaixo de seu corpo havia páginas cuidadosamente datilografadas e editadas de manuscritos que pareciam ser várias histórias de crime e mistério. Ninguém jamais fez o esforço de juntar e ler as páginas. A família decidiu enterrar os manuscritos com o avô'.

"Não é uma história bizarra? Já ouviu alguma coisa tão bizarra, Charles? Quero dizer... na vida real? O pobre Milton Rackham me contou tudo isso num tom solene, como tinha escutado de Amos Slater. Consegui entender por que Rackham era uma pilha de nervos... ele temia ser alvo da violência do filho, e era proprietário de uma loja cujo dono anterior havia se enforcado no porão! Ele disse, como Slater contou, que era um consenso em Seabrook que ninguém sabia se Barnabas havia realmente envenenado alguém. Ele fazia suas brincadeiras com laxantes e inseticida, mas o 'veneno de sapo' era menos evidente. Pessoas morriam de 'causas naturais' meio misteriosas na família Slater de vez em quando, era verdade. Várias pessoas que conheciam bem Barnabas diziam que o velho sempre repetia que havia seres humanos tão vis que não mereciam viver. Mas ele também dizia com uma piscadela brincalhona que havia 'erradicado' pessoas por nenhuma razão específica. 'Bom, não tão bom, mau', o assassino clássico não discrimina. Barnabas admirava particularmente o ensaio de De Quincey, 'Do assassinato como uma das Belas Artes', que afirma que nenhum motivo é necessário para um assassinato, que ter motivo é vulgar, como Barnabas também acreditava. Que foi, Charles? Algum problema?"

"Ah, eu... estou confuso..."

"Perdeu o fio da meada? Meu antecessor era Milton Rackham, de quem comprei esta propriedade. O antecessor dele era Amos Slater, de quem ele, Milton Rackham, comprou a propriedade. E o *antecessor dele* foi um cavalheiro chamado Barnabas Slater, que parece ter se enforcado na viga do porão deste prédio, motivo pelo qual, como mencionei há alguns minutos, tento evitar a porcaria daquele lugar o máximo possível. (Mando os funcionários descerem! Eles não se importam.) Acho que você está reagindo à filosofia de Barnabas Slater, a de que nenhum motivo é necessário para um assassinato, especialmente um assassinato como 'forma de arte'."

"Mas... por que alguém mataria sem motivo?"

"Por que alguém mataria *com um motivo*?" Neuhaus sorri eloquente. "Acho que o avô de Slater, Barnabas, pode ter extraído a essência do 'mistério' da vida, como diziam que ele extraía o veneno do sapo venenoso. O ato de matar é completo em si mesmo, não precisa de razão, como qualquer obra de arte. Porém, se alguém estiver procurando um motivo, provavelmente vai matar para se proteger, ou manter seu território. Nossos ancestrais temiam e desconfiavam de seus inimigos, estranhos — eles eram 'xenofóbicos', 'paranoicos'. Se um estranho entra em seu território e se comporta com intenção sinistra, ou mesmo sem uma intenção sinistra, é melhor acabar com ele do que tentar compreendê-lo e possivelmente cometer um erro fatal. No passado distante, antes de Deus ser amor, esses erros podiam levar à extinção de toda uma espécie, e é por isso que o *Homo sapiens*, a espécie precavida, prefere errar pelo excesso, e não pela falta."

Estou completamente confuso com as palavras ditas por meu simpático companheiro com aquele tom objetivo. E o sorriso! É tão juvenil, tão magnânimo. Quase não consigo falar, mas balbucio num tom fraco.

"Isso é uma... uma coisa surpreendente para dizer, você... Aaron. O que diz é cínico, acho..."

Aaron Neuhaus sorri para mim como se, novamente, eu fosse uma pessoa tola que ele é obrigado a aturar. "Não tem nada de 'cínico', Charles. Por que diz isso? Se é um apaixonado por ficção de crime e mistério, sabe que alguém, muita gente, na verdade, e muitos 'inocentes', precisam morrer pelo bem da arte, pelo *bem do mistério*. Essa é a base do nosso negócio: a Mystery, Inc. Alguns são livreiros, e alguns são consumidores, ou consumidos. Mas todos nós temos nosso lugar no nobre ramo."

Há um zumbido nos meus ouvidos. Minha boca está muito seca, é praticamente impossível engolir. Estou batendo os dentes de frio. Com exceção da espuma no fundo, a caneca de cappuccino está vazia. Eu a deixei em cima da mesa de Neuhaus, mas estou tremendo tanto que ela quase cai.

Neuhaus me observa com um olhar preocupado. Em cima da mesa, o corvo entalhado também olha para mim. Olhos muito atentos! Estou tremendo... apesar do calor da lareira. Sinto muito frio, mas as costeletas esquentam meu rosto. Acho que preciso me proteger — a caixa de trufas de chocolate Lindt é minha arma, mas não sei bem como usá-la. Várias trufas desapareceram, mas a caixa está cheia. Ainda restam muitas para serem comidas.

Sei que fui dispensado. Tenho que ir, está na hora.

Estou em pé. Mas me sinto fraco, irreal. O livreiro me acompanha para fora de seu escritório e murmura de forma elegante: "Já vai, Charles? Sim, está ficando tarde. Pode vir quando quiser, e veremos sobre essas suas compras. E traga um cheque, por favor. Cuidado na escada! Uma escada em espiral pode ser traiçoeira". Meu companheiro é muito gentil até para me mandar embora e coloca a pasta em minhas mãos.

Como estou aflito para sair deste lugar infernal, abafado! Seguro o corrimão da escada em espiral, mas tenho dificuldade para descer. Uma vertigem se abre em meu cérebro como uma rosa preta. Minha boca está muito seca, fria e entorpecida, a língua parece estar inchada e sem sensibilidade. A respiração está acelerada, mas não leva oxigênio ao cérebro. Na penumbra, minhas pernas parecem dobrar e eu caio, estou caindo, caindo como uma boneca de pano, e desço rolando o resto da escada de metal, gemendo de dor.

Lá em cima, dois andares acima, um homem fala de um jeito que soa como preocupação sincera: "Charles? Tudo bem? Precisa de ajuda?".

"Não! Não, obrigado... *eu não...*"

Minha voz é rouca, as palavras são quase inaudíveis.

Lá fora, sou temporariamente reanimado pelo vento frio do oceano. Sinto o cheiro e o gosto do mar. Graças a Deus! Agora vou ficar bem, penso. Agora estou seguro, vou escapar... Deixei os chocolates Lindt para trás, então talvez (agora os pensamentos do predador são frenéticos) o veneno faça efeito, independentemente de eu me beneficiar disso ou não.

No ar congelante do meu carro, com os dedos entorpecidos, tento enfiar a chave errada na ignição, que parece ser pequena demais para ela. Como pode ser? Não entendo.

Mas, como em um sonho de persistência atordoada, a chave entra na fenda, e o motor começa a funcionar relutante.

Ao longo do Atlântico enluarado, vou dirigindo pela estrada de duas mãos. Se estou dirigindo, devo estar bem. Minhas mãos agarram o volante, que parece estar se movendo por conta própria, o que é maravilhoso. Uma estranha, forte e gelada paralisia desabrocha em meu cérebro, em minha medula, em todos os nervos do corpo, e o mais fascinante, meus olhos se fecham para saborear a sensação.

Estou dormindo? Estou dormindo no volante? Será que eu nunca saí de casa e sonhei que fui visitar a Mystery, Inc. em Seabrook, New Hampshire? Planejei meu ataque contra o lendário Aaron Neuhaus da Mystery, Inc. Books, injetei a substância nas trufas de chocolate com o cuidado de um cirurgião cruel, como é possível que eu tenha falhado? *Não posso falhar.*

Mas agora percebo, horrorizado, que não sei em que direção estou indo. Devia estar a caminho do sul, acho. O Atlântico tinha que estar à minha esquerda. Mas a água iluminada pela lua se move perigosamente alta nos dois lados da estrada. Ondas espumantes começaram a invadir a pista, e eu não tenho escolha senão continuar dirigindo por ela.

PRIMEIRAS PUBLICAÇÕES

"Jardim das Bonecas" apareceu originalmente em *The Doll Collection*, ed. Ellen Datlow (Tor Books, 2015)

"Soldado" apareceu originalmente na *Idaho Review* (2015)

"Acidente com Arma" apareceu originalmente na *Ellery Queen* (2015)

"Equatorial" apareceu originalmente na Ellery Queen (2014)

"Mãezona" apareceu originalmente na Ellery Queen (2016)

"Mystery, Inc." apareceu originalmente na série *Bibliomystery*, da The Mysterious Bookshop (2015)

JOYCE CAROL OATES (1938) é escritora norte-americana, autora de algumas das obras de literatura mais significativas da atualidade. Agraciada com os prêmios National Book Award e o The Pen/Malamud Award for Excelllence in Short Fiction, Oates também faz parte da Academia Americana de Artes e Letras. A autora publicou o seu primeiro livro em 1963 e, desde então, trouxe ao mundo mais de cinquenta obras, assim como numerosas coleções de contos, poesia e não-ficção. Pela DarkSide® Books, ela já publicou Damas Noir (2022), antologia de histórias de crime com a participação de Margaret Atwood, e também o conto "Figuras Fósseis", presente na antologia organizada por Neil Gaiman e Al Sarrantonio, Seres Mágicos e Histórias Sombrias (2019). Siga a autora em twitter.com/joycecaroloates

JENNIFER DAHBURA é ilustradora salvadorenha nascida na cidade de Santa Ana. Ela desenha desde pequena, quando fazia retratos das tias e amigas de sua mãe, e se inspira no corpo feminino para criar artes poderosas que valorizam as particularidades das mulheres. Dahbura usa seu trabalho como homenagem a tudo que a influencia — músicas, livros, sentimentos, fotografias, histórias — e mergulha fundo nos detalhes visuais que permeiam o século XVI e os anos 1920, suas épocas favoritas. Saiba mais em instagram.com/jennidahbura